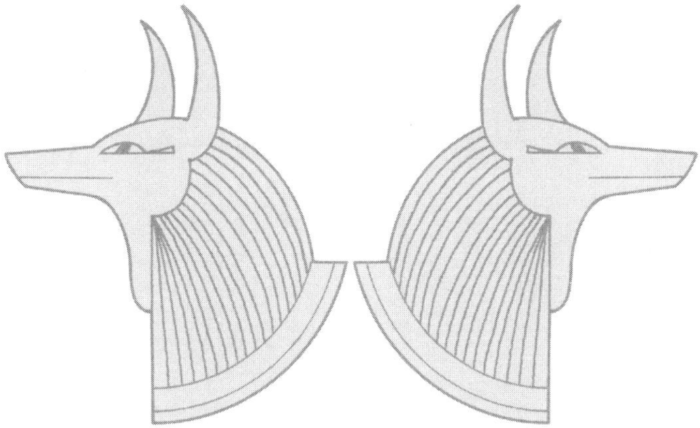

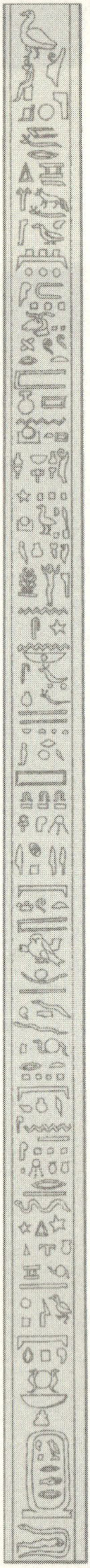

TOMMY GARCIA

DIE MASKE DES PHARAOS

BAUMHAUS VERLAG

Der Autor von TOMMY GARCIA

Micha Rau, geboren 1957 in Berlin, schrieb seine ersten Geschichten bereits mit 13 Jahren. Seither entstanden Romane, Kurz- und Reisegeschichten, Ratgeber, Essays und Artikel. Zudem hat Micha Rau als Lektor und Rezensent gearbeitet. 2005 gewann er mit seinem Roman »Der zweite Koffer« den Wettbewerb der Agentur Writemovies in Hollywood in der Kategorie »Bester Roman«. Sein erster TOMMY GARCIA-Roman ist ebenfalls im Baumhaus Verlag erschienen.

ISBN 978-3-8339-3706-4

Redaktion: Harald Kiesel
Coverillustration und Gestaltung: Götz Rohloff
Satz: FredManStudio
Herstellung: Ortrud Müller
Printed in Germany

Gesamtverzeichnis schickt gern:
Baumhaus Verlag GmbH,
Ludwigstraße 33-37, D-60327 Frankfurt am Main
http://www.baumhaus-verlag.de

5 4 3 2 1 08 09 10 11 2012

MICHA RAU

TOMMY GARCIA

DIE MASKE DES PHARAOS

BAUMHAUS VERLAG

Für die Kinder dieser Welt,
Hüter der Fantasie

JANINE

Als die ersten Sonnenstrahlen mein Gesicht wärmten, wusste ich, dass ich es geschafft hatte. Freitag! Wegen einer Konferenz fiel heute die Schule aus, und so hatte ich ein schönes langes Wochenende.

Ich freute mich an diesem Freitagmorgen auf die drei freien Tage. Ich konnte ja nicht wissen, wie gefährlich sie werden sollten. Obwohl ... Vielleicht hätte ich es ahnen können, denn ich hatte einen schlechten Traum gehabt. Ich hatte geträumt, ich stünde am Ufer eines unheimlichen Sees, der dampfte und brodelte. Irgendetwas zwang mich unwiderstehlich, in ihn hineinzugehen. Ich konnte die Hitze fühlen und bekam den Dampf in die Lunge. Die Gefahr schnürte mir die Luft ab. Ich bekam Panik und ... wachte auf! Als ich dann die Sonne auf meinem Gesicht spürte, fiel mir ein Stein vom Herzen. Es war nur ein Traum! Ich hatte wieder einmal von unserem Abenteuer geträumt, das wir im Sommer erlebt hatten. Kein Wunder, dass ich davon noch immer träumte. Das war um Haaresbreite gerade noch gut gegangen.

Ich schlug die Augen auf und blinzelte in die Sonne, die durch die halb geschlossenen Lamellen der Jalousie vor meinem Fenster schien. Das Licht kitzelte mich in der Nase, und ich nieste herzhaft. Feiner Staub tanzte auf den Sonnenbahnen, und mir fiel ein, dass ich heute dran war, die Zimmer sauber zu machen. Mist. Da musste ich irgendwie drum herumkommen, denn ich konnte es gar nicht abwarten, mich mit Tommy zu treffen. Wie ich ihn kannte, war er bestimmt schon seit sechs Uhr auf und las irgendwelche Sachen, für die ich mich nicht im Traum interessiert hätte. Andererseits war ich heilfroh, dass er das tat, denn ansonsten wären wir damals vielleicht gar nicht mehr nach Hause gekommen. Schon wenn ich daran dachte, kribbelte es in meinem Bauch.

Ich warf einen Blick auf den Wecker. Halb zehn! Meine Eltern waren längst zur Arbeit. Ich schlug die Decke zurück und setzte mich auf. Gleich darauf hörte ich aus einer Ecke meines Zimmers ein lautes »Pischhhh!« Ich sah hinüber und musste lachen. Lazy!

»Prost!«, meinte ich zu ihm und schüttelte in gespielter Verzweiflung den Kopf, denn dass mein Hund geniest hatte, bedeutete noch lange nicht, dass er auch aufgewacht war. Sein Kopf lag auf dem rechten Ohr, und das andere hing seitlich aus dem Hundekorb heraus. Die Augen geschlossen, schnaufte er noch einmal und fing leise wieder an zu schnarchen. Andere Hunde – zum Beispiel Jever, der Hund von Tommy – hätten nur darauf gewartet, dass ihr Herrchen aufwacht, und wären dann zu ihm ins Bett gesprungen. Lazy sah das ein bisschen anders. Er war der faulste Hund auf der Welt. Aber das machte mir überhaupt nichts, denn ich liebte ihn über alles.

Als ich die Beine aus dem Bett schwang, fiel das dicke Buch *Gefährdete Reptilien Europas*, in dem ich gestern Abend noch gelesen hatte, auf den Boden. Unser Biolehrer Schulz hatte uns dazu verdonnert, das Buch bis Montag durchzuarbeiten. Aber ich hatte nicht die geringste Lust, meine freie Zeit mit Hausaufgaben zu verbringen, also hatte ich beschlossen, den Wälzer abends im Bett zu lesen, und war darüber eingeschlafen.

»Sieht aus wie *Gefährdete Bücher Europas*«, sagte ich grinsend, hob das Buch auf und legte es auf den Nachttisch. Dann stand ich auf, ging zum Fenster und zog die Jalousie hoch. Es war ein klarer, sonniger Herbstmorgen. Selbst von hier oben konnte ich die beschlagenen Fensterscheiben der parkenden Autos erkennen. Ich würde mir eine Jacke anziehen müssen, wenn ich mit Lazy Gassi gehen wollte.

Mein Hund öffnete sein linkes Auge einen Spalt breit und sagte mir, dass er bald runtermusste. Schließlich braucht auch der faulste Hund auf der Welt einen Baum, um das Bein zu heben. Ich beeilte mich im Badezimmer und ging schnell noch in die Küche, um mir ein Schinkenbrötchen zu schmieren. Mit dem Brötchen im Mund zog ich mich hastig an, während Lazy auch das zweite Auge öffnete. Endlich waren wir beide so weit.

Auf dem Weg nach draußen riskierte ich einen Blick in das Zimmer meiner Schwester. Aber sie war nicht da. Ihr Bett war sorgfältig gemacht, und das Zimmer sah aus wie ein Musterzimmer in einem Möbelladen. Ich verstehe Mädchen einfach nicht. Wenn ich mal aufräume, finde ich nichts mehr wieder. Na, Sanne schien jedenfalls schon zu ihrer Freundin Janine gegangen zu sein, um sie abzuholen. Wir hatten uns für heute bei Tommy verabredet, um zu planen, was wir am

Wochenende so anstellen konnten. Ich machte die Tür wieder zu. Die beiden würden schon noch auftauchen. Lazy und ich tapsten in Zeitlupe die drei Treppen hinunter und machten uns auf den allmorgendlichen Weg um den Block.

Während ich versonnen hinter meinem Hund hertappte, musste ich daran denken, wie sehr wir seit dem letzten Sommer zusammengehörten. Uns vier verband ein unglaubliches Geheimnis. Geglaubt hätte uns sowieso niemand, selbst wenn wir es jemandem erzählt hätten. Wir hatten geschworen, nichts über das geheimnisvolle Haus am Ende unserer Straße und die Welt, die es verbarg, zu erzählen. Wahrscheinlich hätte man uns nur belächelt und dann den Kopf geschüttelt. Aber vielleicht hätte man uns auch verboten, dieses Grundstück jemals wieder zu betreten. Und das wollten wir auf jeden Fall vermeiden.

Wie oft hatten wir in den vergangenen drei Monaten über unsere Erlebnisse geredet, und wie oft wollten wir zurück auf das verwilderte Grundstück. Nur mal so schauen, ob sich etwas verändert oder ob vielleicht jemand das Haus gekauft hatte. Doch es war wie eine geheimnisvolle Sperre. Tommy und ich gingen fast täglich mit Jever und Lazy zum Hundeplatz, und der Weg dorthin führte genau an diesem Haus vorbei. Es war das letzte in unserer Straße, danach begann der Wald. Wir blieben oft an der Buchsbaumhecke stehen und spähten durch eine Lücke auf das Grundstück, doch dabei war es immer geblieben. Ich hatte schon ein bisschen Bammel vor den Mächten, die ihr Geheimnis an dieser Stelle der

Welt hüteten. Ich muss allerdings zugeben, dass ich manchmal schon daran dachte, was ich mit der tollen Holografie noch alles angestellt hätte, wenn ich sie damals hätte behalten dürfen. Egal, das war vorbei, und wir mussten unser Geheimnis für uns behalten.

Endlich hatten Lazy und ich unsere Morgenrunde hinter uns, und ich beschloss, gleich zu Tommy hochzugehen. Dass er genau über uns wohnte, war ungemein praktisch, denn ich hatte Tommy nur kennengelernt, weil die Familie García-Dressel zu Beginn der Sommerferien in unser Haus eingezogen war und ich gleich beim Umzug geholfen hatte. Merkwürdig, aber schon bei unserer ersten Begegnung wusste ich, dass er mein Leben lang mein Freund bleiben würde.

Als ich jetzt vor Tommys Wohnungstür stand und auf Lazy wartete, der sich mühsam die Treppen hochschleppte, dachte ich genau an dieses erste Zusammentreffen mit Tommy und daran, wie es mein Leben verändert hatte. Und nicht nur meins, auch das von Sanne und Janine. Endlich war Lazy oben, und ich klingelte. Jesse, Tommys Stiefvater, öffnete die Tür und begrüßte mich.

»Hallo, Joe! Komm doch rein. Tommy ist in seinem Zimmer und brütet über irgendwelchen Ägyptern.«

Jesse hieß eigentlich Manfred, aber mit seinen langen Haaren und den dunklen Augen erinnerte er mich sofort an den Jesse aus der Fernsehserie »Full House«, und seit ich ihn das erste Mal so nannte, riefen ihn alle nur noch Jesse. Er war Maler und konnte Bilder malen, die einem den Atem verschlugen. Seine Landschaftsbilder wirkten von Weitem wie Fotos. Und ich rutschte immer gerade so mit einer Vier minus durch den Kunstunterricht!

Jesse ließ mich rein, und ich schaute kurz in die riesige Küche, um Tommys Mutter zu begrüßen. Dann ging ich zu seinem Zimmer und öffnete die Tür. Im nächsten Moment ertönte ein quiekender Laut, ich vernahm ein paar tapsende Schritte, und ehe ich mich versah, sprang mir ein wirbelndes und zappelndes Etwas in die Arme, das mit seiner kleinen rosa Zunge versuchte, mein Gesicht abzulecken!

»Jever!«, rief ich und versuchte, so gut ich konnte, seine Zunge aus meinem Ohr fernzuhalten. »Kannst du mich denn nicht *ein Mal* wie ein normaler Hund begrüßen?«

Aber das war dem kleinen Kerl einfach nicht möglich. Jedes Mal, wenn er mich sah, sprang er mir einfach in die Arme. Ich drückte den süßen Frechdachs an mich und schaute nach Lazy, der tatsächlich auch schon aus der Küche hinter mir hereingekommen war.

»Da, nimm du ihn!«, sagte ich zu meinem eigenen Hund, der noch nie höher als zwei Zentimeter gesprungen war. Lazy wusste, was auf ihn zukam, ließ sich wie ein nasser Lappen auf den Dielenboden fallen und schloss die Augen. Jever hatte seinen Freund entdeckt und zappelte in meinen Armen. Vorsichtig ließ ich ihn zu Boden, und schon stupste und leckte er den armen Lazy, bis der tatsächlich für ein paar Sekunden seine Trägheit aufgab, sich auf den Rücken drehte und die beiden eine schöne freundschaftliche Rauferei austrugen.

Ich betrachtete unsere Hunde kopfschüttelnd und begrüßte dann meinen eigenen Freund, der am Schreibtisch vor seinem Computer saß. Als ich eintrat, hatte er nur kurz die Hand zum Gruß gehoben, sich aber nicht umgedreht. Neugierig, was ihn denn wohl so faszinieren mochte, trat ich hinter ihn und haute ihm auf die Schulter.

»Na, was spielst du denn gerade?«, neckte ich ihn.

Tommy hätte niemals ein Computerspiel angerührt. Es sei denn, man konnte dabei etwas lernen! Wenn Tommy vor dem Bildschirm saß, dann meist, »um was aufzunehmen«, wie er sich ausdrückte. Manche hielten ihn für einen Besserwisser, aber das war er weiß Gott nicht. Klar, er war anders als andere, er gab nur niemals mit seinem Wissen an, und er war der beste Freund, den man sich vorstellen konnte. Ich wollte keinen anderen haben.

»Ich spiele nicht«, sagte er todernst. »Ich arbeite!« Dabei hielt er mir seine Hand hin, und ich schlug lachend ein.

»Aha«, sagte ich. »Und woran, wenn ich fragen darf?«

»Hast du jemals was von Amun gehört?«, fragte er und deutete auf den Monitor.

»Nein«, musste ich zugeben. »Wer soll das sein?«

»Amun war einer der Urgötter Ägyptens. Man nannte ihn sogar Gott der Götter. Also der Chef vons Ganze!« Er grinste.

»Hm«, ich überlegte, und dann kam mir tatsächlich ein Geistesblitz. »Also so wie der Zeus aus Griechenland?«

Tommy hob anerkennend die Brauen. »Hut ab, Herr Professor Seefeld. Hier steht sogar, dass er in altgriechischer Zeit mit Zeus gleichgesetzt war. Wozu brauche ich eigentlich noch einen Computer, wenn ich einen allwissenden Freund habe?«

»Ja klar!«, prahlte ich. »Schalt das Ding aus und frag mich alles, was du willst!«

Tommy lehnte sich zurück und verschränkte die Arme vor der Brust. »Okay. Dann sag mir doch mal, was ein Anch ist!«

»Tja, also«, grummelte ich und tat so, als grübelte ich angestrengt nach. »Ein Anch ist … also, ein Anch ist ein Anch!«

»Weise Antwort!« Tommy lachte. »Der Philosoph Sokrates Seefeld hat gesprochen! Nein, ein Anch ist ein Lebenszeichen. Und Amun war wahrscheinlich der Erste, mit dem man es in Verbindung brachte. Es sieht aus wie ein großer Ring mit einem Kreuz daran und soll Kranken, sogar Toten Leben eingehaucht haben. Hier, schau mal, Amun hat es auf diesem Bild in der Hand. Und auf den alten Zeichnungen, die man ausgegraben hat, sind viele der alten Götter mit einem Anch zu sehen. Vielleicht blieb ein Gott nur durch einen Anch unsterblich.«

»Dann haben sie wohl alle ihren Anch verloren, denn wo sind denn die ollen Götter jetzt alle?«, fragte ich respektlos.

Tommy verdrehte die Augen.

»Ein wenig mehr Glaube an die Mythologie, mein Freund«, sagte er tadelnd. »Außerdem solltest du auch ein bisschen mehr darüber wissen, denn schließlich waren wir in der Kammer einer Pyramide, und die stammen ja wohl eindeutig aus Ägypten, nicht wahr?«

Ich nickte. »Und die Hieroglyphen auch.«

»Genau. Die auch. Ohne die lesen zu können, hätten wir das Buch der Gaben nie bekommen.«

Da hatte er recht. Es war bei unserem Abenteuer im Sommer unglaublicher Zufall gewesen, dass Tommy ausgerechnet jene Hieroglyphen kannte, aus denen die Buchstaben seines Namens bestanden. Oder war es vielleicht doch kein Zufall gewesen? Wie auch immer. Ich schüttelte den Kopf. Ich fand Geschichte langweilig. Jedenfalls das Zeug, das wir in der Schule lernen mussten.

»Und wozu liest du das alles?«

»Weil ich mehr über die Leute herausbekommen will, die unser geheimnisvolles Haus erbaut haben. Und ich bin mir fast sicher, dass es welche aus dem alten Ägypten waren.«

»Echt?«, entfuhr es mir. »Aber wie konnten sie eine Holografie bauen? Oder eine Scheinwelt, in der alles größer und dann wieder kleiner wird? Und was ist mit den Wunschkugeln? Und dem Buch der Gaben? Das soll alles Amun erfunden haben?«

»Nein, nein«, wiegelte Tommy ab und zuckte etwas hilflos die Schultern, was ich mit einer gewissen Befriedigung registrierte. Es war irgendwie doch ganz beruhigend, dass er nicht alles wusste.

»Nein«, meinte er noch mal. »Nicht Amun. Aber die Geheimnisse des Hauses haben mit dem alten Ägypten zu tun. Das glaube ich ganz bestimmt. Vielleicht hat ihnen noch jemand geholfen.«

»Ein Alien?«, fragte ich lachend.

»Mann, Joe!«, sagte Tommy tadelnd, musste aber auch lachen. »Du guckst zu viel fern! Aber wer weiß das schon, ob nicht ein intelligentes Volk aus dem Weltraum dabei geholfen hat?«

Ich tippte mit dem Zeigefinger an meine Stirn. »Das glaubst du doch selbst nicht!«

»Hm, nein. Eigentlich nicht. Aber das ganze Wissen über das Universum und den Bau der Pyramiden werden sie ja wohl nicht von Schulz haben, oder?«

Ich seufzte. Ich wollte endlich etwas anderes machen, als endlos mit Tommy über irgendwelche längst vergangenen Sachen reden. Zum Beispiel ins Kino gehen oder auf die Kart-Bahn oder vielleicht auf das verlassene Grundstück? Komisch, wieso kam ich ausgerechnet jetzt darauf? Das Bild des Hauses erschien ganz plötzlich vor meinem inneren Auge. Ich schüttelte es ab und beobachtete Tommy dabei, wie er den Computer herunterfuhr. Dann stand er auf und drehte sich um.

»Nee, bei Schulz hätten sie jede Formel verschlafen!«, sagte er lachend. »Aber die Götter wohnen doch immer im Himmel, oder? Kann doch sein, dass ein paar von ihnen tatsächlich von oben runtergefallen sind.«

Ich hörte gedämpft, wie die Wohnungsklingel läutete, und Jever spitzte die Ohren. Wahrscheinlich waren die Mädchen gerade gekommen. Ich sah Tommy zweifelnd an.

»Ich glaub, du spinnst!«

Tommy verschränkte die Arme vor der Brust und machte auf strengen Lehrer.

»Herr Josef Seefeld! Setzen. Sechs!« Dann lachte er und knuffte mich in den Bauch. »Klar spinn ich! Denn ich hab vorhin auch gelesen, dass die meisten Götter so wie Amun eigentlich Menschen waren, die besondere Fähigkeiten hatten. Zum Beispiel als Medizinmänner oder kluge Herrscher. Im Laufe der Jahrhunderte verehrte man sie immer mehr, und schließlich wurden sie zu Göttern.«

»Man hat sie halt *vergöttert*!«, ergänzte ich.

»Genau! So wie Lazy dich!«

Im gleichen Moment, als wir beide loslachten, ging Tommys Zimmertür auf und Sanne und Janine kamen herein. Sofort sprang Jever direkt in Sannes Arme. Lazy erhob sich schwerfällig und watschelte zu Janine. Doch es dauerte keine zwei Sekunden, bis wir begriffen, dass etwas nicht stimmte. Janine machte ein völlig verzweifeltes Gesicht. Ihre Augen waren rot und sie schaute so traurig, dass ich einen Schreck bekam. Was konnte bloß passiert sein? Janine bückte sich nicht einmal, um Lazy zu streicheln, der sich an ihr Schienbein lehnte.

Sanne machte mit Jever auf dem Arm die Tür hinter sich zu und setzte unseren kleinen Freund vorsichtig zurück auf den Boden. Dann nahm sie Janine an der Hand und blickte von mir zu Tommy und zurück.

»Wir müssen euch was sagen.«

Ich hatte einen Kloß im Hals, und Tommy ging es sicher

genauso. Doch im Gegensatz zu mir blickte er Janine fest an und seine Stimme war ruhig wie immer.

»Kommt, setzt euch erst mal. Ich hol uns was zu trinken.«

Während er in die Küche ging, ließen wir uns einfach im Schneidersitz auf dem Teppich nieder. Tommy hatte in seinem Zimmer nur den einen Stuhl vor dem kleinen Schreibtisch mit dem Computer und einen riesigen Schlafsessel, den er abends zum Schlafen auszog. Wir fanden es sowieso gemütlicher, im Kreis mit unseren Hunden zu sitzen. So ließ es sich viel besser quatschen.

Bis Tommy zurückkam, sagte niemand von uns ein Wort. Mir war gar nicht wohl, Janine so zu sehen. Ich kannte sie nur als lustiges Mädchen. Na ja, sie war ab und zu ein bisschen übervorsichtig, aber so richtig traurig hatte ich sie noch nie erlebt. Was mochte nur geschehen sein?

Tommy kehrte mit einem Tablett voller Gläser und zwei Flaschen Mineralwasser zurück. Cola oder so etwas gab es bei ihm nicht. Daran hatten wir uns schon längst gewöhnt. Als er die Sachen zwischen uns abstellte, musste Janine doch ein wenig lächeln, denn er hatte auch eine Schüssel und Chips organisiert. Natürlich seine Lieblingschips, die dünnen nur mit Salz.

»Na ja«, sagte er verlegen, »ich dachte, wenn man was im Bauch hat, geht es einem gleich besser.«

Er setzte sich zu uns, riss die Tüte Chips auf und schüttete die Hälfte in die große Schüssel.

Es herrschte eine merkwürdige Stimmung. Eben noch hatte

ich mit Tommy rumgeblödelt und hatte keinerlei Sorgen, und jetzt saßen wir beklommen da und fühlten uns niedergeschlagen, noch bevor Janine ein einziges Wort gesagt hatte. Wir hatten die unglaublichsten Dinge zusammen erlebt, Gefahren und manch brenzlige Situation überstanden. Aber immer hatten wir uns unbeschwert gefühlt und viel gelacht. Der einzige Moment, an dem Janine Trost gebraucht hatte, war der, als wir damals um Mitternacht nach Hause kamen und sie nicht wusste, wie sie das ihren Eltern beibringen sollte. Aber jetzt …

»Meine Mutter ist krank.«

Die Worte kamen leise aus ihrem Mund, und sie blickte nicht auf, als sie das sagte. Für einen Moment blieb mir das Herz stehen. Gerade wollte ich eine Handvoll Chips nehmen, um meine Unsicherheit zu verbergen, doch meine Hand blieb, wo sie war. Besorgt sahen wir Janine an. Selbst die Hunde lagen ruhig mit schief gelegtem Kopf neben uns und spürten die traurige Stimmung.

»Ich hab gelauscht. Ich meine …«, sagte sie und hob den Blick, »… ich wollte nicht lauschen, aber ich musste nachts auf die Toilette, und da hab ich gehört, wie meine Mutter geweint hat.«

Janine traten Tränen in die Augen, und sie schluckte.

»Mein Vater hat meine Mutter getröstet. Sie soll operiert werden, und dann muss sie lange Zeit in irgendeine Reha … Reha …«

»Rehabilitation«, ergänzte Tommy.

»Ja. Und das kann ein ganzes Jahr dauern. Und sie wissen nicht … sie wissen nicht …«, schluchzte sie und konnte die Tränen jetzt nicht mehr zurückhalten. »Sie wissen nicht, ob es hilft.«

Mechanisch streichelte ich Lazy und versuchte, das Gehörte zu verarbeiten. Ich kannte Janines Mutter nicht. Wir hatten Janine immer nur von zu Hause abgeholt oder sie heimgebracht. Aber ich brauchte nur an meine eigene Mutter zu denken, um mir vorzustellen, wie es jetzt in Janine aussehen musste. Ich fühlte mich in dem Augenblick unendlich hilflos. Aber es war Tommy, der mit seiner ruhigen Art unsere Unsicherheit überwand.

»Weißt du, was ihr fehlt oder in welchem Krankenhaus sie operiert wird? Dann könnten wir ihr vielleicht helfen. Jesse … mein Vater, kennt viele berühmte Leute. Da sind bestimmt auch Ärzte dabei.«

»Danke, Tommy«, sagte Janine und schenkte ihm einen dankbaren Blick. »Aber ich glaube, das würde nichts helfen. Sie soll in Hamburg operiert werden.«

»In Hamburg?«, rutschte es mir raus. »Warum das denn?«

»Heute Morgen haben mir meine Eltern alles erzählt. Da gibt es eine Spezialklinik, und mein Vater will das beste Krankenhaus. Ich weiß nicht, was ihr fehlt, und ich wollte nicht fragen.«

Sanne legte ihre Hand auf Janines Arm.

»Wollen wir zusammen zu deiner Mutter gehen und sie trösten?«

Janine holte ein Taschentuch aus ihrer Jeans und putzte sich die Nase.

»Das ist so lieb von euch. Ich weiß, dass ihr alles für mich tun würdet, aber was können wir denn machen? Wie soll ich ihr denn helfen? Ich bin doch kein Arzt!«

Wieder liefen ihr dicke Tränen über die Wangen. »Das ist ja noch nicht alles«, flüsterte sie dann.

»Nicht alles?«, fragte ich leise. »Du kannst uns alles sagen. Wir werden immer bei dir sein, das weißt du doch.«

Janine nickte stumm. Dann setzte sie an, um etwas zu sagen, aber ihr versagte die Stimme. Schließlich reichte Tommy ihr ein Glas Mineralwasser.

»Trink erst mal. Dann wird dir gleich besser. Und ich sag dir was. Deine Mutter wird ganz bestimmt wieder gesund. Das weiß ich so sicher wie nichts sonst auf der Welt.«

Janine blickte in Tommys ruhig schauende Augen und ein Lächeln stahl sich in ihr Gesicht. Sie nahm ihm das Glas aus der Hand und trank es halb aus. Als sie dann sprach, wusste ich, dass Tommy es geschafft hatte. Ihre Stimme klang fest und sie weinte nicht mehr.

»Nein, das ist noch nicht alles. Ich bin heute hier, um mich von euch zu verabschieden. Mein Vater hat sich versetzen lassen, um bei meiner Mutter in Hamburg sein zu können. Eine Wohnung hat er auch schon gemietet. Wir wissen ja nicht, wie lange die Reha … die Reha … na ihr wisst schon, dauern wird. Also muss ich mitkommen. Vielleicht müssen wir sogar unser Haus verkaufen. Am Montag … am Montag müssen wir schon los.«

»Du kannst doch nicht einfach weggehen! Was sollen wir

denn ohne dich machen?« Jetzt hatte auch Sanne Tränen in den Augen, und ich selbst fühlte mich auf einmal schwer wie ein Stein. Janine war unsere beste Freundin. Was gingen mir auf einmal nicht alles für Gedanken durch den Kopf. Seit wir vier zusammen waren, war alles ganz anders als früher. Wenn Janine wegziehen würde, dann ... dann ...

»Ich will doch auch nicht weg von euch«, sagte Janine bedrückt. »Aber es geht nicht anders. Vielleicht können wir nach diesem einen Jahr wieder hierher zurückziehen.«

Wir schwiegen. Ich glaube, jeder von uns wusste, dass das nicht passieren würde. Wenn Janines Vater erst einmal in einer anderen Stadt arbeitete, dann blieb er auch da. Und mit ihm seine ganze Familie.

»Das Wichtigste ist, dass deine Mutter gesund wird«, sagte Tommy und kraulte Jever gedankenverloren hinter dem Ohr. »Und unsere Freundschaft kann nichts auseinanderbringen. Auch nicht die größte Entfernung der Welt. Ich weiß, wie du dich fühlst, Janine. Aber deine Mutter ist jetzt für dich der wichtigste Mensch auf der Welt. Und du bist der Wichtigste für sie.«

Während er das sagte, tastete er unbewusst nach dem Amulett unter seinem Hemd. Es war eine uralte Goldmünze mit dem Bildnis des Anastasios, die Tommy Tag und Nacht um seinen Hals trug. Nur ich wusste, dass es das Einzige war, was er von seinem Vater besaß, seinem richtigen Vater, der bei einem schrecklichen Unfall ums Leben gekommen war. Tommy war da erst drei Jahre alt gewesen.

Minuten vergingen. Ich spielte mit meinem Glas und überlegte fieberhaft, bei welchen Ärzten ich schon gewesen war und ob da einer dabei war, der vielleicht Janines Mutter helfen könnte. Ich dachte daran, meinen Vater zu fragen, aber der arbeitete in einer Importfirma für Gewürze und kannte bestimmt keine Ärzte. Wir waren auf dem totalen Tiefpunkt unserer Stimmung angelangt, als ich auf einmal erschrocken zusammenfuhr.

»Ich hab's!«, schrie Sanne und sprang auf. Jever machte vor Schreck einen Satz zur Seite. Sannes Augen funkelten, und sie streckte uns ihre geballte Faust entgegen.

»Na?«, fragte sie herausfordernd. »Wisst ihr, was ich meine?«

Tommy nickte langsam, und auch seine Augen bekamen einen seltsamen Glanz. Dann schaute er mich an und lächelte.

»Nun, Herr Seefeld, was meinen Sie dazu?«

Ich kam mir ziemlich dumm vor, denn ich hatte nicht die geringste Vorstellung, was Sanne meinen konnte. Dann stand auch Tommy auf und ballte die Faust direkt vor meiner Nase.

»Mensch, Joe! Denk doch mal nach! Was könnte deine kluge Schwester wohl meinen? Na?«

Mit einem Mal rasten meine Gedanken. Vor meinem geistigen Auge erschien das verwilderte Grundstück, das Haus huschte vorbei und all die fantastischen Abenteuer, die wir vor drei Monaten erlebt hatten, blitzten wie im Zeitraffer durch meinen Kopf. Jetzt wusste ich, was Sanne meinte.

»Die Wunschkugeln!«

Auch ich war aufgesprungen, und nur Janine saß noch auf

dem Teppich und starrte uns verständnislos an. Jever fing an zu bellen. Sein Instinkt verriet ihm, dass unsere Stimmung von einer Sekunde zur anderen umgeschlagen war. Selbst Lazy bemühte sich, den Kopf zu heben, und schaute uns fragend an.

»Na klar, die Wunschkugeln!«, wiederholte Sanne aufgeregt. »Wir gehen zurück in das Haus und holen eine Wunschkugel. Nur eine einzige. Und damit wünschen wir deine Mutter wieder gesund. Das ist doch bestimmt kein falscher Wunsch! Oder, Tommy?«

»Nein«, sagte Tommy nachdenklich. »Das ist bestimmt kein falscher Wunsch. Aber ich weiß nicht, ob das so einfach geht.«

»Wir müssen es doch wenigstens versuchen! Und wenn uns das Haus nicht hineinlässt, dann eben nicht! Aber versuchen müssen wir es doch! *Bitte*, Tommy!«

»Vier Herzen ...«, murmelte ich.

»Genau!« Sanne ließ nicht locker. Ich ahnte, was in Tommy vorging. Er war der Denker von uns vieren. Ihm war nicht wohl dabei, einfach bei jedem Problem die Hilfe der geheimnisvollen Mächte zu nutzen. Außerdem dachte er bestimmt auch an die Gefahren, die damit verbunden waren. Und die kamen auch mir in den Sinn. Sanne fasste ihn sanft am Arm.

»Tommy, wenn Janine wegzieht, dann gibt es keine vier Herzen mehr. Wir drei allein können bestimmt nicht zurück in das Haus. Weißt du nicht mehr? *Vier* Herzen braucht es, das Buch zu lösen!«

Tommy lächelte. »Das kann ich doch nicht vergessen! Ich

hab nur … Ich meine, irgendwie glaube ich nicht, dass es so einfach geht, wie du dir das vorstellst. Wir wissen nicht, was uns erwartet. Vielleicht werden da gar keine Wunschkugeln liegen. Und was dann?«

Sannes Augen schimmerten feucht, aber sie ließ sich nicht beirren.

»Du bist doch sonst derjenige, der immer für alles eine Lösung hat. Wenn wir es nicht versuchen, erfahren wir auch nicht, ob welche da sind. Das ist so wie … das ist so … das ist so wie wenn du Chips essen willst, aber nicht einkaufen gehst!«

Das brachte uns alle zum Lachen, und ich wunderte mich mal wieder über meine Schwester. Noch vor einem halben Jahr fand ich sie einfach nur lästig. Das konnte ich mir heute überhaupt nicht mehr vorstellen.

»Erinnert ihr euch denn noch, was uns das Buch der Gaben mit auf den Weg gegeben hat?«, fragte Janine leise, die immer noch auf dem Teppich saß. In der ganzen Aufregung hatten wir die Hauptperson fast vergessen!

»Was meinst du?«, fragte ich gespannt.

»Ich meine, ich finde es ganz toll von euch, was ihr für meine Mutter tun wollt. Aber dürfen wir denn überhaupt noch einmal zurück?«

Wir dachten darüber nach. Sie hatte recht. Dieses Haus war uns einmal wohlgesinnt gewesen, aber würde es dies auch das zweite Mal sein? Janine erhob sich nun ebenfalls und suchte den Raum mit ihren Augen ab.

»Hast du was zum Schreiben, Tommy?«

Tommy ging rüber zu seinem Schreibtisch, kramte in einer Schublade herum und fand schließlich einen Bleistiftstummel. Er riss einen Zettel von einem Notizblock und reichte Janine beides.

»Könnt ihr euch daran erinnern, was im Buch der Gaben stand, als wir es das letzte Mal in der Kammer des Wissens gesehen haben? Ihr wisst doch, als wir es nicht mehr aufheben konnten.«

»Setzen wir uns besser«, meinte ich und merkte, dass ich jetzt doch Hunger auf eine Ladung Chips bekommen hatte. Also setzten wir uns wieder im Kreis auf den Boden, und nicht nur ich griff in die Schüssel und bediente mich. Die Traurigkeit war einer Spannung gewichen, die sich von jetzt an immer mehr steigern sollte.

»Ich glaube, da stand etwas von einer letzten Prüfung«, meinte Sanne, und ich gab ihr recht.

»Stimmt! Das war ja auch, als wir in letzter Sekunde zurück waren. Es hieß, *die letzte Prüfung ist bestanden …*«

»Genau!«, rief Janine und begann eifrig, den Text niederzuschreiben.

»Du brauchst nicht mehr weiterschreiben«, sagte Tommy auf einmal. »Ich weiß, was dort stand. War ja auch nicht viel Text. Und …«, er lächelte verschmitzt, »ich glaube, wir können wirklich zurückgehen.«

»Was stand da? Los, sag schon!«, drängten wir ihn alle. Tommy schaute von einem zum anderen und weidete sich an unseren ungeduldigen Gesichtern.

»*Wenn der Tag kommt, wirst du wissen, dass das Buch der Gaben auf euch wartet …*«

»Seht ihr?« Sanne triumphierte. »Wir gehen und holen eine Wunschkugel!«

»Langsam, langsam«, dämpfte Tommy ihre Euphorie. »Glaubt ihr denn, dass *heute* der Tag ist, den das Buch gemeint hat?«

Er schaute in die Runde. Ich brauchte darüber nicht lange nachzudenken. Wenn jemand krank war, den man liebt, und man ihm nicht anders helfen konnte, auf welchen Tag sollte man denn sonst warten? Ich nickte heftig, und auch in den Gesichtern meiner Freunde entdeckte ich nichts als Entschlossenheit. Tommy zuckte mit den Schultern.

»War ja nur eine Frage.« Aber als wir stürmisch drauflosplapperten, hob er warnend die Hände.

»Dieses Mal werden wir uns besser vorbereiten.«

»Wie meinst du das?«, fragte ich, wusste die Antwort aber längst.

»Das letzte Mal sind wir einfach in das Haus hineingestolpert, ohne zu wissen, was auf uns zukommt. Und vielleicht darf ich euch daran erinnern, wie spät es war, als wir wieder herauskamen! Ich habe so das Gefühl, dass es nicht immer so einfach wird, jedes Problem einfach wegzuwünschen. Stell dir mal vor, Janine, du kommst eine Nacht nicht nach Hause! Deine Mutter würde sich zu Tode ängstigen! Und das wäre ja wohl das Letzte, was sie jetzt gebrauchen kann, oder?«

Janine nickte heftig. »Alles, nur das nicht. Aber wir haben doch nur zwei Tage Zeit! Ich kann doch nicht einfach von zu Hause weg. Ich weiß nicht, wie ich das meinen Eltern beibringen soll.«

Tommy lächelte.

»Genau deswegen brauchen wir einen Plan. Ich glaube, ich weiß schon, was wir unseren Eltern erzählen können. Und lügen wollen wir ja nicht, stimmt's? Allerhöchstens eine ganz kleine Notlüge. Wahrscheinlich wird es gar nicht so schwer, sie zu überzeugen, dass wir noch einmal länger zusammen sein wollen, schließlich muss Janine ja bald wegziehen. Da müssen wir uns doch ordentlich verabschieden und noch was Schönes gemeinsam unternehmen, nicht wahr?«

Wir grinsten uns an. Janines Augen schimmerten immer noch feucht, aber das war wohl die Freude darüber, dass wir etwas tun konnten. Wir brauchten einen Plan, so viel stand fest. Es würde eine Menge zu besprechen geben.

Schließlich brach ich den Bann und schüttete die restlichen Chips in die Schüssel. Dann begannen wir, einen Plan zu entwerfen. Den Rest dieses Freitags saßen wir als verschworene Gemeinschaft zusammen und redeten über das, was wir vorhatten.

Irgendwo im Unterbewusstsein registrierte ich eine mahnende Stimme, die mir ständig zuraunte, dass es vielleicht gefährlich würde, wieder in dieses Haus zurückzukehren. Sehr gefährlich. Aber ich mochte nicht auf sie hören.

DIE TAFEL

Am nächsten Vormittag trafen wir uns bei mir zu Hause. Es war gar nicht so einfach gewesen, unseren Eltern die Erlaubnis herauszukitzeln, woanders übernachten zu dürfen. Wir hatten eine ganze Weile gebraucht, bis uns die rettende Idee kam. Schließlich wollten wir nicht schwindeln. Na ja, jedenfalls nicht allzu sehr. Zuerst meinte ich, jeder könnte sagen, er übernachte beim anderen. Aber Tommy beendete das Thema gleich wieder. Janine meinte, wir könnten doch zelten gehen. Aber das hätten uns meine Eltern nie erlaubt. Mir ja vielleicht noch, aber Sanne ganz bestimmt nicht. Dafür hatte meine Schwester den genialen Einfall mit Omas Laube.

Meine Großeltern besaßen seit vielen Jahren eine Laube in einem Schrebergarten. Doch seit mein Opa gestorben war, verbrachte Oma nur noch selten ein Wochenende in ihrer geliebten Laube. Jetzt im Oktober zwickte ihr der Rücken schon zu sehr, wie sie sich ausdrückte. Also fragten wir unsere Eltern, ob wir das Wochenende dort verbringen dürften, weil es doch schließlich unser letztes gemeinsames sei. Und wenn ich will, kann ich richtig traurig-liebe Augen bekommen.

Sanne und ich bekamen die Erlaubnis. Unsere Eltern wollten sogar das Wochenende nutzen und Tante Margret in Hannover besuchen. Janines Eltern hatten auch nichts dagegen. Sie hatten sowieso genug für die Fahrt nach Hamburg vorzubereiten. Und Tommys Eltern hätten wir gar nicht fragen brauchen. Sie vertrauten ihm völlig und meinten, dass er nichts Gefährliches tun würde. Tja, also jedenfalls bis jetzt …

Als wir uns am Abend voneinander verabschiedeten, gab Tommy uns noch mit auf den Weg, darüber nachzudenken, was wir alles mitnehmen mussten. Wir hatten uns überlegt, dass diesmal jeder einen Rucksack dabeihaben sollte. Es war schließlich Oktober, und meine Mutter würde uns nicht gehen lassen, wenn wir uns nicht warm genug anzogen. Omas Laube hatte keine Heizung. Das Dumme war nur, dass es bei unserem letzten Abenteuer in der geheimnisvollen Welt so warm gewesen war wie bei uns im Hochsommer, und was sollten wir dann mit Jacken und Pullovern? Das Problem mussten wir noch irgendwie lösen. Und Tommy meinte, er hätte keine Lust, wieder die ganze Zeit allein einen Rucksack zu tragen. Außerdem könnten wir dann mehr Proviant mitnehmen.

So saßen wir also wieder einmal auf dem Boden, diesmal in meinem Zimmer, und packten unsere Sachen aus, damit Tommy sie inspizieren konnte. In dieser Hinsicht überließen wir ihm die Führung.

»Lasst mal sehen«, sagte er neugierig.

Ich begann, meine Sachen nebeneinander zu legen und fühlte mich wie vor dem Beginn einer aufregenden Expedition in ein fremdes Land.

»Ein Handtuch. Falls wir wieder baden müssen«, sagte ich grinsend. »Eine Flasche Mineralwasser, eine Tüte Chips, zwei

Brötchen mit Schinken, heute frisch geschmiert, ein Notizblock und ein Bleistift.«

»Damit wir nicht wieder im Sand rumkratzen müssen«, meinte Tommy anerkennend.

»Genau!« Ich nickte zustimmend. »Außerdem hab ich keine Lust, noch mal nach Hause zu laufen, falls da wieder ein Rätsel erscheint und wir nichts zum Schreiben dabeihaben. Hier sind noch zwei Äpfel, drei Schokoriegel, ein paar Erdnüsse, Kaugummis und Kekse.«

»Danke, dass du für mich mit eingekauft hast!«, sagte Tommy. »Und was habt ihr eingepackt?«

Sanne und Janines Sachen glichen den meinen. Jede hatte auch ein Handtuch, eine Flasche Wasser und Äpfel dabei. Aber etwas hatten sie, was ich nicht hatte.

»Wir haben noch ein T-Shirt und eine kurze Hose eingepackt, falls es wieder so warm ist oder wir wieder ins Wasser müssen. Dann können wir die Klamotten wechseln.«

Tommy nickte anerkennend.

»Gute Idee. Eine kurze Hose werde ich mir auch noch holen.«

Ich stand auf und suchte mir ebenfalls noch Sachen zum Wechseln raus. Gut, dass wir uns bei mir zu Hause getroffen hatten. An das Wichtigste schienen wir jedenfalls gedacht zu haben. Jetzt schauten wir gespannt auf Tommy, der noch keine Anstalten gemacht hatte, den Inhalt seines eigenen Rucksacks hervorzukramen. Langsam und bedächtig zog er ein Teil nach dem anderen heraus.

»Die Taschenlampe. Die brauchen wir bestimmt. Die war hier noch drin vom letzten Mal. Ich hab aber neue Batterien reingemacht. Und ich habe ein Seil gekauft.«

»Ein Seil?«, fragte Sanne. »Meinst du, wir gehen wieder denselben Weg wie das letzte Mal?«

»Nein«, erwiderte Tommy nachdenklich. »Das ergibt eigentlich keinen Sinn. Aber wer weiß das schon? Lassen wir uns einfach überraschen. Nein, ich dachte, ein Seil kann uns immer mal helfen, und viel Gewicht hat es nicht. Es ist ein ultradünnes für Bergsteiger. Damit könnten wir ein Nilpferd abseilen.«

Als Nächstes tauchte ein Kompass auf.

»Absolut lebensnotwendig!«, meinte ich ironisch.

»Na, aber ja!« Tommy lachte und zog sein Schweizer Taschenmesser hervor. »Das hier ist vielleicht noch wichtiger. Ach ja, und das hier!«

Als Letztes kam das Fernglas zum Vorschein, das uns bei dem Rätsel mit dem kochenden See gute Dienste geleistet hatte.

»Das wär's«, meinte mein Freund und lehnte sich zufrieden zurück. »Haben wir was vergessen? Hat jemand irgendeine Idee, was noch fehlen könnte? Wenn wir erst mal in der anderen Welt sind, ist es zu spät.«

»Was ist mit der Machete?«, fragte Janine.

»Gute Frage!«, meinte Tommy. »Die hängt draußen unter meiner Jacke. Ich dachte, es wäre vielleicht besser, wenn eure Eltern das Ding nicht sehen. In den Rucksack wäre sie sowieso nicht gegangen. Also, Leute, war's das?«

Wir überlegten noch eine Weile, aber niemandem kam noch eine zündende Idee.

»Man merkt sowieso erst, was einem fehlt, wenn man es braucht«, meinte Sanne.

»Na okay«, sagte Tommy und hielt uns seine Handfläche hin. »Dann war's das. Kommt, schlagt ein!«

Und als wir alle mit einem kräftigen Schlag unser Vorhaben besiegelten, konnte ich es kaum noch aushalten, endlich aufzubrechen.

*

Es war gar nicht so einfach, uns zu verabschieden. Nicht nur, dass wir alle dicke Pullis und Jacken anziehen sollten, nein, um Mutter zu beruhigen, mussten wir nun auch noch zwei Schlafsäcke mitschleppen. Oma hatte zwei Klappsofas in ihrer Laube, aber nicht genügend Decken. Wir kamen uns vor wie Lastesel, als wir endlich die Treppen unseres Mietshauses hinunterstolperten. Dann hatte uns meine Mutter auch noch alle zum Abschied gedrückt! Das war nicht nur peinlich, sondern um ein Haar wäre Tommy die Machete aus seiner Jacke gerutscht. Auf seine Erklärung, was wir mit so einem Ding auf Omas Grundstück wollten, wäre ich allerdings gespannt gewesen!

Endlich hatten wir die Prozedur überstanden und schlenderten Richtung Bushaltestelle davon. Natürlich winkte Mutter uns vom Fenster aus nach. Gott sei Dank lag die Haltestelle außer Sichtweite. Um zum Grundstück zu gelangen, mussten wir an ihr vorbei noch ein ganzes Stück Richtung Wald gehen. Ein schlechtes Gewissen hatten wir schon alle, aber was wir taten, war ja schließlich für einen guten Zweck.

Ein Problem allerdings blieb. Wenn rauskam, dass wir gar nicht zu Omas Laube gefahren waren, dann hätten wir erklären müssen, was wir denn stattdessen angestellt hatten. Sollte man seinen Eltern erklären, dass man in eine geheimnisvolle andere Dimension eingetaucht war, mal eben durch Dschungel und Wüsten gewandert war und so nebenbei die fantastischsten Abenteuer erlebt hatte? Genau das hatten wir nämlich das letzte Mal durchgestanden. Aber erzählen konnte man das nicht. Ich grübelte eine Weile nach, aber mir fiel beim besten Willen keine plausible Erklärung für unser Vorhaben ein. Die Wahrheit würde uns jedenfalls niemand glauben.

Ich schüttelte den Gedanken ab. Das brachte jetzt sowieso nichts. Niemand sagte ein Wort, während wir die vielleicht fünfhundert Meter bis zum Ende der Welfenallee gingen. Von Weitem sah man bereits den Wald, der direkt an das Grundstück grenzte. Jetzt wussten auch unsere beiden Hunde, wohin es ging. Schließlich war gleich dahinter das Hundeauslaufgebiet. Jever zog an der Leine und japste, und Lazy ging so schnell, dass er sogar mit uns Schritt hielt.

Je näher wir der geheimnisvollen Stelle kamen, desto unruhiger wurde ich. Ich hatte mehr als eine Ahnung, dass wir etwas vorfinden würden, womit wir nicht gerechnet hatten. Mit jedem Schritt spürte ich es stärker. Mein Blick verschwamm bereits, so angestrengt starrte ich voraus in der Hoffnung, das Haus endlich erkennen zu können.

Dann bekam ich Gewissheit.

»Sie haben es abgerissen!«, rief Janine.

Erst dachte ich, das könne nicht sein. Doch dann, nachdem wir noch einige Dutzend Meter weitergegangen waren und unsere Schritte immer langsamer wurden, erkannte ich, dass Janine recht hatte. Das Haus, so wie wir es kannten und so wie ich es mit Tommy zusammen bei unserem letzten Gang zum Hundeplatz noch gesehen hatte, existierte nicht mehr.

»Es war alles umsonst! Alles umsonst …«, murmelte Sanne, den Tränen nahe.

»Keine Panik«, versuchte Tommy sie zu beruhigen. »Es war schon mal ganz verschwunden. Und im nächsten Moment stand es wieder da, als wäre nichts geschehen.«

Da hatte er recht. Ich dachte unwillkürlich an den Moment, wo ich in den Brunnen steigen musste und geglaubt hatte, mein letztes Stündchen hätte geschlagen. Mann, war das knapp gewesen! Doch jetzt sah die Sache ganz anders aus.

»Jemand muss das Grundstück gekauft haben«, sagte ich enttäuscht. »Und jetzt haben sie das alte Haus abgerissen und bauen ein neues drauf.«

Inzwischen waren wir am Waldrand angekommen und standen direkt vor der dicht gewachsenen Buchsbaumhecke, die das große Grundstück einfasste. Zwei Seiten waren vom Wald gesäumt, die dritte grenzte an die Straße, und nur an einer gab es einen direkten Nachbarn, das Haus war aber kaum zu sehen, da große Ahornbäume die Sicht versperrten. Ich war froh, dass man das Grundstück selbst schlecht einsehen konnte und dass sich kaum jemand hierher verirrte. Auf den Hundeplatz gingen die meisten Hundebesitzer erst am Nachmittag. Es wäre verdammt unangenehm geworden, wenn uns jemand erkannt und unseren Eltern so nebenbei gesagt hätte, dass wir hier rumstromerten.

Jever und Lazy wurden ungeduldig, und da sie hier eigentlich nichts anstellen konnten, ließen wir sie von der Leine. Sofort krabbelte Jever durch ein Loch in der Hecke und begann, auf dem Grundstück herumzuhopsen. Lazy brauchte etwas länger, um sich durch das Loch zu zwängen, und hopsen tat er schon gar nicht. Aber die beiden fühlten sich augenscheinlich wohl. Na, wenigstens etwas!

Tommy und ich bogen die Hecke an einer etwas lichteren Stelle auseinander, damit wir einen besseren Einblick bekamen. Wo einst das kleine, graubraun verputzte Haus gestanden hatte, war jetzt nur noch das Fundament zu sehen. Offensichtlich hatte eine Baufirma mit schwerem Gerät die Außenmauern und das Dach eingerissen, denn überall auf dem Grundstück verliefen tiefe Spuren von den Ketten eines Baggers. Mauerstücke lagen herum, aus denen die eine oder andere Stahlarmierung ragte. In einer Ecke türmten sich zerbrochene Dachziegel und daneben lagen Fensterrahmen, aus denen das Glas herausgebrochen war. Die vielen Brombeersträucher, die uns im Sommer so gepiesackt hatten, waren platt gewalzt, die schönen Obstbäume zum Teil umgefahren, oder sie standen schräg, weil der Baggerfahrer anscheinend nicht aufgepasst hatte. Zur Straßenseite hin standen riesige Stahlcontainer mit Bauabfall, und ein großes Schild mahnte: »Baustelle! Eltern haften für ihre Kinder!«

Ich stand da und ließ das auf mich einwirken. Unser schöner Plan schien sich in nichts aufzulösen. Das ganze Grundstück wirkte seltsam leblos. Selbst die Vögel hatten die Flucht ergriffen. Kein Laut drang zu uns herüber. Aus den Augenwinkeln sah ich, wie Janines Schultern bebten, doch gleich darauf legte Sanne einen Arm um sie.

»Hey, noch ist nichts verloren. Denk doch mal nach. Die unbekannten Herrscher haben uns viele Rätsel aufgegeben, die wir das letzte Mal lösen mussten. So leicht wird es nicht sein, wieder in die andere Welt zu gelangen. Ich hab das Gefühl, dass wir erst beweisen müssen, dass wir die Richtigen sind.«

Sie überdachte ihre Worte ein paar Sekunden. »Ich meine, natürlich sind wir es, aber das können die ja nicht wissen. Da könnte ja jeder kommen und in diese Welt eindringen wollen. Und das hätte ich an deren Stelle auch verhindert.«

Janine sah Sanne voller Hoffnung an und zeigte auf das Durcheinander auf dem Grundstück.

»Du meinst, das könnte ein neues Rätsel sein?«

»Warum nicht?«, antwortete Tommy an Sannes Stelle. »Jedenfalls sollten wir nicht gleich aufgeben, nur weil etwas anders aussieht als das letzte Mal. Ich habe das komische

Gefühl, dass man uns prüfen will, denn etwas stimmt hier ganz und gar nicht!«

Mit neuer Spannung irrten unsere Blicke über die Reste des Hauses, den Abfall und das Grundstück.

»Was meinst du? Los, sag schon! Mach's nicht so spannend!«

»Joe«, wandte er sich an mich, »kannst du dich noch daran erinnern, dass das Haus keine Tür hatte und dass es genau das war, mit dem du mich neugierig auf die Sache hier gemacht hast?«

Na klar konnte ich mich daran erinnern. Wie hätte ich das jemals vergessen können, schließlich waren wir erst durch das Rätsel mit der Holografie buchstäblich in das Haus gefallen.

»Und ob«, nickte ich. »Und?«

»Jetzt fehlt auch etwas. Mal sehen, ob ihr darauf kommt.«

Noch einmal nahmen wir die Szenerie in uns auf und versuchten, etwas Außergewöhnliches zu entdecken. Minuten vergingen, doch ich kam einfach nicht drauf. So langsam schnitt mir der Riemen des Rucksacks schmerzhaft in die Schultern, der Schlafsack lag schwer in meinem Arm, und ich schwitzte in meinen warmen Klamotten. Es war zwar Oktober, aber ein recht milder Tag, sonnig und vielleicht an die zwanzig Grad warm. Ich hätte einiges dafür gegeben, schon jetzt Ballast abwerfen zu dürfen. Aber wir waren ja gerade mal zehn Minuten von zu Hause fort! Ich schüttelte den Kopf.

»Was soll man denn hier erkennen? Hier gibt es doch

nichts außer Schutt! Alles, was fehlt, ist das Haus«, meinte ich resigniert.

Und dann stahl mir Sanne die Show.

»Tommy …«, sagte sie langsam, »das Haus hatte keine Tür. Und das Grundstück hat keine Einfahrt!«

»Bingo!«, rief Tommy, und seine Augen strahlten. »Genau das ist es! Ich dachte die ganze Zeit, wo ist denn der Bagger hin, der das Haus abgerissen hat? Die Spuren sind ja überall zu sehen. Aber wenn hier ein Bagger war, dann muss er ja auch rein- und wieder rausgefahren sein. Und wie soll er das geschafft haben, wenn das ganze Grundstück ringsum mit einer Hecke eingezäunt ist, die bestimmt schon viele Jahre alt ist. Oder seht ihr hier irgendwo eine Stelle, die neu bepflanzt wurde?«

Mann, ich konnte es nicht glauben. Die Erklärung war so einfach. Der Beweis war eindeutig. Die Hecke wuchs dicht und ununterbrochen rings um das geheimnisvolle Grundstück. Drei Seiten fielen sowieso weg, denn durch den Wald und über das Nachbargrundstück konnte im Leben kein Bagger dieser Größe durchkommen. Blieb nur die Straßenseite, und da standen ja wir und konnten deutlich erkennen, dass hier seit langer Zeit nichts verändert worden war.

»Sanne«, sagte Janine mit bewunderndem Blick, »du bist toll! Da wäre ich nie drauf gekommen!«

Ich sagte lieber nichts. Tommy lächelte und beobachtete Jever, der versuchte, mit Lazy Fangen zu spielen, soweit man das mit meinem Hund konnte.

»Noch vorgestern stand hier das Haus, so wie wir es kannten, und jetzt das. Ich würde sagen, wir müssen ein Rätsel lösen. Was meint ihr?«

Ich wollte auch einmal etwas beitragen, schulterte meinen Rucksack und stapfte los in Richtung Wald.

»Gehen wir erst mal rein!«, rief ich zurück. »Ihr wisst ja, Eingang um die Ecke!«

Vom Wald her gab es eine kleine Lücke in den Büschen, durch die sich auch ein Mensch quetschen konnte. Die hatte ich früher schon genutzt, als ich mit meinem alten Freund Andi auf dem Grundstück gespielt hatte, ohne zu ahnen, was für ein Geheimnis sich hier verbarg.

Einer nach dem anderen zwängten wir uns hindurch und fingen uns ein paar ordentliche Kratzer von den Büschen ein. Wir musterten das Gelände sorgfältig. Der unsichtbare Bagger hatte ganze Arbeit geleistet. Überall türmten sich kleine Sandberge auf. Das Gelände wirkte regelrecht verwüstet. Wo sollten wir anfangen, und wonach sollten wir suchen?

»Ich denke, wir teilen uns«, sagte Janine. »So wie das letzte Mal, als sich jeder von uns eine Seite des Hauses vorgenommen hat.«

»Gute Idee«, meinte Tommy und nickte. »Am besten kann man ein Gelände absuchen, indem man in einer Spirale von außen nach innen geht. Und wenn wir uns teilen, sehen wir alle jeden Fleck gleich mehrmals. Geh du am besten mit Sanne linksrum und ich laufe mit Joe von rechts.«

»Worauf sollen wir achten?«, fragte ich.

»Das weiß ich auch nicht. Ich würde sagen, achtet auf alles, was nicht hierher gehört. Was nicht aussieht wie Schutt oder Sand oder Gestrüpp. Und geht langsam.«

Wir setzten uns in Bewegung und schlenderten mit konzentriertem Blick auf den Boden los. Langsam umrundeten wir das Gelände. Schon nach wenigen Minuten brannten mir die Augen, weil ich nicht blinzeln wollte aus Angst, etwas zu übersehen. Ich sah nichts als Sand, Büschel von Gras, hier und da eine achtlos weggeworfene Zigarettenkippe und eben den Schutt, der scheinbar wahllos in die Gegend gekippt worden war. Ich konnte einfach nichts entdecken.

Die ganze Zeit über lauschte ich gebannt auf die anderen, ob jemand aufschreien würde. Aber meine Freunde liefen genauso schweigsam wie ich ihre Runden. Jever und Lazy hatten aufgehört herumzutollen, lagen nebeneinander vor den Resten des Hauses und schauten uns zu.

Schließlich waren wir jeden Meter des Grundstücks abgelaufen und gesellten uns zu unseren Hunden. Ich schaute Sanne an und musste lachen.

»Du bist ja ganz rot im Gesicht!«

»Sieh *dich* mal an! Du Tomate! Mir ist halt warm.«

Auch ich schwitzte in meinen dicken Klamotten. Wir hatten die ganze Zeit unsere Sachen mitgeschleppt, so verbissen waren wir auf die Suche gegangen. Uns stand die Enttäuschung ins Gesicht geschrieben.

»Nichts?«, fragte Tommy noch einmal, um sich zu vergewissern.

»Nichts!«, bestätigten wir einhellig.

»Dann bleibt nur noch das Haus«, sagte er und richtete seinen Blick auf die Reste des Mauerwerks und die zusammengefallenen Balken, die sich auf dem Fundament übereinandertürmten.

»Welches Haus?«, fragte Sanne. »Was willst du denn da noch finden? Das ist doch nur noch Schrott.«

»Egal«, meinte Tommy, »sehen wir einfach nach. Das Haus war schließlich der Eingang in die andere Welt, und als es damals weg war, war der Brunnen an seiner Stelle.«

Das war nicht von der Hand zu weisen, und so begannen wir vorsichtig, auf den Trümmern herumzukraxeln. Wieder erwachte die mir so bekannte Spannung. Ich versuchte in der Anordnung der Balken oder im Muster des Betonfundaments einen Hinweis zu finden, der uns weiterhelfen könnte. Stück für Stück räumten wir beiseite und arbeiteten uns voran. Dann passierte genau das, womit ich schon gar nicht mehr gerechnet hatte. Ein Schrei ertönte!

»Hierher! Ich hab was gefunden!«

Wir fuhren herum. Janine zerrte an einem großen Stück Holz, das sich verklemmt hatte.

»Nun macht schon, hier ist eine Treppe!«

»Eine Treppe?«, rief ich ungläubig. »Was für eine Treppe?«

Im Nu standen wir um Janine herum und versuchten zu erkennen, was sie entdeckt hatte. Unter losem Gerümpel und mehreren ineinander verkeilten Balken war eine rechteckige dunkle Öffnung im Fundament des Hauses zu erkennen.

Tatsächlich schienen Stufen von diesem schwarz gähnenden Loch in die Tiefe zu führen.

»Vielleicht ein Keller«, meinte Tommy und begann, Janine mit dem Balken zu helfen. Doch erst, nachdem auch ich mit Hand anlegte, gelang es uns mit vereinten Kräften, das schwere Ding herauszuziehen und in den Sand zu werfen.

»Nie und nimmer ist da ein Keller«, murmelte ich, während wir den Rest des Unrats wegräumten und die Öffnung freilegten.

»Nichts ist hier so, wie es sein sollte«, meinte Janine nachdrücklich, und ich musste ihr recht geben. Dies schien die einzige Möglichkeit zu sein, auf diesem Grundstück etwas zu entdecken, also mussten wir sie nutzen.

Endlich lag der Eingang offen vor uns. Wir atmeten schwer vor Anstrengung, traten an den Rand und versuchten etwas zu erkennen. Aber die Stufen verloren sich im Dunkel.

»Tja«, machte Tommy und klopfte sich die Hände ab, »wer möchte denn gern vorgehen? Joe, wie wär's mit dir? Du hast doch mit Vorgehen Erfahrung!«

Nun ja, ich war damals vorgegangen. Aber nur, weil ich das Rätsel mit der Holografie gelöst hatte. Und, so musste ich zugeben, weil ich nicht wollte, dass eines von den Mädchen mich an die Hand nahm. Aber ich musste ja nicht jedes Mal vorgehen …

»Kannst du nicht Jever vorschicken?« Ich wusste, dass der kleine Hund jede Gefahr wittern würde.

»Normalerweise schon. Aber hier liegen viele scharfe Teile

und Nägel herum. Ich möchte nicht, dass er sich was eintritt. Aber wenn du willst, dann geh ich vor.«

»Nein«, sagte ich schnell. Auf einmal zeigte ich Mut, den ich gar nicht hatte. Janine sah mich so dankbar an, dass ich gar nicht anders konnte. »Aber ihr müsst dicht hinter mir herkommen. Und gib mir deine Taschenlampe. Dann ist mir wenigstens ein bisschen wohler.«

Tommy nickte verständnisvoll, hievte seinen Rucksack von der Schulter, kramte die Lampe heraus und reichte sie mir.

»Mir auch. Was soll ich denn deinen Eltern sagen, wenn du auf einmal in den Rachen eines riesigen Ungeheuers fällst!«

Ich grinste etwas säuerlich und Sanne bekam große Augen.

»Ein Ungeheuer? Aber da unten ist doch keins, oder?«

Tommy lachte und seine Selbstsicherheit machte mich ein bisschen neidisch.

»Nein, nein. Ganz bestimmt nicht. Denk doch mal an das letzte Mal. Da gab es überhaupt keine Tiere in der anderen Welt. Man will uns hier nur auf die Probe stellen. Hab keine Angst.«

Gerade wollte ich ihn daran erinnern, dass wir sehr wohl ein Tier getroffen hatten, nämlich eine riesige Vogelspinne. Aber ich hielt doch lieber den Mund. Ich wollte Sanne und Janine nicht noch mehr Angst machen.

Ich schaltete die Lampe ein.

»Könnt ihr auf Lazy aufpassen? Nicht, dass er zurückbleibt.«

»Ich werde ihn auf den Arm nehmen«, bot sich Sanne an.

Janine nahm Jever, denn Tommy und ich trugen immer noch die Schlafsäcke mit uns herum. Die wollten wir nicht oben liegen lassen. Man konnte nie wissen, ob nicht doch jemand vorbeikam und aufmerksam wurde. Tommy hatte die Machete in seinen Schlafsack eingewickelt, um wenigstens eine Hand frei zu haben. Die Sekunden, bis wir endlich so weit waren, kamen mir wie eine Galgenfrist vor, die ich am liebsten nie beendet hätte, denn wer geht schon gern als Erster eine unbeleuchtete Treppe ins Ungewisse hinab? Doch dann ließ es sich nicht weiter hinausschieben und ich setzte meinen rechten Fuß auf die erste Stufe.

»Pass bloß auf!«, sagte Janine ängstlich.

Ich nickte nur und begann, vorsichtig die Gott sei Dank recht breiten Stufen hinabzusteigen. Gespannt richtete ich die Taschenlampe nach unten. Ich erkannte vielleicht zwei Dutzend Stufen, dann verlor sich der Strahl im Nichts. Ich schluckte. Das war weiß Gott keine normale Kellertreppe! Janine war dicht hinter mir, und so sagte ich lieber nichts, um ihr keine Angst einzujagen. Gerade als ich sicher war, dass jetzt eigentlich alle in das Loch gestiegen sein mussten, erschrak ich mich zu Tode.

»Hier ist ein Schalter!«, hallte Tommys Stimme schaurig durch den Gang.

»Mann, schrei doch nicht so!«, rief ich nach oben. »Beinahe hätte ich die Lampe fallen lassen! Was denn für ein Schalter?«

»Ein Lichtschalter. Hier gibt's bestimmt keinen Strom, aber ich kann ja mal …«

Tommy war als Letzter eingestiegen, und ich hatte keine Chance, ihm in den Arm zu fallen. Ich wollte »Warte!« schreien, weil ich dachte, er könnte eine Falltür auslösen oder, noch schlimmer, eine Platte würde sich über das Einstiegsloch schieben und uns lebendig begraben! Aber es war zu spät. Schon hörte ich das laut widerhallende Klickgeräusch des umgelegten Schalters. Im nächsten Moment war der Gang nach unten beleuchtet!

»Na, wer sagt's denn!«, kam es von oben.

»Mensch, Tommy!« Ich holte tief Luft. »Das nächste Mal gehst *du* vor! Du bringst mich noch um!«

»Und uns auch!«, hörte ich Janines ängstliche Stimme hinter mir.

»Ohne Licht wärt ihr viel eher gestorben«, kam es trocken von meinem Freund. »Wie weit müssen wir denn noch runter?«

Ich blickte mit zusammengekniffenen Augen die Treppe hinab. In regelmäßigen Abständen hingen unscheinbare kleine Neonröhren an der Decke und gaben ein gleichmäßiges Licht. Als ich sah, wie weit es hinunterging, wurde mein Mund trocken.

»Ziemlich weit, würde ich sagen«, gab ich zurück. »Ich sehe das Ende nicht.«

»Okay«, kam es energisch von Sanne. »Dann sind wir richtig. Kein Haus hat so eine Treppe! Das *muss* der Eingang zur anderen Welt sein! Los, geh weiter, Joe!«

Geh weiter, Joe! Geh weiter, Joe! … Sanne hatte gut reden.

Ich hatte das furchtbar mulmige Gefühl, dass der Eingang verschlossen sein würde, wenn wir umdrehten. Und genauso ein mulmiges Gefühl vor dem, was uns dort unten erwarten konnte. *Ich* ging ja schließlich vor! Aber ich wusste, ich hatte keine Wahl. Als ich das in meinem Innern entschieden hatte, knipste ich die Taschenlampe aus und setzte entschlossen einen Fuß auf die nächste Stufe.

»Und beeil dich ein bisschen! Lazy wird mir immer schwerer!«

Ich verkniff mir eine Antwort. So zügig es die Treppe erlaubte, stiegen wir hinab. Und es ging wirklich buchstäblich in die Tiefe. Bei der hundertfünfzehnten Stufe verhaspelte ich mich und hörte auf zu zählen. Meter um Meter arbeiteten wir uns in den Bauch des Grundstücks voran, und genau in dem Moment, als Sanne rief, sie könne Lazy nicht mehr lange halten, erkannte ich das Ende des Abstiegs.

»Wir sind gleich unten!«, rief ich beruhigend über meine Schulter.

Die letzten Stufen ging ich langsam und vorsichtig, um zu ergründen, was dort am Ende der Treppe auf uns warten mochte. Ich erkannte einen staubigen, dunkelgrauen Fußboden. Erst war es nur ein Ausschnitt, doch dann sah ich, dass die Treppe in einen sehr großen Raum mündete, der mit den gleichen kleinen Neonröhren ausgeleuchtet wurde wie die Treppe. Der Raum war leer.

Als ich die letzte Stufe geschafft hatte und durch die türlose Öffnung trat, fiel die Spannung augenblicklich von mir ab.

Hier drinnen gab es nichts Gefährliches. Absolut nichts. Ich fühlte Enttäuschung in mir aufsteigen.

»Endstation!«, sagte ich zu den anderen, die jetzt nach mir den Raum betraten. »Ein Keller ohne Ausgang. Vielleicht einer von den Bunkern von früher, von denen Oma immer erzählt hat.«

Janine und meine Schwester setzten die Hunde ab, die sofort neugierig umhertapsten. Sanne rieb sich die Arme. Ich wusste, wie schwer mein Hund war, und war ihr dankbar, dass ich nur den blöden Schlafsack hatte tragen müssen. Ich ließ ihn zu Boden gleiten, und Tommy machte es mir nach.

»Hier will ich ganz bestimmt nicht schlafen!«, sagte er grinsend. Er ließ seinen Blick langsam über die Wände gleiten. Diesmal war ich mir sicher, dass er nichts entdecken würde. Es gab einfach nichts zu sehen. Kein Möbelstück, kein Gerümpel, keine Regale. Allerdings war der Raum bestimmt zwanzig Meter lang, und schwören wollte ich nicht, dass da hinten nicht vielleicht doch ein winziger Zettel liegen könnte oder sonst etwas, das uns vor eine Aufgabe stellen würde. Ich seufzte. Wir würden jeden Quadratzentimeter des Raumes absuchen müssen. Dafür würde Tommy schon sorgen. Aber es war Janine, die uns antrieb.

»Jeder eine Wand! Und wenn wir fertig sind, treffen wir uns in der Mitte, okay?«

»Nun guck nicht so, Joe«, meinte Tommy aufmunternd. »Vor einfache Aufgaben hat uns das Haus noch nie gestellt, oder?«

Damit hatte er allerdings den Nagel auf den Kopf getroffen. Ich war sauer auf mich selbst, dass ich so schnell resigniert hatte. Die beiden Mädchen begannen bereits, die rechte und linke Seite des Kellers zu inspizieren, und Tommy durchquerte den Raum, um die gegenüberliegende zu untersuchen. Also blieb mir nichts anderes übrig, als mir den Bereich des Eingangs und die sich daran anschließende Wand vorzunehmen.

Zuerst ging ich nach links. Ich konzentrierte mich auf feinste Risse, Unebenheiten oder sonst irgendetwas, das die glatte Oberfläche der Wand unterbrochen hätte. Mein Blick schweifte von oben nach unten, vor und zurück. Nichts. Ich machte kehrt und untersuchte auch die rechte Seite neben dem Eingang. Ebenfalls Fehlanzeige. Ich drehte mich um und schaute, was die anderen machten. Tommy blickte mir entgegen und zeigte mit dem Daumen nach unten. Also auch nichts. Sanne und Janine waren noch nicht ganz fertig, denn die Längsseiten des Raumes abzusuchen dauerte etwas länger. Ich schaute den Mädchen gespannt zu. Doch ein paar Minuten später hatten wir Gewissheit. Es gab nichts zu entdecken.

»Gehen wir den Raum noch mal ab und sehen uns die Decke an!«, rief Tommy von drüben. Er dachte aber auch an alles.

Mit in den Nacken gelegten Köpfen schritten wir den Keller nun ein letztes Mal ab, bis ich schon glaubte, etwas entdeckt zu haben, meine Augen mir aber nur einen Streich gespielt hatten. Schließlich gaben wir auf und versammelten uns in der Mitte. Ich bemerkte Janines niedergeschlagenen Blick und versuchte sie aufzumuntern.

»Vielleicht haben wir oben etwas übersehen, und das ist nur ein ganz normaler Keller.«

»Ein ganz normaler Keller?« Janine lächelte gequält. »Bei uns zu Hause geht es zwölf Stufen runter in den Keller. Und hier? Das glaubst du doch selbst nicht.«

»Nein, normal ist der nicht«, meinte Tommy. »Wir haben nur noch nicht richtig nachgedacht, welches Rätsel hier auf uns wartet. Aber wenn ich ehrlich bin, weiß ich auch nicht mehr weiter.«

Das gab mir einen kleinen Stich, denn wenn selbst Tommy nicht mehr weiterwusste, waren wir wohl schon am Ende angelangt. Ich traute mich gar nicht, Janine jetzt anzusehen. Ich sah es kommen, dass wir tatsächlich noch zu Omas Laube fahren mussten, denn wir konnten ja schlecht zu Hause erzählen, dass wir auf einmal keine Lust mehr hatten, das Wochenende gemeinsam zu übernachten.

Die ganze Zeit über hatten wir uns nicht mehr um unsere beiden Hunde gekümmert, die mal hierhin, mal dorthin getrabt waren, um so wie wir den Raum zu erkunden. Doch jetzt zwängte sich Jever zwischen unseren Beinen hindurch, kläffte einmal laut und fing urplötzlich an, mit seinen Vorderbeinen wie wild auf dem Boden herumzukratzen.

»Jever!«, rief Tommy verblüfft. »Was hast du denn?«

Neugierig gingen wir in die Hocke und betrachteten die Stelle, die der Kleine so verbissen bearbeitete. Erst sah ich gar nichts, doch plötzlich glaubte ich, feine Linien zu erkennen. So etwas wie einen Kreis. Und dann noch einen.

»Hier ist was eingeritzt!«, rief Sanne verblüfft. »Seht doch, es wird immer deutlicher!«

Jetzt erkannte ich bereits vier identisch große Kreise, und noch etwas tauchte auf, von dem ich im ersten Augenblick gar nicht glauben wollte, was es war. Der Abdruck von vier Händen bildete sich auf dem glatten, grauen Fußboden!

»Da! Noch eine Linie!« Sanne schrie fast.

Was dann passierte, verursachte mir eine Gänsehaut. Als würde ein unsichtbarer Künstler mit einem großen Stift auf den Boden malen, zeichnete sich von selbst über den vier Kreisen eine schnurgerade Linie. Nach vielleicht zwei Metern machte sie plötzlich einen Knick und raste nach unten, direkt auf mich zu! Vor Schreck wollte ich aufspringen, aber ich war immer noch in der Hocke, strauchelte und fiel schmerzhaft auf den Po. Hilflos musste ich zusehen, wie die Linie direkt unter meinem Bein entlangfuhr, dann wiederum einen Knick machte und parallel zu der oberen den Boden ritzte. Atemlos verfolgten wir, wie die Linie wieder nach oben abbog und schließlich ihren Ausgangspunkt erreichte. Entstanden war ein perfektes Rechteck. Eingebettet in dieses Rechteck waren die vier Kreise und die Handabdrücke.

»Na, Joe, *ein ganz normaler Keller*?«, fragte Tommy lachend. Ich lächelte gequält. Ich war der Einzige, der sich so erschreckt hatte. Die anderen hockten vor dem eigenartigen Bild und beachteten mich gar nicht. Aber schon in der nächsten Sekunde gab es noch drei, die sich erschreckten.

Janine stieß plötzlich einen spitzen Schrei aus und kippte genau wie ich vorher nach hinten auf den Hosenboden.

»Es bewegt sich!«

Wie von der Tarantel gestochen fuhren wir alle zurück und beobachteten, wie sich das Rechteck anhob. Nicht nur das, während die Platte aus dem Boden trat, veränderte sich ihre Farbe zu einem Bronzeton, und die eingeritzten rätselhaften Zeichen wirkten jetzt plastisch. Dann ragte die Platte vielleicht zwei Zentimeter aus dem Boden heraus und rührte sich nicht mehr. Vorsichtig hockten wir uns wieder neben sie. Selbst auf die Hunde war die Spannung übergesprungen. Lazy setzte sich rechts von mir und betrachtete das seltsame Ding, und Jever schmiegte sich an Tommys Beine und kläffte einmal kurz.

»Ja, mein Kleiner«, sagte Tommy stolz und streichelte seinen Liebling, »du bist der Beste! Du hast die Tafel entdeckt! Dafür kriegst du zu Hause auch eine ganze Leberwurst! Aber jetzt sind wir Zweibeiner dran. Na, was fällt euch dazu ein?«

Ich fuhr mit den Händen leicht über das Metall. Das Ganze sah aus wie eine Gedenktafel. Aber woran sollte sie erinnern? Unter jedem der Kreise befand sich eine Hand. Sie sahen alle gleich aus. Es waren die Abdrücke von rechten Händen, der Daumen zeigte nach links. Dann bemerkte ich, dass sich zumindest die Kreise unterschieden.

»Hey, seht mal! Die beiden hier sind in der Mitte halbiert!«

»Ja.« Janine neben mir nickte. »Und der eine ist dunkler als der andere. Was kann das bedeuten?«

Wir hockten vor der Tafel und grübelten. Nach einer Weile wurde mir das unbequem, und ich kniete mich hin. Die anderen folgten meinem Beispiel. So schnell würden wir das Problem wohl nicht lösen.

»Da haben wir nun unser Rätsel«, murmelte Tommy. »Aber wie lösen wir es?«

»Na, mit Denken!«, meinte Sanne herausfordernd. »Wie wär's, wenn ihr mal nachdenkt! Da sind vier Hände, und wir sind vier Leute. Damit könnten doch wir gemeint sein, oder?«

Tommy schaute Sanne mit ehrlicher Bewunderung an und seufzte. »Ich werde alt. Na klar, Sanne, das ist es! Legt doch eure rechten Hände auf die Platte! Mal sehen, ob sie passen!«

Aber ganz so einfach, wie Tommy sich das vorgestellt hatte, war das Rätsel nicht zu lösen. Die Abdrücke auf der Platte besaßen alle die gleiche Größe, aber unsere Hände waren völlig unterschiedlich.

»Hm«, machte Tommy und lehnte sich zurück. »Das war's schon mal nicht. Aber ich könnte wetten, dass Janine Recht hat. Die vier Hände sind ein Zeichen für uns vier. Aber die Kreise müssen auch damit zu tun haben.«

»Vielleicht so etwas wie die Hieroglyphen?«, fragte ich.

»Hm«, machte er noch einmal. Dann begann er, laut nachzudenken. »Lasst uns logisch denken. Das hier ist eine Gedenktafel. Sie soll uns an irgendetwas erinnern. Aber woran? Was können Kreise noch bedeuten? Es muss ein Symbol für etwas sein, das wir kennen.«

Plötzlich klingelte es bei mir, und mir wurde heiß.

»Der Mond!«, schrie ich, und die anderen zuckten zusammen. »Die Mondphase! Denkt doch mal nach! *Für die Phase eines Mondes wird beseelt der Auserwählte ...*«

Tommy haute sich auf den Oberschenkel, und Sanne und Janine strahlten sich an.

»Mensch, Joe! Klasse! Das muss es sein! Ich werde wirklich alt.«

»Macht nichts!«, meinte Sanne. »Aber warum sind es *vier* Monde?«

Diesmal wusste Tommy sofort eine Antwort und fuhr mit der Hand über die vier Kreise.

»Natürlich gibt es nur einen Mond. Das hier sind vier verschiedene Mondphasen. Joe ist doch der Spezialist für Mondphasen. Weißt du noch, mit welcher Phase es beginnt?«

Die Gelegenheit, mehr zu wissen als Tommy, ließ ich mir nicht entgehen. »Klar. Das hier sind nicht vier verschiedene Mondphasen, denn es gibt ja nur eine. Sie beginnt mit Neumond und endet mit Neumond. Also sind das hier Phasen der Phase!«

Ich lachte, als ich die Gesichter der anderen sah. »Ist doch leicht! Seht her, der erste Kreis ist leer. Also Neumond. Der zweite ist in der Mitte geteilt, also Halbmond. Der dritte ist dunkel ausgefüllt, das muss den Vollmond darstellen, und der letzte ist wieder geteilt, das ist dann der zweite Halbmond, wenn er wieder abnimmt.«

Ich war mir jedoch hundertprozentig sicher, dass ich recht

hatte. Meine Freunde allerdings schwiegen und betrachteten das Relief.

»So weit, so gut«, meinte Janine. »Aber wo ist dann der zweite Neumond? Damit erst endet doch eine Mondphase!«

Das stimmte, aber darauf wusste ich auch keine Antwort.

»Und jetzt?«, drängte Sanne.

»Jetzt hab ich das Rätsel gelöst!«, meinte Tommy todernst. Wir starrten ihn an.

»Was?«, entfuhr es mir. »Echt?«

Tommy nickte und seine Augen blitzten. »Es könnte zumindest sein, dass ich nah dran bin. Wir sind vier. Da sind vier Hände. Klar?«

Wir nickten erwartungsvoll.

»Ich weiß, wann du Geburtstag hast, Joe. Und Sannes Geburtstag kenne ich auch. Ist ja nur eine Woche auseinander. Jetzt ratet mal, wann ich Geburtstag habe!«

Ich kannte Tommy erst drei Monate. Ich war noch gar nicht auf die Idee gekommen, ihn zu fragen.

»Wann denn?«

»Am neunzehnten Dezember.«

Das war genau eine Woche nach mir und zwei nach Sanne. Ich brauchte ein paar Sekunden, aber dann dämmerte es mir. Sanne schaute ratlos von einem zum andern. Tommy und ich grinsten uns an, und beinahe wie aus einem Mund fragten wir dann Janine.

»Und du?«

»Ich? Ich hab am achtundzwanzigsten November.«

»Bingo!«, rief ich und ballte die Faust. »Alle sieben Tage auseinander und genau eine Mondphase lang!«

Das war unglaublich! Wir waren furchtbar aufgeregt, und eine wahnsinnige Spannung stieg in mir auf. Das könnte die Lösung des Rätsels sein.

»*Deswegen die vier Herzen …*«, flüsterte Janine.

»Wir gehören wirklich zusammen«, sagte Sanne feierlich. »Ob Mondphase oder nicht. Das ist mir völlig egal. Und was haben wir jetzt davon, dass wir das Rätsel gelöst haben? Wie geht's jetzt weiter?«

Gute Frage. Jeder von uns blickte Tommy an. Der hob den Zeigefinger wie ein Lehrer.

»Vier Hände, vier Leute, vier Geburtstage. Wer ist hier der Jüngste?«

Das war Janine, dann kam Sanne, dann ich, und Tommy war der Älteste.

»Wir können zwar jetzt nicht nachforschen, aber ich wette, Janine ist bei Neumond geboren, Sanne bei Halbmond, Joe bei Vollmond und ich …«

»… wieder bei Halbmond!«, ergänzte ich.

»Genau! Ihr wisst, was wir jetzt zu tun haben?«

Ich schaute ratlos in Tommys blitzende Augen.

»Na, ist doch ganz einfach! Wir legen jetzt unsere rechten Hände in der Reihenfolge unserer Geburten auf die Tafel und warten ab, was passiert.«

Ganz einfach. Wir brauchten nicht lange zu diskutieren. Tommys Lösung schien vernünftig zu sein. Aber was würde dann geschehen? Würde sich der Raum in die Kammer des Wissens verwandeln? Würde sich ein neues Rätsel auftun? Wir wussten es nicht.

Es gab nur eines. Ausprobieren.

»Seid ihr bereit?«, fragte Tommy.

»Sind wir!«

Wir rutschten auf Knien herum, damit jeder seine richtige Position einnahm, und hielten unsere Hände dicht über die bronzene Tafel. Ich bemerkte, dass meine Hand ein wenig zitterte und mein Herz klopfte. Dann musste ich auf einmal lächeln, weil Jever und Lazy dachten, wir spielten, und sie ebenfalls ihre Vorderpfoten auf die Platte setzten.

»Einer nach dem anderen«, sagte Tommy entschieden, und noch bevor jemand von uns über die Konsequenzen nachdenken konnte, legte Janine ihre Hand auf ihren Abdruck, dann Sanne, und auch ich zögerte keine Sekunde. Was auch immer geschehen mochte, gefährlich war es bestimmt nicht. Denn die unbekannten Mächte hatten uns noch nie ernsthaft in Gefahr gebracht. Also wartete ich mehr mit neugieriger Spannung als angsterfüllt auf den Moment, in dem Tommy als Letzter seine Hand auf die Tafel legen würde. Und dann tat er es.

Im nächsten Augenblick kippte die Tafel nach unten weg. Mit Grauen nahm ich einen schwarzen, unendlich tiefen Schlund wahr. Die Platte riss uns mit sich in die Tiefe. Ich hatte nicht einmal Zeit zum Schreien.

DIE MONDSCHEIBE

Kopfüber stürzten wir nach unten ins schwarze Nichts. Der freie Fall dauerte nur ein oder zwei Sekunden, aber diese beiden Sekunden waren die schrecklichsten meines Lebens. Ich schlug einen Salto, ruderte mit den Armen, sah über mir die rechteckige Öffnung immer kleiner werden und wusste, dass ich jetzt sterben würde. Irgendetwas traf mich hart im Gesicht, und Lazy jaulte herzerweichend.

Dann prallte ich gegen eine weiche, nachgiebige Wand, und im nächsten Moment flog ich hin und her, von einer Seite zur anderen. Verzweifelt versuchte ich irgendwo Halt zu finden, aber das war unmöglich.

Die Körper meiner Freunde wirbelten um mich herum. Wir handelten uns etliche blaue Flecken ein, als Arme und Beine gegeneinanderschlugen. Dann wurde der Schacht, in den wir gefallen sein mussten, immer schräger, und das bremste unseren rasenden Fall. Schließlich fielen wir nicht mehr, sondern purzelten wie ein großes Knäuel ineinander verkeilt weiter abwärts. Lazy patschte auf mein Gesicht. Gleich darauf fiel jemand auf mich drauf, und ich bekam keine Luft mehr. Verzweifelt versuchte ich mich zu befreien, während wir weiter nach unten glitten.

Der Schacht schien jetzt in eine Röhre übergegangen zu sein, denn ich fühlte nirgendwo eine Kante. Die Neigung wurde immer geringer und wir wurden langsamer. Doch nach wie vor war es unmöglich anzuhalten.

Endlich hörte das wilde Durcheinander auf, aber immer noch rutschten wir voller Panik die Röhre hinab. Ich hörte das heftige Atmen meiner Freunde, und zum Glück konnte ich mich nun von Lazy befreien und japste nach Luft. Weit unter uns erschien ein rötlicher Schimmer. Ich riss die Augen auf, um die Finsternis zu durchdringen. Nur wenige Sekunden später erfüllte ein unheimliches Glühen die Umgebung. Jetzt sahen wir, dass wir in einer Röhre steckten, deren Wände bei jeder Berührung nachgaben. Nach vorne hin wurde das Rot immer stärker und wir erkannten eine kreisrunde Öffnung. Das Ende des Tunnels!

Ich sog die Luft scharf ein und versuchte alles, um abzubremsen. Das Glühen war derart unheimlich, dass es mir die Kehle abschnürte. Gedanken rasten mir durch den Kopf. Wir waren nicht zu Tode gestürzt, doch was, wenn uns nur ein paar Gnadensekunden blieben und dort unten brodelnde Lava auf uns wartete? Doch ich konnte nichts tun. Als wir der Öffnung immer näherkamen und ich deutlich erkennen konnte, dass das rot glühende Licht heftig flackerte, schloss ich die Augen. Mit eisigem Schrecken war ich mir sicher, dass wir bei lebendigem Leibe verbrennen würden.

Als ich durch die Öffnung fiel, schlang ich die Arme um meinen Körper und machte mich so klein wie möglich, obwohl ich wusste, dass das überhaupt nichts nutzen würde. Dann prallte ich schmerzhaft auf irgendeinen Untergrund und überschlug mich zweimal, ehe ich liegen blieb. Ich hielt die Luft an, in meinen Ohren brauste es, und ich hörte, wie die anderen neben mir herumkullerten. Ich traute mich nicht, mich zu bewegen und Luft zu holen, denn ich glaubte, die Hitze des Feuers würde mir die Lunge versengen.

Aber dann hörte ich etwas, das ich noch niemals so begrüßt hatte wie in diesem Augenblick. Jever und Lazy fingen an zu bellen. Sie kläfften um die Wette, und das taten sie bestimmt, weil sie genauso große Angst ausgestanden hatten wie wir. Doch jetzt wusste ich, dass wir nicht verbrennen würden. Ich öffnete die Augen vorsichtig einen Spalt weit und sah einen Schuh vor meiner Nase. Eindeutig der von Sanne! Langsam hob ich den Kopf und sah, wie auch die anderen in den unmöglichsten Positionen auf dem Boden lagen und ebenfalls dabei waren, sich aufzurappeln.

Noch immer flackerte ein rötlich-gelbes Licht um uns herum. Ich nahm alle Kraft zusammen und richtete mich auf. Augenblicklich erkannte ich, wo wir waren.

»Die Kammer des Wissens!«, rief Janine erstickt.

Es gab keinen Zweifel. Wir befanden uns in derselben Kammer, die uns ihr jahrtausendealtes Geheimnis erst vor wenigen Monaten preisgegeben hatte. Ich blickte mich um und entdeckte die Fackeln, die an jeder Wand in schweren Halterungen steckten. Sie waren es, die ein solch unheimliches flackerndes Licht geworfen hatten! Jetzt, da ich wusste, wo wir waren, und uns keine unmittelbare Gefahr mehr drohte, fiel die Todesangst schlagartig von mir ab. Aber mein Herz raste immer noch wie verrückt.

»Ist euch was passiert? Seid ihr verletzt?«, fragte Tommy

besorgt und setzte sich stöhnend auf. »Ich glaub, ich bin auf die Flasche Wasser gefallen.«

»Ich bin okay«, sagte Sanne und rieb sich das Schienbein.

»Ich auch«, kam es von Janine.

Wie sich herausstellte, waren wir bei unserem Sturz mit ein paar leichteren Blessuren davongekommen. Kaum zu glauben, dass es so gut abgegangen war. Jever und Lazy bellten immer noch. Es war gar nicht so einfach, sie zu beruhigen. Einer nach dem anderen erhoben wir uns vom Boden und sahen uns um. Die Kammer war noch genauso, wie ich sie in Erinnerung hatte. Eine Kammer konnte man sie eigentlich nicht gerade nennen, denn sie maß vielleicht sechs mal sechs Meter. Ihre Wände waren über und über mit Hieroglyphen bedeckt. Ich spähte umher, ob sich eine von ihnen besonders abhob, aber das war nicht der Fall. Die Zeichen waren in den schönsten leuchtenden Farben gemalt. Die Wand selbst trug ein tiefes Ocker, und die Hieroglyphen strahlten in roten, schwarzen, grünen und goldenen Tönen. Es war ein atemberaubender Anblick, und die Fackeln verstärkten die geheimnisvolle Atmosphäre noch um einiges.

»Seht doch, da sind wir rausgekommen!«, rief Sanne und zeigte auf eine Stelle hinter meinem Rücken. Ich drehte mich um und erkannte eine kreisrunde Öffnung etwa einen Meter über dem Boden.

»Sie geht zu!«

Zur Untätigkeit verdammt mussten wir zusehen, wie die mit vielerlei Zeichen und Bildern bemalte Wand begann, das

Loch zu verschließen. Es schob sich nicht etwa eine Klappe davor, nein, die Wand verschloss sich einfach wie eine heilende Wunde. Nach wenigen Sekunden deutete nichts mehr auf die gerade eben noch vorhandene Öffnung hin. Ich ließ die Luft raus, die ich voller Spannung angehalten hatte.

»Die Schlafsäcke sind noch oben!«

Die anderen sahen mich völlig entgeistert an und brachen in lautes Gelächter aus.

»Mann!«, hustete Tommy, »da fallen wir in ein Loch, denken, jetzt ist es aus, dann werden wir hier eingesperrt, und du denkst ausgerechnet an die blöden Schlafsäcke!«

»Ja, schon«, gab ich zu und wurde rot. »Aber ich bin ja derjenige, der zu Hause erklären muss, wo sie abgeblieben sind!«

Tommy schüttelte in gespielter Verzweiflung den Kopf. »Die Schlafsäcke sind wirklich das geringste Problem. Allerdings … da war immer noch meine Machete drin. Na, egal, erst mal müssen wir hier wieder rauskommen. Und das wird mit Sicherheit nicht einfach. Ich fürchte, wir werden eine Menge nachdenken müssen, um das nächste Rätsel zu lösen. Oder seht ihr hier irgendwo einen Ausgang?«

Das war nicht schwer zu beantworten. Vier gleich lange Wände. Kein Ausgang. Die Fackeln brannten etwas unruhig, als würde ein leichter Luftzug wehen. Das erinnerte mich an etwas, und ich schaute nach oben.

»Der Lüftungsschacht!«

Genau über unseren Köpfen besaß die ebenfalls mit

Hieroglyphen bemalte Decke eine kleine, vielleicht dreißig mal dreißig Zentimeter große Öffnung, die für die Belüftung der Kammer sorgte. Zumindest hatte Tommy das damals irgendwo in einem Ägypten-Bericht gelesen.

»Der ist viel zu klein«, sagte Sanne enttäuscht. »Der hilft uns auch nicht weiter.«

Mir brach der Schweiß aus. Ich wusste nicht, ob das an der Ausweglosigkeit der Kammer lag, an dem Schock, den ich sicher von unserem Sturz in das Loch noch hatte, oder an der hohen Temperatur, die hier drinnen herrschte. Ehe ich das zu Ende denken konnte, streifte Tommy den Rucksack von der Schulter, stellte ihn auf den Boden und zog sich die Jacke aus.

»Puh«, meinte er. »Ist das warm hier drin! Ich glaube, die Jacken brauchen wir auch nicht mehr.«

Wir waren froh, die Dinger ausziehen zu können, und legten sie alle auf einen Haufen. Die Rucksäcke stellten wir erst mal daneben. Doch auch mit Jeans und T-Shirt war mir noch so warm, dass ich mir den Schweiß von der Stirn wischen musste.

»Ich hab Durst!«, sagte Sanne, und den hatte ich auch.

»Spricht nichts dagegen, was zu trinken«, meinte Tommy und knüpfte seinen Rucksack auf. »Wir sollten sowieso mal gucken, ob die Flaschen heil geblieben sind.«

Froh, dass wir etwas zu trinken dabeihatten, machten wir es Tommy nach und untersuchten den Inhalt unserer Rucksäcke. Es war alles heil geblieben. Gott sei Dank liebte Tommy Wasser mit wenig Kohlensäure, sonst wären uns die

Flaschen womöglich nach dem turbulenten Ritt durch die Röhre um die Ohren geflogen. Dankbar nahm ich einen Schluck.

»Die glüht!«, schrie Janine auf einmal. Ich verschluckte mich und prustete das Wasser von mir.

Janine musste lachen. »Die glüht doch nur, die brennt nicht! Du musst sie nicht löschen!« Sie zeigte auf eine Hieroglyphe, die eine Schlange darstellte und die mit einem Mal feuerrot zu glühen angefangen hatte.

Überrascht starrten wir in die Runde, ob irgendwo noch weitere Symbole aufleuchten würden.

»Hier!«, rief Sanne. »Eine Feder! Und hier noch eine!«

»Hinter dir, Joe!«, sagte Tommy laut, und ich fuhr herum. Auch hier begann ein Symbol mitten zwischen all den anderen dunkelrot zu glühen. Es war eine lange gezackte Linie.

Langsam drehten wir uns im Kreis und warteten, wie viele es werden würden. Dann stand es fest. Es waren sechs.

»Tommy, was ist, kennst du die Zeichen?«, fragte Janine gespannt. Auch Sanne und ich zappelten vor Ungeduld, ob er die Bedeutung der uralten Zeichen kannte. Das letzte Mal stellten die glühenden Hieroglyphen die Buchstaben seines Namens dar, und das hatte er nur gewusst, weil er ein paar hieroglyphische Zeichen beim Zahnarzt gelesen hatte!

»Nein«, sagte Tommy, und meine Hoffnung zerplatzte wie eine Seifenblase. »Die kenne ich nicht. Das heißt, wartet … doch, das eine hier, die Feder, an die müsstet ihr euch noch erinnern. Sie steht für das I. Das Ypsilon wurde auch mit einer oder mit zwei Federn dargestellt. Aber die anderen … keine Ahnung! Außerdem sind es ja sechs. Tommy kann das nicht heißen. Mein Name hat ja nur fünf Buchstaben. Tut mir leid, Leute, aber ich habe mir damals nur die Zeichen für meinen Namen gemerkt.«

»Aber wie sollen wir dann die Bedeutung jemals herausfinden?« Sanne hatte immer noch ihre Flasche Wasser in der Hand, und ihr Blick irrte von einem Zeichen zum anderen. »Wie kommen wir dann hier raus?«

Tommy ließ sich nicht beirren und trank noch einen Schluck. »Erst mal stärken. Ich glaube nicht, dass die Aufgabe viel schwerer ist als das letzte Mal. Wir müssen nur in Ruhe nachdenken.«

»Wer kann schon Hieroglyphen lesen?«, seufzte ich.

»Na, kann ich doch auch nicht!« Tommy lachte. »Ich kann doch nur genau die paar Buchstaben, aus denen mein Name besteht. Und damit war es eine Aufgabe, die ich lösen konnte. Und ich bin eigentlich sicher, dass es diesmal auch nicht viel schwieriger sein dürfte.«

»Okay«, sagte Janine. »Wer hat sechs Buchstaben?«

Sie sagte es einfach so locker dahin, aber wir bekamen große Augen.

»Wie meinst du das?«, fragte ich erstaunt.

»Na, wenn's Tommy nicht sein kann, dann vielleicht ein anderer. Josef, Sanne oder Janine.«

Wir blickten uns an und ich sah, wie es in den Köpfen

meiner Freunde arbeitete. Das war nicht schlecht, was Janine da sagte. Tommy fing an zu grinsen und verschränkte die Arme vor der Brust.

»Tja, gute Frau«, meinte er trocken, »wer hat denn nun sechs Buchstaben? Das bist ja wohl du!«

»Ich?«, fragte Janine verblüfft. Und im selben Moment fiel bei ihr der Groschen. »Ich!«, wiederholte sie und sah von einem zum anderen. »Meint ihr wirklich?«

»Also bis sechs zählen kann ich noch«, sagte Tommy. »Und *einen* Beweis hätten wir.«

Wir blickten ihn fragend an.

»Welchen?«, kam es fast gleichzeitig.

»Na, die Feder! Das einzige Symbol, das wir kennen, ist die Feder. Und die steht auch für das I, wie ihr wisst. Und das kommt in Janine nun mal vor.«

»Joe!« Sanne packte mich am Arm, und ich fuhr zusammen.

»Was ist?«

»Da! Sieh nur! Die Zeichen! Sie treten hervor!«

Fasziniert sahen wir zu, wie die sechs leuchtenden Symbole wie kleine Schubladen aus der Wand hervorkamen und einige Zentimeter aus ihr herausragten, sodass man das Gefühl bekam, man könnte sie abnehmen.

»Da habt ihr's!«, rief Tommy. »Jetzt müssen wir sie nur noch in der richtigen Reihenfolge wieder reindrücken.«

Ich wusste noch genau, was passiert war, als Tommy dies im Juli tat, als er die Zeichen in der Reihenfolge der Buchstaben seines Namens in die Wand zurückgedrückt hatte.

»Meinst du, das Buch der Gaben erscheint und die Wunschkugeln?«, fragte Janine mit leuchtenden Augen.

»Schon möglich«, murmelte Tommy. »Aber erst müssen wir die richtige Reihenfolge herausfinden. Ich möchte nicht wissen, was passiert, wenn wir die falsche wählen.«

Gleich darauf bereute er seine Worte, als er die ängstlichen Gesichter der beiden Mädchen sah. Und wohl auch meins.

»Keine Sorge, es wird schon nichts Schlimmes geschehen. Aber ich könnte wetten, dass wir nur einen Versuch haben. Und der muss passen.«

»Aber wir kennen doch nur die Federn!«, sagte Janine verzweifelt. »Wie sollen wir denn bloß die anderen Buchstaben rauskriegen?«

»Joe? Du hast doch einen Stift und Papier dabei. Es wäre nicht schlecht, wenn wir die Hieroglyphen und Janines Namen mal aufschreiben und vergleichen könnten.«

Das war wieder einmal eine von Tommys guten Ideen. Aber ich fand mich auch nicht schlecht, schließlich hatte ja ich an Stift und Papier gedacht. Ich holte die Sachen aus meinem Rucksack, und wir setzten uns im Schneidersitz auf den Boden der Kammer.

»Also los«, sagte Sanne energisch. »Du kannst zwar nicht besonders malen, aber wir wissen ja, was es darstellen soll.«

»Ha, ha«, machte ich und schrieb erst einmal den Namen Janine auf das Papier. Dann halfen mir die anderen bei der Beschreibung.

»Eine Schlange. Ein Vogel … «

»Was für ein Vogel?«

»Sieht aus wie ein Geier. Ist doch egal, ist eh nur einer. Mal ihn halt, wie du willst.«

»Was noch?«

»Zwei Federn, aber nicht nebeneinander wie damals, sondern sie stehen einzeln. Und als Letztes noch zwei gezackte waagerechte Linien. Das war's.«

Die Zeichnungen standen nun über den Buchstaben von Janines Namen und wir betrachteten sie grübelnd. Sanne lehnte sich zurück und blickte Tommy an.

»Du sagtest vorhin, die Feder steht für das I. Hier sind aber *zwei* Federn. Ich kann mich noch erinnern, dass zwei Federn nebeneinander für das Ypsilon in *Tommy* standen. Aber in Janine gibt's kein Ypsilon und auch nur ein I.«

Tommy nickte.

»Stimmt. Ich bin mir nicht sicher, aber die eine Feder galt, soweit ich weiß, auch für das E. Da gab's mal so einen Namen-Übersetzer im Internet. Ich habe Jesses Namen ausprobiert, und beim I kam genau die gleiche Feder wie beim E in seinem Namen. Ich wollte ihm nämlich eine Karte mit seinem Namen in Hieroglyphen zum Geburtstag schenken.«

Ich wurde ungeduldig.

»Probieren wir's einfach.«

Ich malte eine Feder unter das I und eine unter das E von Janine.

»Und nun?«

Tommy starrte angestrengt auf die Zeichnung.

»Wenn wir davon ausgehen, dass das stimmt, dann könnten wir zumindest *einen* Buchstaben noch genau zuordnen.«

»Welchen denn?«, fragte Janine gespannt.

»Das N!«, meinte Tommy ohne eine Spur Unsicherheit. »Das kommt in Janines Namen zweimal vor, und von den Hieroglyphen gibt es außer den Federn auch nur eine doppelt. Nämlich die gezackte Linie. Setz die einfach mal unter die Ns!«

Ich malte die beiden Linien unter die entsprechenden Buchstaben und blickte gespannt auf.

»Genial, Tommy. Aber die anderen beiden Zeichen kennen wir nicht. Willst du etwa raten?«

Tommy fuhr sich durch die Haare und blinzelte ein paar Mal. Wir sahen ihm an, dass er auch keine Lösung dafür hatte.

»Du hast recht«, gab er zu. »Die sagen mir rein gar nichts. Da haben wir eine Fifty-fifty-Chance, einen Treffer zu landen.«

»Aber du hast gesagt, wir hätten nur einen Versuch«, sagte Sanne besorgt. »Hast du denn überhaupt keine Idee?«

Tommy schüttelte den Kopf. »Absolut keine. Ihr vielleicht?«

Wieder senkten wir unsere Köpfe über den Notizblock und zermarterten uns das Hirn. Ich erinnerte mich vage, dass ich vor gar nicht langer Zeit etwas über Schlangen gelesen hatte. Aber wo? Auf einmal fiel es mir wieder ein. In dem Buch *Gefährdete Reptilien Europas*!

»Ich weiß was«, murmelte ich und versuchte mich genauer zu erinnern.

»Was? Sag schon!«, drängten die anderen.

»Ich muss nach den Ferien ein Referat über Tiere Europas halten, die vom Aussterben bedroht sind. Reptilien«, fügte ich hinzu, als ich die fragenden Gesichter meiner Freunde sah.

»Auch Schlangen?«, fragte Tommy sofort.

»Auch Schlangen«, bestätigte ich. »Kennt ihr die Schlange auf dem Arztzeichen, die sich um einen Stock kringelt? Das ist die Äskulapnatter«, dozierte ich stolz. »Die ist auch vom Aussterben bedroht.«

»Mensch, Joe«, seufzte Janine. »Mach's nicht so spannend.«

»Na ja«, sagte ich und kostete meine nächsten Worte ziemlich aus. »Die Schlange ist doch ein Symbol für die Heilkraft. Und was sonst suchen wir hier in dieser Welt? Wir wollen Janines Mutter helfen. Janine ist doch hier die Hauptperson, und wenn die sechs Zeichen Janine heißen, müsste ihr Name eigentlich mit dem Symbol für die Heilkraft beginnen. Eben mit der Schlange.«

»Du meinst …?«, fragte Sanne ungläubig.

»Kann doch sein.« Aber jetzt kam mir meine Idee doch recht dumm vor. Wie war ich nur darauf gekommen? Nein, das war bestimmt Quatsch.

»Joe …«, meinte Tommy gedehnt, »da hast du ja einen richtigen Geistesblitz gehabt. Das könnte hinhauen.«

Nicht nur ich schüttelte den Kopf.

»Wenn die Schlange tatsächlich für das J steht, dann ist das Rätsel gelöst, und der Geier muss dahinter und steht für das A.«

»Bist du dir ganz sicher?«, fragte Sanne und nahm meine eigene Frage vorweg.

»Nein«, meinte Tommy, »aber habt ihr eine bessere Idee?«

Hatten wir nicht. Ich war hin und her gerissen. Hatte ich recht, war ich der König. Lag ich falsch, war alles aus, und wer wusste schon, was dann mit uns geschehen würde? Ich malte dennoch den Geier unter das A und die Schlange unter das J. Dann sah ich auf.

»Sagt hinterher nicht, dass ich schuld war!«

»Keine Sorge«, sagte Tommy. »Wenn wir etwas machen, dann machen wir es alle gemeinsam. Stimmt's?«

Er schaute in die Runde. Die Mädchen zögerten keine Sekunde. Janine deutete auf die Zeichnung.

»Los, Tommy! Drück die Symbole in die Wand!«

Tommy grinste mich an und hielt mir die Handfläche hin. Ich schlug ein.

»Na, dann drückt mal die Daumen.«

Wir standen vom Boden auf. Ich nahm den Notizblock in die Hand und gab Tommy Anweisungen.

»Zuerst die Schlange!«

Er ging hinüber zum ersten Symbol, legte die Hand auf die Schlange und drehte sich noch einmal um.

»Keine Zweifel?«

»Nein!«, schallte es einhellig zurück.

»Na gut«, meinte er und drückte zu. Doch zu unserer großen Überraschung bewegte sich die Hieroglyphe nicht einen Millimeter. Tommy ließ los und wandte sich um.

»Entweder ist es doch der falsche Buchstabe, oder es ist doch der Falsche.«

»Was redest du da?«, fragte ich entgeistert.

»Na, derjenige, der die Symbole drücken muss, ist der Falsche!«, sagte er achselzuckend. »Vielleicht solltest *du* mal …«

In dem Moment, wo er das zu mir sagte, schien ihm ein Gedanke zu kommen. »Nein, ich glaube, ich weiß, wer die Hieroglyphen drücken sollte. Was meinst du, Janine, willst du es nicht mal probieren?«

»Ich? Aber warum …?«

»Na, weil es um *dich* geht. Deine Mutter braucht unsere Hilfe, und du stehst ihr am nächsten. Ich habe so ein Gefühl, dass du es einfach mal ausprobieren solltest.«

Janine schaute skeptisch. Aber der Gedanke an ihre Mutter ließ jedes Gefühl von Angst bei ihr verschwinden. Entschlossen trat sie vor und legte die Hand auf das Symbol der Schlange.

»Ist ja egal. Wenn's die falsche ist, geht's eben nicht.« Mit diesen Worten presste sie die Hieroglyphe zurück in die Wand. Vollkommen überrascht fuhr sie zusammen und drehte sich um. Ihre Augen waren weit aufgerissen.

»Tja«, sagte Tommy trocken, »da sieht man mal, was Janine so draufhat! Los, mach weiter! Welche als nächste, Joe?«

»Na, den Geier!«

Gespannt sahen wir zu, wie Janine auch den Vogel zurückdrückte, ohne den geringsten Widerstand zu erfahren. Ich spürte, wie mein Herz klopfte. Noch vier Hieroglyphen.

Bei der letzten, der zweiten Feder, hielt Janine inne.

»Was passiert, wenn ich die letzte drücke?«, fragte sie bang.

»Keiner weiß das«, antwortete Tommy ruhig. »Aber wenn du sie nicht drückst, vergammeln wir hier.«

Ich glaube, wir hielten alle die Luft an, als sie die letzte Hieroglyphe vorsichtig in die Wand zurückdrückte und dann alle Symbole wieder so aussahen, als wären sie nie aus ihr hervorgetreten. Unwillkürlich drängten wir uns aneinander und warteten darauf, dass irgendetwas geschah.

Und es sollte etwas geschehen! Genau in der Mitte des Raumes, ausgerechnet da, wo wir standen, leuchtete auf einmal der Boden! Vor Schreck sprangen wir auseinander. Die Erscheinung war kreisrund und leuchtete in einer unbeschreiblichen Farbe. Dann bildete sich ein kleiner runder Fleck inmitten des Kreises und formte sich zu einem Gegenstand.

»Genau wie damals!«, schoss es mir durch den Kopf. Für ein paar Sekunden dachte ich, jetzt würde das Buch der Gaben erscheinen, das Tommy beim letzten Mal verliehen wurde. Doch dann erkannte ich, dass der Gegenstand, der dort erschien, niemals ein Buch sein konnte. Die Umrisse schälten sich immer deutlicher aus dem Untergrund heraus. Das Leuchten wurde unerträglich hell, und wir kniffen die Augen zusammen. Dann war es vorüber. Der Boden der Kammer sah aus wie vorher. Doch nun lag etwas in seiner Mitte. Eine Scheibe. Eine goldene Scheibe.

DAS LABYRINTH

Die Scheibe musste aus purem Gold und unvorstellbar alt und wertvoll sein. Und sie war … sie war … ich wusste nicht, wie ich es ausdrücken sollte … irgendwie magisch. Wir konnten uns eine Weile nicht bewegen. Schließlich brach Janine den Bann.

»Sie ist aus Gold!«, flüsterte sie.

»Janine, ich glaube, sie ist für dich!«, sagte Tommy ruhig wie immer. »Du hast das Rätsel deines Namens endgültig gelöst. Ich will ja nicht wetten, aber ich habe so ein Gefühl, dass sie sich nur von dir aufheben lässt.«

Voller Ehrfurcht hockten wir uns neben die Scheibe. Ich konnte nicht anders, ich musste sie berühren. Vorsichtig strich ich mit den Fingern über die Oberfläche, die nicht glatt, sondern mit vielen Vertiefungen versehen war.

»Da steht etwas drauf!«, flüsterte Sanne aufgeregt.

Im gleichen Moment erkannte auch ich, dass die Vertiefungen eine Schrift darstellten. Ich hatte sie nicht gleich erkannt, da die Worte nicht von rechts nach links verliefen. Die Scheibe war über und über mit einer fein eingravierten Schrift versehen. Die gleiche alte Schrift, wie wir sie auch im Buch der Gaben gesehen hatten.

»Man kann es lesen!«, sagte Janine und legte ihren Kopf schräg. »Ich glaube, die Schrift läuft von innen nach außen.«

»Wie eine Spirale«, bestätigte Tommy. »Was ist?«, meinte er zu Janine. »Willst du sie nicht aufheben?«

Vorsichtig hob Janine die Scheibe an und griff überrascht mit beiden Händen zu.

»Oh, ist die schwer!«

»Klar, wenn das pures Gold ist, dann wiegt die bestimmt zwei Kilo«, meinte Tommy. Wir standen auf. Niemand konnte den Blick von diesem magischen Gegenstand wenden. Janine begann die Scheibe langsam zu drehen und dabei leise vorzulesen, was in das Gold eingraviert war:

Das Labyrinth
birgt den Schlüssel
gebt die Mondscheibe in die Hand
der Göttin
die Maske von Sakkara birgt
die Gabe des Heilens
vier Herzen braucht es sie zu lösen
das goldene Antlitz muss ruhen
in der Kammer
bevor die Phase eines Mondes endet
sonst wird das magische Gold
seine Bannkraft verlieren
und die bösen Keime säen
setzt den Ring der Artemis an ihre Stelle
wer beseelt ist mit der Gabe des Sehens
dem wird das Wunder des Philon
eine Tafel für das Orakel
gewähren

Atemlose Stille herrschte nach Janines Worten. Sie las uns den Text noch einmal vor, und wir alle versuchten ihn in unser Gedächtnis einzuprägen. Ich starrte auf die Scheibe und konnte mir beim besten Willen keinen Reim auf die Worte machen.

»Vier Herzen …«, murmelte Sanne.

»Das sind wir.« Tommy nickte. »So viel steht fest. Aber rauszufinden, was der Rest bedeutet, wird nicht einfach.«

Mir kam eine Eingebung.

»Könnte das hier die Mondscheibe sein?«

Tommys Augen glänzten. »Joe, na klar! Das ist sie! Jetzt fehlt uns nur noch die Göttin. Janine, das ist wohl deine Aufgabe!«

»Toll. Und wo soll ich die hernehmen?«

Sanne zappelte aufgeregt herum und zupfte Janine am Ärmel.

»Dreh sie doch mal um!«

Darauf waren wir tatsächlich noch gar nicht gekommen. Behutsam drehte Janine die Scheibe um. Es war wirklich etwas auf der Rückseite eingraviert. Nur fünf Wörter.

»*Hütet euch vor den Wächtern* …«, wiederholte ich. »Na fein. Welche Wächter? Und was bewachen die?«

»Tommy …?« Sanne stand die Angst ins Gesicht geschrieben. »Ist das gefährlich? Du hast doch gesagt, in dieser Welt sei noch nie irgendetwas wirklich gefährlich gewesen. Es schien nur so. Aber vielleicht dürfen wir das gar nicht wegnehmen, was die Wächter bewachen. Und dann …«

Tommy versuchte Sanne zu beruhigen und zeigte auf die Mondscheibe in Janines Händen.

»Wer uns wirklich etwas tun wollte, der würde uns keine Hinweise geben. Und der Hinweis auf die Maske, die die Gabe des Heilens birgt, ist ja wohl eindeutig. Die Maske wird Janines Mutter helfen. Es wird sicher schwierig, aber es ergibt keinen Sinn, uns etwas zu verleihen und uns dann etwas anzutun. Aber es könnte schon mal brenzlig werden. Wir werden verdammt gut nachdenken müssen, wenn wir alle Rätsel lösen wollen.«

Sanne schien erst mal beruhigt. »Und was bewachen diese Wächter nun? Die Maske?«

Wir alle grübelten darüber nach. Mir ging eine Frage einfach nicht mehr aus dem Kopf. *Welche Wächter …?* Noch einmal las Janine den Text auf der Mondscheibe vor.

»Wahrscheinlich bewachen sie die Maske oder den Ring oder diese Tafel. Eben alles, was wertvoll ist«, meinte sie dann. »Und was machen wir jetzt?«, fügte sie noch hinzu.

Ich zuckte mit den Schultern. »Keine Ahnung. Vielleicht kommt diese komische Göttin ja einfach aus der Wand, und wir brauchen die Scheibe nur in ihre Hand zu legen«, scherzte ich. Ich dachte, meine Freunde würden über meinen Witz lachen, aber im Gegenteil. Auf einmal klappte Tommy und den Mädchen der Unterkiefer herunter, und alle Farbe wich ihnen aus dem Gesicht. Sie starrten mich an wie einen Geist. Als ich endlich begriff, dass sie nicht mich, sondern etwas anscheinend Fürchterliches hinter meinem Rücken anstarrten, wurde mir mit einem Schlag eiskalt. Um nichts auf der Welt wollte ich mich jetzt umdrehen.

»Was ist …?«, flüsterte ich heiser vor Angst.

»Sieh doch!«, flüsterte Janine ebenso heiser. »Die Wand!«

Mit einem dicken Kloß im Hals drehte ich mich langsam um und stolperte dabei zwei Schritte zurück. Ich sah, wie sich die Wand mitsamt den auf ihr befindlichen Hieroglyphen bewegte. Es war eine lautlose Bewegung und daher umso unheimlicher. Ein Loch bildete sich und weitete sich unglaublich schnell. Direkt vor unseren Augen entstand eine gähnende Öffnung, und das flackernde Licht der Fackeln leuchtete mehrere Meter weit in die Wand hinein.

Wir starrten auf das große schwarze Loch. Mein Magen krampfte sich zusammen, erinnerte mich die Öffnung in der Wand doch an jene, aus der wir gerade erst in die Kammer des Wissens gefallen waren. Vor allem aber erinnerte sie mich an die Todesängste, die ich ausgestanden hatte, als wir kopfüber in die Röhre stürzten.

Diese Öffnung jedoch war weitaus größer, und rund war sie auch nicht. Sie wirkte eher wie der Eingang zu dem Stollen eines Bergwerks. Unwillkürlich suchte ich nach den hölzernen Stützen, die solch einen Stollen für gewöhnlich sicherten, aber es gab keine. Er schien einfach in die Wand geschlagen zu sein. Unsere beiden Hunde waren ebenso aufgeregt wie ihre Herrchen, und Tommys Liebling schaute mit schief gelegtem Köpfchen in den Stollen.

»Du bleibst schön hier«, sagte Tommy. »Ein Labyrinth ist auch für Hunde nicht ungefährlich.«

»Du meinst …?«, fragte Sanne mit großen Augen.

»Das wird es wohl sein, das Labyrinth«, bestätigte Tommy. Er sah Janine an, die die Mondscheibe immer noch krampfhaft festhielt und die sie wohl nicht wieder hergeben würde. »Das Labyrinth ist die nächste Aufgabe. Ich will euch ja keine Angst machen, aber ich habe so das Gefühl, wenn wir erst mal drinnen sind, werden wir nicht mehr in die Kammer des Wissens zurückkehren können.«

Er sagte das einfach so dahin. *Ich will euch ja keine Angst machen* … Tommy hatte manchmal eine Art drauf! Ich jedenfalls hatte Angst. Ein Labyrinth war schon Furcht einflößend genug. Den Weg zurück hätte man sich ja vielleicht noch irgendwie merken können, aber wenn der auch nicht mehr da war …

»Das würde uns auch nichts nutzen«, sagte Janine mit entschlossenem Gesicht. »Wenn wir hier drinbleiben, würde uns nichts und niemand weiterhelfen. Wisst ihr noch? Das letzte Mal hat uns das Haus den Weg hierher und damit zum Buch der Gaben geführt. Diesmal ist es umgekehrt. Wir müssen *hier* anfangen. Ich krieg sowieso keine Wunschkugel!«

»Ich hatte schon von Anfang an das Gefühl, dass es nicht so einfach geht«, sagte Tommy. »Du hast recht, Wunschkugeln oder eine Gabe wird es diesmal nicht geben. Es ist die Maske, die wir holen müssen. Also, was meint ihr, gehen wir rein?«

Die Frage brauchte niemand zu beantworten, denn was hatten wir denn für eine Wahl? Hier bleiben und warten konnten wir nicht. Es war nicht gerade wahrscheinlich, dass uns jemand finden und den Weg nach draußen zeigen würde. Wie lange hatte diese Welt auf uns gewartet? Vielleicht fünftausend Jahre? Nein, warten ging beim besten Willen nicht. Wir mussten handeln. Schließlich gab uns die Mondscheibe genügend Hinweise.

»Wir gehen rein«, rief ich und ging hinüber zu meinem Rucksack, um ihn aufzuheben.

»Aber vorher denken wir über Labyrinthe nach«, sagte Tommy. Ich hielt inne. Wie meinte er das? Ich wäre jetzt einfach reingegangen.

»Das sollten wir wirklich tun«, meinte Sanne. »Denn wenn wir uns einmal verlaufen, kommen wir nie wieder raus.«

»Zumindest wird es sehr schwer«, meinte Tommy. »Außerdem haben wir nicht einmal Orientierungspunkte wie zum Beispiel die Sonne. Dann wüssten wir zumindest die Himmelsrichtung, in die wir uns bewegen.«

»Und was willst du machen?«, fragte Sanne. »Dir jede Abzweigung merken?«

»Nein. Ich merk mir zwar sonst fast alles, aber wenn mir einer im Wald die Augen verbinden und mich zweimal rumdrehen würde, wüsste ich schon nicht mehr, wo ich bin. Ich weiß ja nicht, wie das mit euch ist, aber ich verlass mich lieber auf richtige Wegweiser.«

»Und die wären?«, fragte ich neugierig.

»Zum Beispiel das Seil«, sagte er bedächtig. »Ihr wisst doch, ich habe ein langes Kletterseil gekauft, falls wir uns mal abseilen müssen. Das können wir doch jetzt prima gebrauchen. Wir machen es hier irgendwo fest und rollen es dann ab, wenn wir reingehen. So finden wir wenigstens immer zurück, falls wir mal falsch abbiegen.«

»Gute Idee!«, rief Sanne.

»Und wenn's nicht lang genug ist?«, kam es von Janine.

»Dann sehen wir weiter«, meinte Tommy trocken. »Wir können ja auch noch eine zweite Sicherung einbauen. Joe, behalte mal den Block in der Hand. Du kannst doch so toll zeichnen.«

»Ich soll …?«

»Das Labyrinth malen. Genau! Natürlich nicht das ganze, aber du zeichnest einfach auf, welche Abzweigungen wir nehmen. Mal einfach den Weg nach, den wir gegangen sind, und das nutzen wir, wenn wir zurückmüssen. Meinst du, du kannst das?«

Ich überlegte. »Wenn wir nicht so schnell gehen, kriege ich das schon hin.«

»Okay. Seid ihr einverstanden?«

Tommys Vorschläge beruhigten uns einigermaßen. Mit den Sicherungen konnten wir es eigentlich wagen, in das Labyrinth vorzudringen. Wir waren einverstanden. Nach einigem Hin und Her einigten wir uns darauf, die Jacken in der Kammer des Wissens zurückzulassen. Sie würden uns nur hinderlich sein, und es war immer noch unglaublich warm. Wir wuchteten unsere Rucksäcke auf den Rücken. Ich schwor mir, bei der nächsten Gelegenheit die Vorräte zu dezimieren, damit mir die Riemen nicht mehr so stark in die Schultern schnitten. Aber jetzt gab es weiß Gott andere Probleme als einen unbequemen Rucksack.

Als wir bereit waren, stellten wir uns alle vor die Öffnung zum Stollen und starrten hinein.

»Jever, bei Fuß!«, rief Tommy, als sein Hund schon davonhopsen wollte. Lazy strotzte nicht unbedingt vor Unternehmungslust. Er blieb einfach mit hängenden Ohren neben mir stehen.

»Was ist mit der Lampe?«, fragte mich Tommy. »Wartet mal, ich guck erst mal rein, wie dunkel es ist.«

Er machte ein paar Schritte und verschwand im Eingang. Jetzt, wo wir dicht davorstanden, erkannten wir, dass der dahinterliegende Gang bereits nach wenigen Metern nach rechts abbog. Es war nicht stockfinster, wie ich es eigentlich erwartet hatte, denn im Innern des Ganges setzte sich das Flackern des fahlen Lichts fort, das durch die Fackeln in der Kammer entstand. Ich war froh darüber. Aber wer wusste schon, wie weit der Lichtschein hineinreichen würde? Da kam Tommy schon wieder zurück.

»Die Taschenlampe brauchen wir nicht. Im Gang sind Fackeln an den Wänden. Also, Leute, seid ihr immer noch bereit? Und Joe, fängst du an zu zeichnen?«

Ich nickte und packte die Taschenlampe in eine Seitentasche meines Rucksacks. Dann machte ich den ersten Strich auf meinem Blatt und ließ ihn nach rechts abgehen als Zeichen für den abknickenden Gang.

»Alles klar!«

»Dann wollen wir mal!«

Gerade als wir uns die ersten Meter hineingetastet hatten, schrie Janine auf.

»Das Seil!«

»Mensch!«, rief Tommy, »das hatte ich jetzt ganz vergessen! Danke, Janine!«

Er streifte schnell den Rucksack vom Rücken und suchte das Seil heraus. Dann warf er einen prüfenden Blick auf die Banderole, mit der das Knäuel umwickelt war.

»Das sind zweihundert Meter. Ganz schön viel. Hoffentlich reicht das. Wo machen wir es fest?«

Mir kam ein Gedanke.

»Tommy, wenn wir den Ausgang gefunden haben, können wir das Seil doch vielleicht noch gebrauchen. Aber wenn du es festmachst, können wir es nicht einholen.«

Tommy nickte. »Daran hatte ich auch schon gedacht. Mir ist aber keine Lösung eingefallen. Außerdem, wo soll ich es festmachen? Hier ist doch nirgendwo ein Haken oder sonst etwas.«

»Nimm doch eine von den Jacken!«, sagte Sanne.

»Hey, die Idee ist nicht schlecht.« Tommy ging rüber zu dem Wäschehaufen, suchte seine eigene Jacke raus, packte sie zu einem kleinen Paket zusammen und schnürte das eine Ende der Leine darum fest.

»So«, meinte er, »das müsste gehen. Wir legen sie vor den Eingang, und wenn wir durch sind, ziehen wir sie einfach hinter uns raus. Falls das Labyrinth keine scharfen Ecken oder Winkel hat«, fügte er noch hinzu. »Sonst funktioniert das sowieso nicht.«

Probieren wollten wir es jedenfalls. Tommy nahm das zusammengerollte andere Ende des Seils in die Hand.

»Na, denn man los. Ich darf nur nicht so doll ziehen. Alle bereit? Joe, fertig zum Zeichnen?«

Wir nickten und ließen unsere Blicke noch ein letztes Mal durch die Kammer des Wissens schweifen. Wir nahmen die fantastischen Bilder noch einmal fest in unser Gedächtnis auf, dann drehten wir uns um und betraten das Labyrinth. Mir klopfte das Herz bis zum Hals. Was würde uns erwarten?

*

Boden, Wände und auch die Decke des Ganges bestanden aus nacktem Fels. Seine Farbe war schwarz, und feine, silbrige Adern durchzogen die poröse Oberfläche. Während wir uns Schritt um Schritt vorantasteten, schien es mir, als würde es aus dem Gestein nicht nur silbern schimmern, sondern als wären auch die Wände mit einem feuchten Glanz überzogen. Aber ich konnte mich auch täuschen.

Ich ging wieder einmal voran. Das hatte ich zwar nicht vorgehabt, aber Tommy musste hinten gehen, weil er die Leine abwickelte und wir uns nicht verheddern wollten. Janine und Sanne passten auf Jever und Lazy auf, die im Gegensatz zu uns so ein Labyrinth ganz toll fanden und am liebsten davongestürmt wären. Na ja, *einer* wäre gestürmt.

Ich führte während des Laufens sorgsam den Stift auf meinem Block entlang. Ich wollte auch den Verlauf des Wegs und nicht nur die Abzweigungen aufzeichnen. Dann könnten wir ungefähr messen, wie weit wir gegangen sein mussten.

»Findest du nicht, dass es leicht nach links geht?«, fragte Sanne hinter mir.

Ich spähte nach vorn. Mir war auch schon aufgefallen, dass der Gang jetzt stetig nach links verlief. Das Ende, wenn es denn eines gab, war jedenfalls von der gebogenen Wand verdeckt.

»Ja«, gab ich wortkarg zurück. Mehr brachte ich nicht raus. Meine Beine waren schwer wie Blei. Es kostete mich unglaublich viel Überwindung, diesen in den Felsen gehauenen unheimlichen Gang zu erkunden, der wahrscheinlich der Beginn eines Labyrinths war, in dem wir uns für immer verirren konnten. Ganz zu schweigen von den

Gefahren, die hier vielleicht lauerten. *Hütet euch vor den Wächtern ...*

Weiter und weiter ging es. Ich bekam langsam das Gefühl, dass wir im Kreis gingen. Die in regelmäßigen Abständen angebrachten Fackeln brannten stetig. Es gab keinen Luftzug. Wir waren etwa fünf Minuten vorangekommen, da rief Tommy von hinten.

»Hey, Joe! Wir haben schon die Hälfte des Seils verbraucht! Das heißt, wir sind hundert Meter gelaufen, ohne dass ein Gang abzweigt!«

»Sei doch froh!«, rief ich zurück. »Dann können wir uns nicht verirren!«

Wir blieben stehen, und Tommy schloss zu uns auf.

»Ja, schon. Aber denk doch mal daran, dass das hier ein Labyrinth sein soll. Vielleicht ist es ein magisches Labyrinth, das gar keine Abzweigung hat?«

Im fahlen Licht der Fackeln erkannte ich, dass Sanne und Janine blass wurden.

»Aber nein«, korrigierte sich Tommy schnell selber, »das ist Quatsch. Wo wäre da die Prüfung zu bestehen? Das ergibt keinen Sinn. Ich hab mal was über Labyrinthe gelesen«, grübelte er. »Aber ich kann mich nur daran erinnern, dass man zwischen Irrgarten und Labyrinth unterscheidet. Verflixt, ich weiß nicht mehr, wo da der Unterschied war.«

Janine zuckte mit den Schultern und verlagerte die Mondscheibe in die andere Hand. Sie war schließlich ziemlich schwer.

»Ist das jetzt so wichtig? Irrgarten oder Labyrinth? Verirren kann man sich doch sowieso, oder? Lass uns weitergehen. Wenn ich stehen bleibe, kriege ich nur noch mehr Angst.«

Meter um Meter ging es weiter. Der Gang schien eine hypnotische Wirkung auf mich zu haben, denn das ständige Vorausschauen und die winzigen glitzernden Punkte, die vom Licht der Fackeln in die Augen blinkten, machten es schwer, sich zu konzentrieren. Endlich änderte sich etwas.

»Ein Abzweig!«, rief ich und hob die Hand. Die anderen schlossen zu mir auf, und ich sah mit gemischten Gefühlen, wie wenig Seil noch in Tommys Hand übrig geblieben war.

»Sieht nicht aus wie ein Abzweig«, meinte Janine. »Da geht's nur rechts ab.«

Tatsächlich machte der Gang nun wieder einen scharfen Knick nach rechts, um sich in einem weiten Bogen zu verlieren. Sanne sah mir über die Schulter und studierte meine Kritzelei auf dem Block.

»Bisher sind wir fast nur im Kreis gelaufen«, stellte sie fest.

»Zeig mal her«, sagte Tommy und nahm sich den Block.

»Stimmt«, murmelte er. »Wenn du richtig gezeichnet hast, dann wären wir fast wieder am Ausgangspunkt angelangt. Wenn wir hier ein Loch bohren würden, müssten wir genau in der Kammer des Wissens herauskommen.«

»Aber jetzt geht es doch wieder nach rechts, genau anders lang«, wandte ich ein.

»Tja«, meinte er und wog das Seil abschätzend in der Hand. »Ist ja auch ein Labyrinth. Also, was ist? Vor oder zurück?«

Obwohl wir in diesem Gang ein immer stärker werdendes beklemmendes Gefühl bekamen, gab es für uns kein Zurück. Ich dachte kurz daran, dass es in dieser Welt auch beim ersten Mal nie ein Zurück gegeben hatte, selbst wenn wir es gewollt hätten. Der Rückweg damals war immer abgeschnitten gewesen. Es würde jetzt nicht anders sein. Doch ich hielt lieber meinen Mund.

»Also weiter.«

Wieder übernahm ich die Führung. Mit einem Mal patschte es unter meinem Fuß, und ich blickte nach unten.

»Eine Pfütze! Passt auf!«

»Wo kommt denn das Wasser her?«, fragte Sanne hinter mir verblüfft.

»In den meisten Höhlen sickert Grundwasser durch«, beruhigte sie Tommy. »Sieh doch, die Wände sind feucht.«

Ich berührte den Fels, und eine verwischte Spur blieb zurück. Der ganze Gang dünstete Wasser aus! Das hatte er doch vorher nicht getan. Jetzt glitzerten auch die silbernen Einschlüsse nicht mehr wie zuvor. Mir fiel etwas ein.

»Vielleicht kommt es von uns. Unser Atem kondensiert doch zu Dampf. So wie im Bus im Winter die Scheiben beschlagen.«

»Das ist eine klasse Erklärung, Herr Seefeld«, sagte Tommy

anerkennend. »Aber wenn wir dauernd stehen bleiben, sind wir bis morgen Abend immer noch nicht weiter.«

Da hatte er recht. Also marschierten wir wieder los, um die Biegung herum, und diesmal mit schnelleren Schritten. Wieder führte der Weg endlos im Bogen. Doch schon nach kurzer Zeit kam der nächste kurze Halt.

»Leute!«, rief Tommy. »Das Seil ist zu Ende!«

»Und jetzt?«, fragte Janine bang.

»Jetzt verlassen wir uns auf Joes Zeichenkünste. Außerdem ist das immer noch derselbe Gang. Er hat nur einen Knick gemacht, ein anderer Weg ist es jedenfalls nicht. Also zurück könnten wir immer noch. Ich weiß nur nicht …«

»… ob du das Seil einholen sollst?«, hakte ich nach.

»Ja, genau. Wollen wir es hier zurücklassen, oder soll ich es einziehen? Was meint ihr?«

Janine traf die Entscheidung.

»Wir finden auch so zurück, hast du gesagt. Und ein Seil kann man immer gebrauchen. Also hol es ein.«

»Okay«, sagte Tommy und fing an zu ziehen. Doch schon der erste Versuch scheiterte. Tommy ruckte und zerrte am Seil, aber es ließ sich nicht einholen. Als mir klar wurde, was das bedeuten musste, wurde mir ganz anders.

»Der Eingang muss sich geschlossen haben«, flüsterte ich.

Tommy schaute in unsere angsterfüllten Gesichter.

»Seid mal ehrlich, habt ihr was anderes erwartet? Hier gibt es nur eine Richtung. Jeder Rückweg wird verschlossen, wenn man eine Aufgabe gelöst hat.«

»Oder sie noch vor sich hat«, bemerkte Janine. »So wie vorhin, als die Röhre verschwand, aus der wir in die Kammer des Wissens gefallen sind.«

»Genau. Also können wir das Seil vergessen. Es klemmt jetzt bestimmt unlösbar in der Felswand fest. Uns bleibt nur eine Richtung. Da lang!«

Er zeigte voraus. Plötzlich fiel mir ein großer Wassertropfen auf die Nase. Ich zuckte zusammen und schaute nach oben. Überall hingen dicke Tropfen von der Decke und schillerten in bunten Farben. Die besorgten Gesichter der anderen verrieten mir, dass sie das Gleiche dachten wie ich.

»Wir sollten ein wenig schneller gehen«, drängte Tommy. »Wir müssen das Rätsel lösen, bevor wir nasse Füße kriegen.«

Das taten wir dann auch. Immer öfter mussten wir um Pfützen herumgehen, die sich auf dem Boden des Ganges bildeten. Unauffällig betrachtete ich die Wände und sah jetzt bereits kleine Rinnsale herunterlaufen. Ich bekam Angst. Wie lange hatten wir noch zu gehen?

Nach fast endlos scheinender Zeitspanne kam der nächste scharfe Knick, diesmal nach links. Wir diskutierten nicht lange, sondern setzten unseren Weg fort. Wieder ging es in weitem Bogen vermeintlich zurück. Als nach Ewigkeiten der dritte Knick kam, stand bereits so viel Wasser im Gang, dass kaum noch eine trockene Stelle zu sehen war. Wir blieben erneut stehen. Tommy griff sich wieder meinen Block und studierte die Linien, die ich gezeichnet hatte, wenn auch reichlich krickelig, weil ich dabei ja laufen musste.

»Hm«, machte er. »Das sieht aus wie eines von den Labyrinthen, über die ich mal gelesen habe. Aber verflixt noch mal, welches?«

»Du hast vorhin gesagt, es gibt Irrgärten und es gibt Labyrinthe«, sagte Janine und schüttelte ihre Hand aus, die vom Tragen der schweren Mondscheibe ganz verkrampft war. »Was für eins ist das denn nun?«

»Genau!«, schrie Tommy auf einmal. »Ein Labyrinth!«

»Ja, das wissen wir doch schon längst«, sagte ich genervt. »Aber was für eins?«

Tommy holte tief Luft und schaute mit blitzenden Augen von einem zum anderen. Da wusste ich, dass ihm die Lösung gekommen war.

»Wir sind in einem Labyrinth. Das steht ja schließlich auf der Mondscheibe. Wir haben das die ganze Zeit mit einem Irrgarten verwechselt. Jetzt ist es mir wieder eingefallen! Was wir immer als Labyrinth bezeichnen, ist eigentlich ein Irrgarten!«

»Versteh ich nicht«, sagte Sanne kopfschüttelnd.

»Pass auf, ein Irrgarten hat tausend verschiedene Gänge, Sackgassen, eben Irrwege. Jeder sagt Labyrinth dazu. Aber das wirkliche Labyrinth, das ist *das* hier.« Er tippte bei seinen Worten auf den Block. »In dem kann man sich gar nicht verlaufen. Es geht nur endlos hin und her, um mögliche Eindringlinge zu entmutigen. Man nennt es das klassische Labyrinth.«

Wir schwiegen und dachten darüber nach. Im Unterbewusstsein registrierte ich das Stakkato der Wassertropfen, die sich immer schneller von der Decke lösten.

»Du meinst, man gibt irgendwann auf und geht wieder zurück?«, fragte Sanne.

»Ganz genau. Schaut mal her, wir sind in mehreren Bögen rechts und links herumgegangen. Jetzt müssten wir so ungefähr die Hälfte hinter uns haben. Wenn ich recht habe, geht es ab jetzt schneller, denn die Bögen setzen sich innen fort, und die Windungen werden dadurch enger, bis wir schließlich am Mittelpunkt angekommen sind.«

»Und was ist am in Mittelpunkt?«, fragte Janine.

Tommy zuckte mit den Schultern. »Das kann ich dir nun wirklich nicht sagen. Früher waren es Grab- oder Schatzkammern, die man durch das Labyrinth vor Räubern schützen wollte. Aber was uns erwartet … keine Ahnung.«

Sanne fasste Tommy am Arm und deutete auf den Boden.

»Es ist alles nass, Tommy! Es kommt immer mehr Wasser aus den Wänden! Meinst du, dass es am Ende einen Ausgang gibt?«

»Ganz bestimmt.« Tommy war die Zuversicht in Person. »Jede Wette.«

Nie und nimmer hätte ich darauf gewettet. Wenn es einen Ausgang gäbe, müsste das Wasser ja daraus abfließen. Aber es stieg beständig weiter. Jetzt standen wir schon mit den Schuhsohlen darin. Der Weg vor und zurück wirkte bereits wie ein kleiner unterirdischer Bach. Unsere Beklemmung wuchs. Wir mussten handeln.

»Los!«, sagte ich energisch. »Lasst uns hier nicht rumstehen!«

So schnell wir durch das stetig steigende Wasser waten konnten, liefen wir weiter. Tommy hatte tatsächlich recht gehabt. Diesmal kam der nächste Knick des Ganges wesentlich schneller in Sicht. Auch der übernächste ließ nicht lange auf sich warten. Aber es wurde zunehmend schwerer, voranzukommen. Erst konnten wir noch wie die Störche einen Fuß vor den anderen setzen, doch schien das Wasser immer schneller zu steigen. Schon reichte es uns bis zu den Knien. Damit wurde das Waten unmöglich, und wir mussten die Beine mit immer größerer Anstrengung durch das Wasser ziehen. Das Schlimmste war, dass wir durch den Widerstand immer langsamer wurden. Jever und Lazy hatten wir längst auf den Arm genommen, sonst hätten sie die ganze Zeit schwimmen müssen. Ich hatte aufgehört mitzuzeichnen und den Block wieder im Rucksack verstaut, denn ich brauchte beide Arme für Lazy. Panik stieg in mir auf. Wann waren wir endlich am Ziel? Und warum lief das Wasser nicht ab?

»Tommy!«, flehte Sanne. »Wie weit noch?«

»Ich weiß nicht …«, sagte Tommy unsicher. »Vielleicht fünf Minuten.«

Wenn selbst Tommy Angst bekam, dann wurde es brenzlig! Wenn das Wasser noch weiter stieg, würden wir schwimmen müssen. Ich spürte fürchterliche Angst in mir aufkommen.

Ich konnte so gut wie gar nicht schwimmen. So weit durfte es nicht kommen!

Doch unerbittlich stieg das Wasser weiter. Erst ging es bis zum Bauchnabel, und das Gehen war beinahe unmöglich geworden. Die Hüften rechts und links vordrückend, kamen wir nur noch wie in Zeitlupe voran. Dann auf einmal stand es uns bis zur Brust. Die Panik drohte mich zu überwältigen. Ich hatte Todesangst. Und es sollte noch schlimmer kommen.

»Die Fackeln!«, schrie Sanne.

Die Fackeln waren in Kopfhöhe angebracht, und schlagartig wurde mir klar, dass sie verlöschen würden und wir dann im Dunkeln schwimmen mussten! Ich hatte die grausame Vision, dass wir wie die Ratten immer weiter an die Decke gequetscht würden, dass zum Schluss nur noch die Nase zwischen der Wasseroberfläche und das tödliche Dach des Ganges passte, und dann würden wir jämmerlich ertrinken!

Jeder von uns geriet jetzt in Panik. Selbst Tommy. Obwohl er uns immer noch Mut machte, hörte ich, wie die Angst seine Stimme zum Zittern brachte.

»Es kann nicht mehr weit sein. Die nächste Biegung *muss* die letzte sein! Weiter! Weiter! *Weiter!*«

Ich sah die nächste Biegung und schöpfte Hoffnung. Es musste einfach die letzte sein. *Es musste.* Ich dachte gar nicht daran, was uns das denn nutzen sollte, wie wir denn entkommen wollten. Ich dachte nur daran, dass es die letzte Biegung sein sollte. *Bitte ...*

Als wir um die Biegung herumkamen, stand uns das Wasser bis zum Hals. Es ging nicht anders, jetzt mussten wir die Hunde loslassen. Wir konnten sie einfach nicht mehr halten. Jever und Lazy mussten schwimmen. Blitzartig fiel mir die Taschenlampe ein, die in einer Seitentasche meines Rucksacks steckte. Doch der war längst durchnässt und die Lampe wahrscheinlich im Eimer. Trotzdem versuchte ich den Rucksack im Wasser abzustreifen und an die Tasche zu kommen. Angsterfüllt sah ich, wie die kleinen Wellen, die wir mit unserem Strampeln verursachten, schon an den Fassungen der Fackeln leckten. Doch für einen kurzen Moment wurde ich abgelenkt.

»Wir haben's geschafft!«, rief Tommy. »Der Gang ist zu Ende!«

Ja, wir hatten es geschafft. Aber augenblicklich erkannten wir, dass uns das nichts nützen würde. Der Gang endete an einer Wand aus massivem Fels. Keine Tür, kein Hebel, keine Bolzen. Nichts.

Mir stiegen die Tränen in die Augen. Im selben Moment geschah das Unfassbare. Wir verloren den Boden unter den Füßen! Wie wild fingerte ich an dem Verschluss der Tasche. Das Wasser stieg so schnell, dass ich den steigenden Pegel an der Wand verfolgen konnte.

»Tu was!«, schrie Sanne voller Angst. »Wo ist das Rätsel?«

Unsere Blicke irrten umher, während wir verzweifelt Wasser traten, um nicht unterzugehen. Dann erlebte ich das Grauenvollste, was mir bislang in meinem Leben widerfahren war. Ein zischendes Geräusch ertönte und gleich darauf noch eines.

»Die Fackeln!«, schrie Janine. *»Die Fackeln gehen aus! Beeilt euch doch! Bitte beeilt euch! Wir ertrinken!«*

Dies war das Ende. Tommy hatte sich geirrt. Die fremden Mächte hatten nur mit uns gespielt. In meiner Panik, den Reißverschluss aufzukriegen, schluckte ich Wasser und musste husten.

»Bleibt ruhig! Bleibt ruhig!«, rief Tommy. »Seht doch, da oben!«

Ich ruderte mit Armen und Beinen, um mich in die Richtung zu drehen, in die Tommy zeigte. Dicht unter der Decke, an der Wand, die den langen Gang des Labyrinths endgültig verschloss, befand sich eine unscheinbare Malerei. Hastig schwammen wir auf sie zu, um sie genauer sehen zu können. Es war der einzige Hoffnungsschimmer, und doch gleichzeitig so unnütz. Wie sollte uns ein Bild hier heraushelfen? Als wir näher dran waren, erkannten wir, dass es keine Malerei war, sondern wieder ein Relief. Nur war es keine plastische Darstellung, die über die Oberfläche hinausragte, sondern das Bild war aus dem Fels herausgehauen worden und unterschied sich in der Farbe nicht vom Untergrund, weshalb wir es zuerst gar nicht wahrgenommen hatten.

»Eine Frau!«, rief Sanne und hatte Mühe, sich am Fleck zu halten. Hinter uns ertönte ein weiteres zischendes Geräusch. Jetzt brannten nur noch zwei Fackeln.

Ich schwamm direkt vor das Relief. Es war tatsächlich das Abbild einer Frau. Sie wirkte hoheitsvoll wie eine Herrscherin. Ihre rechte Hand war erhoben, und sie war seltsam unförmig. Die Hand war dargestellt wie eine Untertasse, rund und flach. All das war vielleicht einen Zentimeter weit eingelassen in den Fels. Was um alles in der Welt sollten wir damit anfangen?

Wir hatten keine Zeit mehr. Wir würden das Rätsel nicht lösen. Ich wusste das jetzt ganz genau. Der Abstand zwischen meinem Kopf und der Decke betrug vielleicht gerade mal dreißig Zentimeter. Und ich bekam die Tasche nicht auf.

»Was sollen wir tun?«, schrie Sanne. Ihre Stimme überschlug sich fast. Jever und Lazy paddelten wie wild mit den Beinen. Sie spürten die Todesangst ihrer Herrchen und konnten uns doch nicht helfen.

»Die Göttin …«, hörte ich Tommy murmeln, »die Göttin …«

Und dann passierte das unvorstellbar Grausame. Das, was mich noch in den schlimmsten Träumen verfolgen würde. Die letzten beiden Fackeln erloschen mit einem furchtbaren, endgültigen Zischen!

Ich riss die Augen auf, doch undurchdringliche Finsternis umgab mich. Ich musste sterben! Voll panischster Erregung strampelte ich mit den Beinen und traf dabei Tommy.

»Bleibt ruhig!«, brüllte er in die Dunkelheit. »Ich habe die Lösung!«

Ich konnte nicht aufhören zu strampeln. Jeden Augenblick

konnte mich das Wasser gegen die Decke drücken und ersticken. Ich registrierte dennoch Tommys Worte. Er hatte die Lösung. Welche Lösung …?

»Die Göttin!«, brüllte er weiter. »Janine, das ist die Göttin! Du musst die Mondscheibe in die Hand der Göttin legen! Mach schon! Schnell!«

Ich dachte, ja, natürlich, die Göttin! Das musste sie sein! Aber es war dunkel, und wir waren alle voller Panik und Todesangst! Wie sollte Janine die Figur jetzt ertasten? Ich hörte nur das angsterfüllte Atmen meiner Freunde, das Plätschern des Wassers und das Hecheln der Hunde.

»Mach schon …!«, schrie Tommy noch einmal. »Leg sie rein!«

»Ich kann sie nicht finden …«, schluchzte Janine. »Ich finde sie einfach nicht …«

Dann war es aus. Mein Kopf stieß gegen die Decke! Das Wasser stieg mir über den Mund, und ich tat einen letzten Atemzug durch die Nase. Das war das Ende.

»Ich hab sie …!«, gurgelte Janine. »Ich …«

Und dann schlug das Wasser über mir zusammen, und das Letzte, was ich mitbekam, war ein fürchterlicher Schlag, als sich plötzlich die Wand öffnete und wir alle durch einen gewaltigen Sog mit einer Woge von Tausenden Tonnen Wasser aus dem Gang gespült wurden.

DAS WUNDER DES PHILON

Wild mit den Armen fuchtelnd, Wasser schluckend und völlig orientierungslos schossen wir mit einem Wasserstrahl von mehreren Metern Durchmesser ins Freie. Sämtliche Muskeln meines Körpers krampften sich vor unendlicher Angst zusammen, und dennoch nahm ich wahr, dass es um mich herum hell wurde. Zum zweiten Mal an diesem Tag fielen wir ins Bodenlose, doch diesmal würde es keine nachgebenden Wände geben, die unseren Fall abbremsten.

Alle Empfindungen der Welt spielten sich im Bruchteil dieser Sekunde ab. Während ich hinauskatapultiert wurde, dachte ich doch tatsächlich darüber nach, ob meine Sachen im Rucksack nass geworden waren und was meine Eltern wohl tun würden, wenn ich nicht mehr nach Hause kam! Alles völlig blödsinnige Dinge, und das, obwohl wir gerade dabei waren, zu ertrinken oder am Boden eines Canyons zerschmettert zu werden.

In größter Panik riss ich die Augen auf und sah mich inmitten wirbelnder Kaskaden von Wasser. Millionen Tropfen schillerten in einem gleißenden Licht, und während ich fiel und mich dabei um meine eigene Achse drehte, rasten Bilder an meinem Auge vorbei. In einer winzigen und mir dennoch unendlich lang erscheinenden Zeitspanne erkannte ich die Felswand, an der wir entlangschossen und an deren Flanke wir in die Tiefe stürzten, sah kurz Ausschnitte einer weiten

Landschaft und des Himmels, und dann erkannte ich einen spiegelglatten See, der rasend schnell näherkam.

Ehe ich mich auch nur ansatzweise darauf vorbereiten konnte, knallte ich mit dem Po zuerst auf seine Oberfläche und versank unter Wasser. Die Luft wurde aus meinen Lungen gepresst, und ich bekam unerträgliche Schmerzen in der Brust. Unwillkürlich spreizte ich meine Arme und Beine weit auseinander, um die Tauchfahrt abzubremsen. Der Wasserdruck war so enorm, dass meine Trommelfelle zu platzen drohten. Nie hätte ich gedacht, dass es nach all den fürchterlichen Erlebnissen immer noch möglich war, Panik zu bekommen, aber so viele Meter unter Wasser, ohne Luft in den Lungen, mit vielleicht gebrochenen Rippen und total orientierungslos, spürte ich nicht weniger Panik als eben im Gang, wo ich mich bereits tot geglaubt hatte.

Strampelnd und zappelnd kämpfte ich mich zurück an die Oberfläche. Gott sei Dank konnte ich erkennen, in welcher Richtung sie lag, denn wir schienen am helllichten Tage aus dem Fels gefallen zu sein. Wäre es Nacht gewesen, nie und nimmer hätte ich so tief unter Wasser wieder an die Oberfläche gefunden.

Wie ein Korken schoss ich nach oben und schnellte aus dem Wasser. Japsend schnappte ich nach Luft, schluckte noch mehr Wasser und hustete wie verrückt. Aber ich hatte es geschafft! Ich lebte! Ich wischte mir die Augen frei, trat mit den Beinen auf der Stelle und versuchte ruhiger zu werden. Was war mit den anderen? Waren sie verletzt? Ich drehte mich im Wasser so schnell wie möglich im Kreis. Da sah ich Jever und Lazy weitab von mir umherpaddeln. Ich registrierte das dankbar. Aber wo waren die anderen? Was, wenn sie tot waren? Ich war so verzweifelt, dass ich hemmungslos anfing zu weinen.

Da schoss auf einmal dicht neben mir ein Kopf aus dem Wasser. Eine fürchterlich hustende Janine tauchte auf. Gleich darauf teilte sich das Wasser wieder, und Sanne erschien. Auch sie hustete, was das Zeug hielt. Zu meiner unendlichen Erleichterung kam auch Tommys schwarzer Haarschopf zum Vorschein, wenngleich etliche Meter von uns entfernt. Während die drei das durchmachten, was ich schon hinter mir hatte, nämlich in schmerzhaften Hustenanfällen nach Luft zu schnappen und zu versuchen nicht wieder unterzugehen, war ich so unendlich froh, sie wiederzusehen, dass ich gleich noch mehr Tränen vergoss. Ich schämte mich nicht, war aber doch ein bisschen froh, dass die Tränen inmitten all der anderen Tropfen nicht zu sehen waren.

»Sanne! Janine! Joe!«, schrie Tommy und versuchte, seine Augen klar zu bekommen. »Wo seid ihr?«

»Ich bin hier!«, schrie ich. »Hier drüben!«

Trotz der Entfernung konnte ich sehen, wie froh er war, uns zu entdecken. Ich wollte ihm zuwinken, merkte aber plötzlich, wie kraftlos ich war. Meine Arme und Beine waren wie Blei, und der Rucksack und die nassen Klamotten zogen mich unerbittlich nach unten.

»Wartet! Ich komme!«, rief Tommy. Dann begann er mit

kraftvollen Zügen zu uns zu schwimmen. Es schien, als würde er den Rucksack gar nicht bemerken. Ich hatte keine Zeit, ihn zu bewundern, denn ich hatte Mühe, über Wasser zu bleiben. Sanne und Janine fingen an, irgendetwas zu rufen, aber ich konnte mich nur darauf konzentrieren, den Kopf über Wasser zu halten. Nur jetzt nicht absaufen, wo wir doch alle gerettet waren!

Dann waren die anderen bei mir. An das, was danach geschah, kann ich mich nicht mehr genau erinnern. Ich weiß nur noch, dass Tommy und Sanne je einen Arm von mir nahmen und mich auf dem Rücken schwimmend abschleppten. Und dann lagen wir auch schon an einem kleinen Strand, platt wie die Flundern und ausgelaugt wie noch nie in unserem Leben, und pumpten so viel Luft in unsere Lungen, wie wir nur konnten. Immer wieder mussten wir husten. Es schien Ewigkeiten zu dauern, bis ich wieder einen klaren Gedanken fassen konnte. Aber dann holte mich jemand mit einer Mund-zu-Mund-Beatmung ins Leben zurück, der noch nie einen Erste-Hilfe-Kurs besucht hatte. Lazy! Er schlabberte mit seiner Zunge mein Gesicht ab und schnaufte mir seinen Sabber auf die Backe, dass ich gar nicht anders konnte, als wieder aufzuleben. Überglücklich schloss ich meinen Hund in die Arme und drückte ihn mit dem bisschen Kraft, das mir geblieben war. Dann schob ich ihn liebevoll von mir und blickte zur Seite, geradewegs in Sannes total erschöpftes, aber überglückliches Gesicht.

»Geschafft!«, sagte sie und zog geräuschvoll die Nase hoch.

»Ich könnte ein Taschentuch gebrauchen. Ich glaub, ich hab den halben See in die Nase bekommen.«

Was war ich froh, dass es ihr gut ging! Und die anderen? Ich richtete mich auf und stützte mich auf den Ellenbogen. Janine war dabei, ihre klatschnassen Haare aus dem Gesicht zu streichen und Tommy … wo war Tommy? Ich richtete mich ganz auf, und dann sah ich ihn. Er stand am Ufer des Sees, schirmte die Augen vor der gleißenden Sonne ab und schaute zum Horizont. Jever hatte sich neben ihn gesetzt und tat es seinem Herrchen nach. Die beiden waren schon ein Paar.

Nachdem wir alle wieder auf den Beinen waren, warfen wir unsere durchtränkten Rucksäcke in den Sand und stapften zu unserem Freund ans Ufer.

»Na?«, meinte Tommy und schaute uns fröhlich an. »Von den Toten auferstanden?«

Sanne stemmte die Arme in die Seiten und schüttelte empört den Kopf.

»Wir wären beinahe gestorben, und du machst noch Witze!«

»Entschuldige, aber ich hab gesehen, dass ihr noch ein bisschen außer Puste seid und ein paar Minuten braucht. Da dachte ich, ich geh mal schauen, ob hier nicht noch irgendeine Überraschung auf uns wartet. Wär ja nicht so schön, wenn wir davon so hilflos erwischt würden, oder?«

Wir konnten es nicht fassen. *Ein bisschen außer Puste …!* Wenn uns jetzt jemand gesehen hätte, bis auf die Haut nass, mit wackligen Beinen und die Gesichter noch von der eben überstandenen Todesangst gezeichnet …

»Danke«, sagte ich gnädig, »dass du auf uns aufgepasst hast!« Plötzlich fiel mir siedend heiß etwas ein. »Und danke, dass ihr mich rausgezogen habt!«

»Und danke«, kam es von Janine, »dass dir das mit der Mondscheibe eingefallen ist! Sonst würden wir jetzt hier nicht rumstehen!« Sie machte einen Schritt auf Tommy zu und gab ihm einen Kuss auf die Wange.

Tommy war ganz verlegen, was sicher mehr an Janines Kuss als an ihrem Lob lag. Er winkte unbeholfen ab.

»Lass man, das wär euch auch noch eingefallen.«

»Ja, klar!«, sagte ich lachend. »Nachdem wir ertrunken wären!«

Wir hatten immer noch Pudding in den Beinen, aber das Glücksgefühl, überlebt zu haben, gab uns Sekunde für Sekunde neue Kraft. So langsam wurde uns bewusst, was wir eben hinter uns gebracht hatten. Es wurde Zeit, sich auf die neue Situation einzustellen. Wir ließen unsere Blicke über das Fleckchen Erde schweifen, an dem wir herausgekommen waren. Nass, wie wir waren, standen wir da und ließen das Bild auf uns einwirken.

Der See war nicht allzu groß. Links befand sich eine Hügelkette. Einer dieser Hügel wurde von einer etwas steileren Wand überragt. Aus ihr mussten wir herausgeschossen sein. Doch so sehr ich mich auch anstrengte, einen Wasserfall oder eine Öffnung konnte ich nicht erkennen. Ich brauchte gar nicht danach zu suchen. Sie hatte sich wieder verschlossen.

Die Landschaft, die sich hinter dem See und auch hinter unserem Rücken erstreckte, sah trocken und staubig aus und wurde nur gelegentlich von einigen Bäumen unterbrochen. Hier und dort ragten ein paar kleine helle Felsen aus dem Boden. Ich dachte, ich würde diese Art Bäume kennen, kam aber nicht auf den Namen. Kleine, dornige Büsche übersäten die Ebene in großer Zahl. Hier und da hatten Büschel harter Gräser einen Platz erobert. Ich blickte zum Himmel. Ein klares, dunkles Blau. Wunderschön. Und heiß.

»Sieht aus, als wären wir in Griechenland«, murmelte Sanne.

»Da könntest du recht haben«, überlegte Tommy. »Die Bäume da sind Pinien. Aber die gibt's auch in Italien. Ziemlich karg hier, findet ihr nicht?«

Wir mussten ihm zustimmen. Besonders aufregend sah das hier nicht aus. Und nicht gefährlich, fügte ich in Gedanken erleichtert hinzu.

»Und was jetzt?«, fragte Janine und sah uns hilflos an. »Ich kann nicht mehr, meine Sachen sind nass, ich hab Hunger, und die Mondscheibe ist auch weg. Wie sollen wir denn jetzt weiterkommen?«

Sanne nahm das Heft in die Hand.

»Jetzt sehen wir erst mal nach, was aus den Rucksäcken noch zu gebrauchen ist. Dann trocknen wir unsere Sachen, essen was und … und …«

»Und schreiben auf, was auf der Mondscheibe gestanden hat!«, ergänzte ich.

»Sehr gut, Herr Seefeld«, sagte Tommy, zog sein T-Shirt vom Bauch ab und ließ es wieder zurückklatschen. »Da müssen wir uns wohl ein Stöckchen suchen und in den Sand schreiben, denn deinen Block wirst du wohl vergessen können.«

Es gab nur eine Möglichkeit, das herauszufinden. Wir stapften zurück zu unseren Rucksäcken, die verstreut im Sand herumlagen. Die Säcke sahen toll aus. Sie waren mit Sand paniert und hatten bereits helle Flecken, wo die Sonne sie schon angetrocknet hatte. Als ich meinen anhob, sickerte Wasser durch eine Naht. Ich seufzte und öffnete den Verschluss. Dann holte ich den Inhalt Stück für Stück heraus.

»Der Block ist hin. Und die Brötchen könnt ihr auch vergessen!«, rief ich und quetschte meinem Leberwurstbrötchen das Wasser raus. »Aber die Schokoriegel und die Kekse sind okay.«

»Die Äpfel auch!«, rief Janine triumphierend und hielt zwei schöne rote Exemplare hoch. Ich untersuchte meine Taschenlampe und knipste sie versuchsweise an. Fehlanzeige.

»Die geht auch nicht mehr.«

»Will jemand Wasser?« Tommy grinste und stellte seine Flasche vor sich in den Sand.

»Nein!«, brüllten wir alle im Chor. Von Wasser hatten wir wahrlich erst mal genug. Obwohl, es war ziemlich heiß hier,

und Schatten war weit und breit nicht zu sehen. Wir würden wohl bald Durst bekommen.

Wie sich herausstellte, waren die in Mülltüten verknoteten Sachen zum Wechseln tatsächlich trocken geblieben. Also suchten wir uns einen Felsvorsprung und zogen uns einer nach dem anderen dahinter um. Die nassen Klamotten breiteten wir zum Trocknen auf den Steinen aus. Danach setzten wir uns ans Ufer und verputzten unsere Vorräte. Ich gab den anderen von meinen Schokoriegeln ab, wir leerten eine Tüte Chips, und zum Schluss vertilgten wir die Äpfel.

»Ah«, machte Sanne und strich sich glücklich über den Bauch. »Das war gut. Ich fühl mich wieder total fit.«

»Ja, herrlich!«, sagte Tommy und reckte sich. »Aber zu lange faulenzen sollten wir nicht. Wir müssen sehen, wie wir weiterkommen.«

Er pfiff nach Jever.

»Jever! Stöckchen!«

Verwundert sahen wir zu, wie der kleine Wirbelwind davonstob, hierhin und dahin rannte, schließlich etwas gefunden zu haben schien und zu seinem Herrchen zurückflitzte. Stolz ließ er einen ansehnlichen Stock vor Tommys Füße fallen.

»Brav, mein Kleiner!«, sagte Tommy und tätschelte Jever das Köpfchen. »Aber spielen kann ich jetzt nicht mit dir. Wir müssen ein Problem lösen. Mach schön Platz.«

Augenblicklich wussten wir, was Tommy vorhatte.

»Die Mondscheibe ist in der Hand der Göttin«, meinte

Tommy. »So weit, so gut. Da wussten wir ja noch nicht, dass wir sie gleich wieder hergeben müssen. Fällt euch der Rest des Textes noch ein?«

Ich hasste auswendig lernen, aber bei dieser Sache hier war es schließlich ganz was anderes. Immerhin erinnerte ich mich an die ersten vier Zeilen auf Anhieb.

die Maske von Sakkara birgt die Gabe des Heilens
vier Herzen braucht es sie zu lösen
das goldene Antlitz muss ruhen in der Kammer
bevor die Phase eines Mondes endet

zitierte ich.

»Zwei plus, Herr Seefeld«, sagte Tommy und schrieb die Zeilen mit dem Stock in den Sand. »Und weiter?«

Zeile für Zeile setzten wir die geheimnisvolle Botschaft der Mondscheibe wieder zusammen und betrachteten anschließend den fertigen Text.

»Was ist mit dem goldenen Antlitz gemeint?«, fragte Janine. »Hoffentlich nicht die Mondscheibe, denn die kriegen wir ganz bestimmt nicht wieder.«

»Nein«, meinte Tommy sofort. »Das war garantiert kein Antlitz. Ich denke, damit ist nichts anderes als die Maske gemeint. Vielleicht ist sie wie ein Gesicht geformt. Ich glaube, dass wir die Maske zurückbringen müssen, wenn wir sie benutzt haben. Und wenn wir das nicht tun …«

… werden die bösen Keime gesät

ergänzte ich. »Was kann damit gemeint sein?«

»Keine Ahnung«, gab Tommy zu. »Damit sollten wir uns jetzt nicht rumquälen. Wenn wir sie erst mal haben, werden wir schon auf sie aufpassen. Was haltet ihr davon, wenn wir das wegstreichen, was schon hinter uns liegt?«

Das war eine gute Idee. Tommy nahm den Stock und strich diejenigen Zeilen durch, deren Bedeutung uns bereits aufgegangen war:

das Labyrinth birgt den Schlüssel
gebt die Mondscheibe in die Hand der Göttin

Mir kam noch eine Idee.

»Das, was mit der Maske zu tun hat, könnten wir doch auch streichen«, grübelte ich. »Denn die Maske kriegen wir ja erst, wenn die Aufgaben gelöst sind. Dass wir sie dann zurückbringen müssen, weil sonst etwas Schlimmes passiert, wissen wir ja. Das war beim Buch der Gaben auch so.«

»Gute Idee«, sagte Janine, nahm Tommy den Stock aus der Hand und strich die ersten sechs Zeilen durch. Jetzt blieben nur noch vier Zeilen übrig:

setzt den Ring der Artemis an ihre Stelle
wer beseelt ist mit der Gabe des Sehens
dem wird das Wunder des Philon
eine Tafel für das Orakel gewähren

»Der Ring der Artemis … was kann das sein?«, fragte Sanne in die Runde. »Und an wessen Stelle sollen wir ihn setzen?«

»Na, an die Stelle der Maske!«, sagte Janine mit Bestimmtheit. »Fragt sich nur, wie wir an den Ring kommen. Und was bedeutet das Wunder des Philon?«

Tommy kratzte sich am Kopf. »Philon … Philon … der Name erinnert mich an etwas. Aber an was? Joe, was ist mit dir? Das hatten wir bestimmt mal in Geschichte, aber ich glaube …«

»… ich werde alt!«, sagte ich lachend. »Es tut mir wirklich leid, mein Freund, aber in Geschichte mache ich immer Hausaufgaben für Mathe. Wenn wir rauskriegen wollen, was das Wunder des Philon ist, brauchen wir wohl selber ein Wunder.«

»Okay.« Tommy gab auf. »Wenn uns Nachdenken nicht weiterhilft, sollten wir uns vielleicht die Umgebung ein wenig näher anschauen.«

Er wühlte in seinem Rucksack herum und fingerte den Kompass und das Fernglas heraus.

»Verdammt, verdammt!«, grummelte er, zog sein T-Shirt aus und fing an, die beiden Teile abzureiben. »Ich hab vergessen, sie abzutrocknen. Hoffentlich verrosten sie nicht.«

Falls das Wasser in das Fernglas oder den Kompass eingedrungen war, nützte das jetzt sowieso nichts mehr. Der Kompass hatte Tommys Vater gehört, war aus massivem Messing und zudem ein nautisches Gerät, das sehr wertvoll war. Ich glaubte nicht, dass er rosten könnte. Das Fernglas funktionierte bestimmt noch. Glas rostet schließlich nicht. Als Tommy fertig war, gab er Janine das Glas und mir den Kompass.

»Hier. Du bist doch der Kompass-Experte. Sag uns mal, wo's langgeht!«

Gespannt hielt ich den Kompass vor mich und versuchte, nicht zu wackeln. Als ich sah, wohin die Nadel zeigte, schüttelte ich das Gerät vorsichtig. Die Nadel bewegte sich völlig normal hin und her, pendelte sich wieder ein und zeigte genau in die Richtung wie zuvor.

»Äh, ja also …« Ich blickte auf und blinzelte wegen der Lichtreflexionen auf der Oberfläche des Sees. »Als Kompass-Experte muss ich euch sagen, dass die Nadel immer nach Norden zeigt, egal, wo das N auf dem Ding steht.«

»Ja, ja, das wissen wir!«, sagte Janine ungeduldig.

»Nun …« Ich hob die Hand. »Als Erdenbewohner weiß ich aber, dass am Mittag die Sonne im Süden steht. Und nun guckt mal her!«

Ich hielt den anderen den Kompass vor die Nase und freute mich auf ihre Gesichter.

»Der zeigt ja direkt auf die Sonne!«, rief Sanne überrascht aus.

»Merkwürdiges Norden«, meinte Tommy. »Aber ich sag's ja, Joe ist unser Experte! Ich würde sagen, wenn das Ding nicht schon angerostet ist, haben wir mal wieder einen kleinen Hinweis auf die Richtung, in die wir zu gehen haben. Was meint ihr?«

Janine hob das Fernglas hoch und schaute uns fragend an. »Soll ich mal?«

»Klar!«, kam es wie aus der Pistole geschossen.

Janine hob das Glas vor die Augen und schaute direkt nach Süden, ich meine nach Norden … oder wohin auch immer! Hier in dieser Welt war halt nichts so, wie es sein sollte. Jedenfalls guckte sie direkt in die Richtung, in die die Nadel zeigte und in der die Sonne stand. Schon nach kurzer Zeit pfiff sie leise durch die Zähne und begann, am Rädchen zu drehen, um das Fernglas schärfer zu stellen.

»Hast du was?«, fragte ich gespannt.

»Ja …«, sagte sie gedehnt. »Da steht so was wie … wie ein Tempel.«

»Ein Tempel?«, fragten wir aufgeregt. »Was für ein Tempel?«

Jeder von uns hatte jetzt Feuer gefangen. Mich juckte es in den Fingern, auch mal durchzuschauen. Janine gab das Glas an Sanne weiter.

»Toll! Der ist ja riesig!«

»Gib her!« Ich hielt es nicht mehr aus und trat von einem Bein aufs andere. Als ich endlich das Glas ansetzte, sprang mir ein unglaubliches Bauwerk vor die Augen. Es war kein Tempel. Es war ein Riesentempel! Selbst aus dieser Entfernung glaubte ich, dass seine Seiten mindestens einhundert Meter lang waren. Unzählige Säulen rahmten seine Flanken, und ein Reflex seines Dachs blitzte in meine Augen. Es schien, als wäre es aus purem Gold! Ich war vollkommen baff.

»Das musst du dir ansehen!«, sagte ich zu Tommy und reichte ihm als Letztem das Glas. Sprachlos starrte auch Tommy hindurch und konnte sich kaum von diesem Anblick lösen. Ich versuchte den Tempel ohne Hilfe des Glases zu entdecken. Zu meiner Überraschung war das kein Problem. Klar und deutlich zeichneten sich seine Umrisse gegen den Horizont ab. Ich tippte Tommy an.

»Kannst das Glas runternehmen.«

Schweigend betrachteten wir das Bild, das sich uns darbot. Eigentlich hätte die Silhouette des Tempels aus dieser Entfernung und bei der Hitze des Tages flimmern müssen, aber sie war scharf und klar zu sehen. Tommy riss sich los.

»Unser Problem, wohin des Wegs, scheint ja nun geklärt. Oder braucht ihr noch mehr Pause?«

Die Entdeckung des Tempels hatte uns wieder beflügelt. Schwach fühlte sich keiner mehr. Außerdem drängte die Zeit. Dabei fiel mir ein, auf die Uhr zu sehen.

»Halb elf!«, entfuhr es mir.

»Bei mir auch!«, rief Janine.

»Stehen geblieben?«, sagte Tommy mehr feststellend als fragend.

»Allerdings«, sagte ich nickend. »Genau wie damals. Es muss genau halb elf gewesen sein, als wir mit der Tafel runtergestürzt sind. Jetzt wissen wir wieder nicht, wie viel Zeit vergangen ist.«

»Aber wir müssen bis morgen wieder zurück sein«, drängte Janine. »Wie sollen wir denn wissen, wann morgen ist?«

»Eben«, sagte Tommy entschlossen. »Gerade deswegen sollten wir machen, dass wir weiterkommen. Packen wir unsere Sachen zusammen. Los, kommt!«

Wir sammelten unseren Abfall ein und stopften die Verpackungen der Schokoriegel, der Kekse und Chips in einen der Müllbeutel, in denen vorher unsere Sachen zum Wechseln waren. Dann fühlten wir, ob die nass gewordenen Klamotten getrocknet waren. Da sie nur noch ganz wenig feucht schienen, falteten wir Jeans und T-Shirts zu handlichen Päckchen und stopften sie dann in unsere Rucksäcke. Schließlich hievten wir uns die Säcke wieder einmal auf den Rücken, riefen Jever und Lazy und überzeugten uns noch einmal, dass nichts liegen geblieben war.

»Okay?«, fragte Tommy.

»Okay!«, kam es zurück. Also marschierten wir los.

*

Ich hatte Mühe, die Augen vom Tempel abzuwenden, der förmlich auf uns zuzuwachsen schien. Wir mussten vorsichtig sein, denn der Boden war uneben und voller kleiner Hindernisse. Steine, trockene Wurzeln und dornige Büsche zwangen uns zu einem Zickzack-Lauf. So musste ich meine Augen wohl oder übel auch nach unten richten.

Jedes Mal, wenn ich aufschaute, war mir, als wäre dieser atemberaubende Tempel schneller näher gerückt, als wir gelaufen sein konnten. Es war ein fantastisches Phänomen. Wir waren so gefangen genommen von der beinahe mystischen Erscheinung, dass wir kein Wort miteinander sprachen. Und bald erkannten wir Einzelheiten.

Das gewaltige Dach, getragen von mehreren Dutzend Säulen auf jeder Seite, war mit kunstvollen Ornamenten durchsetzt. Der steinerne Dachfirst war prachtvoll bemalt, und ab und an blitzte es golden auf. Als wir noch näher kamen, sahen wir, dass auch die tragenden Säulen über und über mit Ornamenten und Darstellungen verziert waren. Ich konzentrierte mich darauf, ob ich vielleicht irgendeine Bewegung wahrnehmen konnte. Aber der Tempel schien verlassen. Nicht nur das, er stand auch völlig allein mitten in der Landschaft. Es gab kein anderes Gebäude ringsumher. Kein Weg führten zu ihm, und auch sonst deutete nichts darauf hin, dass er von irgendjemandem genutzt wurde. Er thronte auf einem kleinen Hügel. Nachdem wir ihn erklommen hatten, standen wir sprachlos vor diesem Zeugnis einer längst untergegangenen Kultur.

Die Köpfe in den Nacken gelegt, blickten wir die prächtigen Säulen empor. Mindestens vier Männer wären nötig gewesen, sie zu umfassen. Längst vergessene Steinmetze hatten in jede von ihnen unzählige Reliefs geschlagen. Die Arbeit musste Jahre gedauert haben. Man hatte offenbar Szenen aus dem Alltagsleben der damaligen Zeit verewigt. Hier reichte eine Frau einem Mann eine Schale, dort sah es aus, als würde ein Esel einen Karren ziehen. Wir konnten uns nicht sattsehen. Merkwürdigerweise fühlte ich weder Beklemmung noch Angst. Dies war eine heilige Stätte. Hier war es sicher nicht gefährlich.

»Gehen wir herum?«, fragte Sanne schließlich.

Wir standen an einer der Längsseiten des Tempels. Ich war mir sicher, dass ein möglicher Eingang wohl eher an einer der schmalen Seiten zu finden wäre. Jever und Lazy schnüffelten neugierig an den Säulen herum.

»Jever!«, rief Tommy belustigt. »Komm ja nicht auf die Idee, da ranzupinkeln! Ein bisschen mehr Ehrfurcht vor dem Altertum, bitte!«

»Los, kommt!«, rief ich und ging voraus.

Mehr aus Spaß zählte ich meine Schritte bis zur nächsten Ecke. Es waren mehr als einhundert! Dabei waren wir etwa in der Mitte der Längsseite losgelaufen. Dieser Tempel war unglaublich groß. Schließlich schauten wir um die Ecke und sahen den Eingang vor uns liegen.

Das Dach ragte auf dieser Seite mindestens zehn Meter hervor. Vor dem Eingang befand sich ein prachtvoll bemalter Vorplatz. Zehn besonders schöne Säulen trugen das Vordach. Hier gab es endlich Schatten, und dankbar betraten wir den Vorplatz. Jever flitzte voraus, und Tommy machte keine Anstalten, ihn zurückzurufen.

»Wenn er was wittern würde, würde er sich ganz anders verhalten«, beruhigte er uns.

Dann standen wir vor dem Eingang. Wieder erfasste uns unendliche Ehrfurcht. Es war kein Eingang im üblichen Sinn. Eine Tür gab es nicht, denn niemand hätte eine Tür solchen Ausmaßes öffnen können. Ein riesiger offener Einlass, der alle Maßstäbe sprengte, die ich kannte, lud ins Innere, das vollkommen im Dunkel vor uns lag. Jever scherte sich nicht darum, sondern hopste in seiner unnachahmlichen Art einfach hinein.

Beim Nähertreten stellten sich unsere Augen von der gleißenden Sonne nur langsam auf das diffuse Licht um. Doch bald erkannten wir die gewaltigen Ausmaße des Innenraums. Es war tatsächlich nur ein einziger Raum, so viel war sicher.

Tommy starrte wie hypnotisiert in den Tempel.

»Alles klar?«, fragte er, ohne uns anzusehen.

»Hm«, machte Sanne. Janine und ich sagten gar nichts, sondern nickten nur.

»Na, dann los.«

Der erste Schritt durch die meterdicken Mauern fiel dann doch schwer. Unwillkürlich hielt ich die Luft an und ließ sie erst wieder raus, als wir alle wohlbehalten im Innern des gewaltigen Baus standen und mit weit aufgerissenen Augen umherschauten. Noch konnten wir keine Einzelheiten erkennen. Aber schon jetzt wusste ich, es war einfach gigantisch. In mindestens zwanzig Metern Höhe verlief die Decke, und knapp unterhalb von ihr waren in regelmäßigen Abständen Durchlässe eingefügt, die das Sonnenlicht hereinließen. Nicht viel, aber genug, um den Innenraum des Tempels mit einem warmen Licht auszuleuchten. Langsam gewöhnten wir uns an die Lichtverhältnisse und sahen uns genauer um.

»Da steht einer!«, schrie ich.

Die anderen fuhren zusammen, und Janine packte mich

vor Schreck am Arm. Noch in derselben Sekunde erkannte ich, dass derjenige, der da stand, aus Stein war.

»Eine Statue!«, rief ich erleichtert aus und rieb meinen Arm, denn Janine hatte mich ordentlich gekniffen.

»Hier steht auch eine!«, rief Tommy. Rechts und links vom Eingang standen aus massivem Marmor gehauene, vielleicht drei Meter hohe Figuren. Sie waren derart natürlich ausgearbeitet, dass man das Gefühl hatte, sie würden sich jeden Moment zu uns herunterbeugen. Es waren männliche Statuen, und sie wiesen mit je einer Hand in Richtung Innenraum.

»Die sehen aus wie Türsteher!«, meinte Tommy grinsend.

»Ärger sie bloß nicht«, sagte Janine ängstlich. »Die sehen so echt aus.«

»Das werden die anderen bestimmt auch«, meinte Sanne und deutete voraus.

»Welche anderen?«, fragten wir wie aus einem Mund. Und dann erst ging uns auf, dass im Tempel unzählige weitere Statuen standen. Scheinbar wahllos waren sie in dem riesigen Raum verteilt. Manche in Gruppen, viele allein. Ich erkannte immer mehr Einzelheiten, da sich meine Augen jetzt vollständig auf das gedämpfte Licht eingestellt hatten. Ich sah, dass nicht der ganze Innenraum eben war, sondern dass sich in der Mitte eine Art Bühne befand, zu der Treppen emporführten.

»Meinst du, das ist ein Altar?«, fragte Sanne.

»So etwas Ähnliches bestimmt«, antwortete Tommy.

»Tempel sind praktisch wie Kirchen. Man hat sie für Götter oder Herrscher gebaut. Sicher gab es auch Priester, die Zeremonien feierten. Es könnte aber auch so eine Art Bühne sein, von der aus man besser zu sehen und zu hören war.«

»Willst du sie dir ansehen?«, fragte ich, wusste die Antwort aber schon.

»Ihr nicht?«

Wir waren bis hierher gekommen, jetzt mussten wir auch den nächsten Schritt gehen. Ich seufzte.

»Na schön. Diesmal geh ich aber nicht vor.«

»Ich mach's!«, sagte Janine entschlossen. »Ich mach es für *meine* Mutter, also gehe ich vor.«

»Warte noch einen Moment«, sagte Tommy. »Jever! Willst du nicht mal ein bisschen suchen?«

Mit treuen Augen schaute der Kleine zu seinem Herrchen auf.

»Los!«, rief Tommy. Das ließ sich Jever nicht zweimal sagen. Wie ein Wirbelwind flitzte er davon, schnüffelte hier und da an einem Sockel und hopste dann von links nach rechts und immer weiter in den Tempel hinein. So kannten wir ihn. Da schien es nichts Gefährliches zu geben.

Langsam und die Köpfe in alle Richtungen drehend liefen wir los. Es kam mir vor, als würden wir durch ein Spalier laufen. Statuen über Statuen säumten unseren Weg. Es schien, als würden sie diesen Tempel *bevölkern*. Allesamt waren sie aus feinstem Marmor und wirkten irgendwie … lebendig. Nach und nach fühlte ich mich wie umzingelt. Mit einem immer mulmigeren Gefühl folgte ich den anderen. Nachdem wir etwa die halbe Strecke bis zur Mitte des Tempels zurückgelegt hatten, erkannten wir, dass das, was wir zuerst als eine Art Podest angesehen hatten, eher eine große Bühne war. Bestimmt zwei Dutzend Stufen führten von allen Seiten zu ihr hinauf. Als wir sahen, was dort oben im wahrsten Sinne des Wortes thronte, ahnten wir, dass etwas Besonderes auf uns wartete.

»Ein Priester …«, flüsterte Sanne.

»Sieht eher aus wie eine Priesterin«, sagte Janine und kniff die Augen zusammen.

Vor der ersten Stufe der Treppe blieben wir stehen. Selbst Jever schien keine Lust zu verspüren, nach oben zu springen und den Thron in Augenschein zu nehmen. Lazy und er stellten sich neben uns und schauten zum Thron empor. Und dass es ein Thron war, hätte ich wetten können. Ein aus Stein gehauener Sessel, diesmal, wie es mir schien, in durchaus normalen Ausmaßen, stand in der Mitte der Bühne. Auf ihm saß die schönste Frau, die man sich vorstellen konnte. Natürlich war auch sie aus Marmor, aber als Statue hätte ich sie nicht bezeichnet. Mit Statuen verband ich immer Figuren, die aufrecht standen. Diese Frau hingegen saß majestätisch auf dem Thron und schien uns anzublicken. Eine Gänsehaut lief mir über den Rücken. Ich redete mir ein, *sie ist ja nur aus Marmor* … aber je länger ich sie betrachtete, desto unsicherer wurde ich. Sie trug Kleidung in den schönsten Farben. Ihr Gewand fiel wie in Wellen an ihrem Körper herab und ihr Gesichtsausdruck war so natürlich, dass ich das

Gefühl bekam, sie würde jeden Augenblick etwas zu mir sagen.

»Sie ist unheimlich …«, flüsterte Sanne.

»Sie sieht aus wie eine Königin oder eine Göttin«, meinte ich und sprach unwillkürlich auch leise.

»Ich glaube nicht, dass sie in diesem Tempel gelebt hat«, sagte Tommy nachdenklich. »Jedenfalls nicht, seit er hier steht.«

»Nicht?«, fragte ich erstaunt. »Warum denn nicht?«

»Du hast schon recht, sie wird eine Göttin sein. Könige oder Königinnen gab es vor so langer Zeit wohl noch nicht. Wenn es aber eine Göttin war, dann ist der Tempel erst lange nach ihrem Tod errichtet worden. Weißt du noch, was ich dir erzählt habe, als du gestern zu mir gekommen bist? Die meisten Götter und Göttinnen waren eigentlich Menschen, die besondere Gaben hatten. Und manchmal erst Jahrhunderte nach ihrem Tod hat man sie …«

»… vergöttert!«, rief ich lauter, als ich wollte.

»Genau. Sie wird von dem Volk, das hier lebte, als Göttin verehrt worden sein, und irgendwann hat man ihr zum Gedenken diesen Tempel errichtet.«

»Du kennst dich doch aus«, sagte Janine. »Weißt du nicht, wer sie sein könnte? Wie sie heißt?«

»Nein. Keine Ahnung. Aber vielleicht gibt es am Thron eine Inschrift oder so was. Will jemand nachschauen?«

Wer mag schon allein so nah an eine Göttin herangehen, selbst wenn sie aus Marmor ist? Also verständigten wir uns wortlos und stiegen gemeinsam und sehr behutsam die Stufen empor.

Ich konnte es nicht verhindern, aber als ich dicht vor ihr stand, wurde mir der Mund trocken. Diese Frau strahlte eine Aura aus, die den Betrachter vollkommen befangen machte. Man kam sich klein und unbedeutend vor, obwohl die Göttin in Lebensgröße dargestellt war und nicht drei Meter maß wie die anderen Statuen im Tempel. Was mich hingegen beruhigte, war ihr gütiges Gesicht. Ich meinte fast, die Spur eines Lächelns um ihre Mundwinkel zu entdecken. Langsam umrundeten wir den Thron. Ich wurde das unheimliche Gefühl nicht los, dass ihre Augen mir nachblickten. Dann entdeckten wir tatsächlich eine Inschrift.

»Hier!«, rief Sanne. »Da steht was!«

Auf der Rückseite des Throns befand sich eine Inschrift in einer mir fremden Sprache. Es waren keine Hieroglyphen, so viel stand fest. Ganz entfernt erinnerten mich die Zeichen an eine Schrift, die ich schon einmal gesehen hatte. Aber selbst wenn dies so war, entziffern konnte ich das nicht.

»Das hilft uns auch nicht weiter«, sagte Janine enttäuscht.

»Na, na«, meinte Tommy. »Erst mal Tommy fragen!«

»Was?«, entfuhr es mir. »Du kannst das lesen?«

»Nein. Lesen kann ich es nicht. Aber ich weiß, was das für eine Sprache ist. Vielleicht können wir es ja erraten.«

Eine Pause trat ein, und Tommys Augen blitzten.

»Und?«, drängte ich. »Nun spann uns nicht so auf die Folter. Sag schon!«

»Es ist Altgriechisch«, sagte Tommy. »Der erste Buchstabe ist das Alpha. Also unser A.«

»Ein A?«, murmelte Janine. Dann ging sie zwei Schritte vor und fühlte mit den Fingern über die Schrift. »Es sind sieben Buchstaben. Kennst du nicht wenigstens noch einen anderen?«

Tommy schüttelte den Kopf. »Nein. Ihr wisst doch, Alpha, Beta und so weiter. Daher stammt übrigens auch unser Alphabet. Aber wie die alten Buchstaben alle aussehen, weiß ich auch nicht. Beta und Gamma kenne ich noch, aber die sind nicht dabei.«

»Na schön«, sagte ich entschlossen. »Dann müssen wir eben raten. Welche Göttin fängt mit A an?«

Wir grübelten und grübelten, aber niemand hatte eine brauchbare Idee.

»Vielleicht finden wir auf der Vorderseite noch was«, meinte Sanne.

»Ja, vielleicht trägt sie ein Namenskettchen«, blödelte ich.

Während wir den Thron der Göttin noch einmal umrundeten, tasteten unsere Blicke jeden Zentimeter nach etwas Auffälligem ab, aber da war nichts. Schließlich standen wir wieder Auge in Auge mit der geheimnisvollen Frau.

»Ein Namenskettchen trägt sie jedenfalls nicht«, sagte Sanne enttäuscht.

»Aber einen Ring!«, sagte Janine und nieste im selben Moment herzhaft.

»Nicht so laut!«, sagte ich mit gedämpfter Stimme. Mir war

heiß geworden. In diesem Tempel kam ich mir vor wie in einer Kirche, da durfte man nicht laut sein. Plötzlich fiel mir noch etwas ein.

»Hütet euch vor den Wächtern!«

Da hatte ich wohl was Falsches gesagt, denn mit nun bangen Gesichtern blickten sich meine Freunde um und musterten die vielen Statuen um uns herum.

»Du meinst, das könnten Wächter sein?«, fragte Sanne angstvoll.

»Ich meine nur, wir sollten nicht so laut sein. Ich weiß auch nicht warum. Aber die sind mir unheimlich.«

»Die werden schon nicht lebendig«, meinte Tommy überzeugt. »Dies ist zwar eine fantastische Welt, aber hier lebt ganz bestimmt niemand.«

Er betrachtete den Ring, den Janine entdeckt hatte. Der Thron hatte zwei wuchtige Armlehnen, und die Arme der Göttin ruhten auf ihnen. Mir ging durch den Kopf, dass der Thron und die Figur der Göttin womöglich aus einem einzigen Stück Marmor herausgehauen waren. Ihre rechte Hand hing seitlich über der Lehne. Die ganze Körperhaltung wirkte so, als würde eine Herrscherin ganz entspannt irgendeinem Schauspiel beiwohnen und das Geschehen von oben betrachten. Auch wir beugten unsere Köpfe über die rechte Hand der Göttin und begutachteten den Ring.

»Ein Udjat-Auge«, sagte Tommy, als wäre es das Selbstverständlichste auf der Welt.

»Ein was?«, kam es von uns.

»Die Geschichte vom Udjat-Auge kenne ich«, sagte Tommy und grinste mich an. »Hat doch was für sich, wenn man rumsurft. Du weißt doch, ich hab viel über Götter gelesen. Eine Legende sagt, dass der Gott Horus einst ein Auge im Kampf verlor. Wie das genau war, weiß ich nicht mehr, aber andere Götter verhalfen ihm dazu, sein Auge heil wiederzubekommen. Der Begriff *udjat* bedeutet heil oder gesund. Aufgrund dieser Sache mit Horus hat man später Ringe oder Amulette gefertigt und sie als Talismane getragen. Kannst du heute sogar im Internet im Ägypten-Shop bestellen!«

»Wahnsinn!«, entfuhr es Sanne.

»Ja, und man hat es oft auf Sarkophage gemalt, damit der Tote sehen konnte, wenn er denn jemals wieder aufwachte.«

»Das glaube ich nicht«, sagte Janine.

»Na ja, ist ja auch nur eine Legende. Wie auch immer, jedenfalls ist das hier ein Ring mit einem Udjat-Auge.«

»Und was hilft uns das weiter?« Ich war mit meinem Latein am Ende.

»Der Ring!«, schrie Janine. Uns allen fuhr der Schreck bis ins Mark.

»Nicht so laut, ich weiß!« Sie lächelte, und ihre Augen strahlten. »*Der Ring der Artemis!* Mensch, Leute, denkt doch nach! *Setzt den Ring der Artemis an ihre Stelle* … Das könnte er doch sein, oder nicht?«

Acht Augen richteten sich auf die Hand der Göttin. Könnte es wirklich sein, dass dies …

Tommy legte mir die Hand auf die Schulter, und ich zuckte zusammen. Irgendwie dachte ich immer noch, die Statuen könnten zum Leben erwachen.

»Mein Freund«, sagte er, »Janine ist Gold wert. Und ich ...«

»... werde alt. Ich weiß«, sagte ich nickend.

»Ja, ja. Bis auf Janine sind wir alle blind durch die Gegend gelaufen. Mir ist gerade noch etwas eingefallen.«

Gespannt sahen wir ihn an. Tommy sagte nichts, sondern ging um den Thron herum, und wir folgten ihm notgedrungen. Dann zeigte er wortlos auf die altgriechischen Buchstaben.

»Na, klingelt's jetzt auch bei euch?«

Janine murmelte vor sich hin. »Alpha ist A, A ist Alpha ... A wie ... *Artemis!*«

»Mann«, rief ich. »Na klar! Das ist Artemis! Muss sie sein. Sind ja auch sieben Buchstaben!«

»Jede Wette, dass das Artemis heißt«, bestätigte Tommy. »Und jede ... na ja, fast jede Wette, dass der Ring an ihrem Finger der Ring der Artemis ist.«

Er schaute mich an. »Was du vorhin am See gesagt hast, das mit Geschichte. Da hatten wir doch über die sieben Weltwunder geredet. *Der Tempel der Artemis ist eines davon.*«

»Mensch, du hast recht!« Plötzlich hatte ich einen Gedankenblitz. »Philon!«, rief ich. »Philon war doch der Kerl, der die sieben Weltwunder benannt hat!«

»Joe, du bist Spitze!«, sagte Janine. Ehe ich mich versah, kam sie auf mich zu, und auch ich hatte meinen Kuss weg! Mir wurde heiß, und ich fühlte, wie ich knallrot wurde. Aber die anderen schienen das gar nicht zu bemerken. Tommy klatschte sich die Hand vor die Stirn.

»Philon von Byzanz hieß der Knabe! Das habe ich doch gewusst, verflixt noch mal! Warum bin ich nicht darauf gekommen?«

»Du wirst halt alt!«, riefen wir alle im Chor.

»Macht nichts.« Er grinste, wurde aber sofort wieder ernst. »Joe, Hut ab! Das Wunder des Philon ist eines der sieben Weltwunder und nichts anderes als der Tempel der Artemis, in dem wir gerade stehen. Aber was jetzt?«

»Wir sollen doch den Ring nehmen und ihn an die Stelle der Maske setzen«, sagte Janine.

»Aber der ist an der Hand der Göttin. Den kriegen wir nie ab«, zweifelte Sanne.

»Vielleicht müssen wir nur das Udjat-Auge abnehmen«, überlegte ich.

»Ohne den Ring der Artemis brauchen wir gar nicht weiterzumachen.« Genau in dem Moment, als Tommy das sagte, kläfften unsere beiden Hunde. Mir rutschte das Herz in die Hose. Wir standen immer noch hinter dem Thron, und als wir nach unseren Hunden schauten, sahen wir, wie sie wie verrückt die Göttin anbellten. Tommy rief: *»Jever! Aus!«*, und der Kleine verstummte auf der Stelle. Lazy machte noch ein paar Versuche, aber dann beruhigte auch er sich wieder und setzte sich schwerfällig hin. Mit wild klopfenden Herzen versuchten wir zu ergründen, was die beiden so aufgeregt hatte.

»Der Ring …«, flüsterte Janine. »Seht doch! Der Ring!«

Der Ring der Artemis blitzte und schillerte in den schönsten Farben. Vor allem das Udjat-Auge strahlte in einem unvergleichlichen Glanz. Wie konnte das sein? Vorhin noch war es ein unauffälliger, silbergrau und matt scheinender Ring gewesen, und nun glänzte das Schmuckstück in einer Intensität, die unmöglich von dem wenigen Sonnenlicht herrühren konnte, das durch die Lichteinlässe unter dem Dach des Tempels einsickerte.

Tommy atmete geräuschvoll aus. Dann machte er eine einladende Geste.

»Kleiner Wink mit dem Zaunpfahl, Janine, findet du nicht?«

»Du meinst …«, sagte Janine erschrocken, »… ich soll ihn …?«

»… an dich nehmen. Na klar. Deutlicher geht's nicht.«

Fragend und voller ängstlicher Unsicherheit sah Janine uns an. Sanne nickte heftig mit dem Kopf, und ich hielt den Daumen in die Höhe.

»Gut. Ich mach's. Aber was ist mit den Wächtern? Was ist, wenn man der Göttin nichts stehlen darf? Was ist, wenn wir bestraft werden?«

Da war was dran. Ich konnte nicht anders, ich stellte mir vor, wie all die Hunderte, vielleicht sogar Tausende von Statuen, die wir von hier oben aus sehen konnten, auf einmal lebendig wurden und der Göttin, die sie beschützten, zu Hilfe eilen würden. Eines war sicher: Hier, in der Mitte des gewaltigen Tempels, waren wir ohne jede Chance. Wir mussten eine Entscheidung treffen. Und Tommy traf sie für uns.

»Warum sollte der Ring so strahlen, wenn er nicht für uns sein soll? Der Hinweis auf der Mondscheibe war doch eindeutig. Wir brauchen den Ring. Also, falls irgendetwas passiert, wenn Janine den Ring abzieht, dann steckt sie ihn sofort wieder an die Hand der Göttin zurück, okay?«

Okay, okay … Natürlich brauchten wir den Ring, aber da war auch diese Warnung, die mir ständig im Kopf herumging. Ich glaube, die anderen hatten die gleichen Gedanken wie ich. Doch dann verständigten wir uns noch einmal kurz mit Blicken. Janine ging neben dem Thron in die Hocke und berührte vorsichtig die Hand der Göttin. Wir hielten die Luft an.

Behutsam und mit leicht drehenden Bewegungen zog Janine an dem nach wie vor blitzenden Ring und löste ihn ohne große Anstrengung vom Finger der Artemis. Ich spürte das Blut in meinen Schläfen pochen und starrte mit äußerster Anspannung umher. Doch es geschah nichts.

Langsam erhob sich Janine, legte den Ring auf ihre flache Hand, und wir bewunderten seine unglaublichen Farben.

»Hoffentlich verliere ich ihn nicht.«

»Steck ihn doch einfach an!«, meinte Sanne.

»Ich kann ihn doch nicht …«

»Doch, ich glaube schon«, sagte Tommy. »Sieh nur, wie er schillert. Der ist einzig und allein für dich bestimmt. Ich meine, so lange, bis du ihn abgeben musst.«

Ganz behutsam versuchte Janine, den Ring an ihren rechten Mittelfinger zu stecken. Er passte wie angegossen.

»Na, Janine?« Tommy deutete eine Verbeugung an. »Jetzt haben wir eine lebende Göttin unter uns!«

»Dann müsst ihr mich auch verehren!« Janine lachte, und wir stimmten ein.

»Das tun wir doch sowieso«, sagte ich und wurde schon wieder rot. Aber Janine schenkte mir einen warmen Blick und lächelte.

»Danke. Aber ich möchte jetzt ganz schnell hier raus. Ich hab immer noch Angst, Artemis könnte böse werden.«

»Wird sie schon nicht«, beruhigte ich sie. »Aber raus will ich auch.«

Vorsichtig nach allen Seiten schauend stiegen wir vom Podest und begannen unseren Slalomlauf durch die Statuen bis zum Ausgang. Kühl und unbeweglich standen sie Spalier. Gott sei Dank waren sie immer noch aus Marmor. Das friedliche, warme Licht hatte sich nicht verändert. Nur die Strahlen der Sonne schienen nun schräger durch die Einlässe. Es musste inzwischen Nachmittag geworden sein.

Endlich traten wir durch den gewaltigen Eingang hinaus ins helle Sonnenlicht. Die Erleichterung war uns allen anzumerken. Während die anderen auf dem Vorplatz ihre Rucksäcke abnahmen, um einen Schluck zu trinken, wartete ich auf Lazy, der natürlich wieder einmal als Letzter hinter uns herkam. Ich konnte ihn nicht entdecken, und ging noch einmal in den Tempel, um nach ihm zu schauen. In seiner ihm eigenen Art kam er mir entgegengewatschelt, die Füße patschten leise auf den Tempelboden, und seine Ohren schlenkerten von einer Seite zur anderen. Das war schon ein Kerlchen.

Als ich mich umdrehte, um wieder rauszugehen, entdeckte ich aus den Augenwinkeln heraus etwas in der Hand einer der Statuen am Eingang. Neugierig ging ich hin und betrachtete das Ding. Es war ein kleines, unscheinbares Täfelchen. Ohne darüber nachzudenken, nahm ich es und sah es mir an. »Vielleicht aus Blei«, überlegte ich. Es sah aus wie eines der hauchdünnen Schokoladetäfelchen, die ich so gern verputzte. Die Oberfläche war glatt. Ich hielt es gegen das durch den Eingang fallende Licht, aber es war nichts darauf geritzt oder gemalt.

Gerade wollte ich es zurück in die Hand der Statue legen, als ich auf einmal ein merkwürdiges Kribbeln unter meinen Fußsohlen verspürte. Das Kribbeln wurde zu einem Vibrieren und schlug plötzlich wie ein Stromstoß durch meinen ganzen Körper. Verblüfft sah ich, wie Lazy erst stehen blieb, dann kläffte und im nächsten Augenblick losrannte, als wäre der Teufel hinter ihm her. Ich dachte noch, wenn Lazy rannte, dann würde es brenzlig. Der Boden unter mir fing an, sich zu bewegen. Kleine Stöße schienen aus der Tiefe zu kommen und am Fundament des Tempels zu rütteln. Wie gelähmt stand ich da. Jedes Denken schien ausgeschaltet. Ich spürte die Schläge unter mir immer härter werden. Dann sah ich mit Entsetzen, wie die Statuen im Innern des Tempels anfingen zu schwanken. Ich hörte ein Geräusch wie von einem vorbeifahrenden Güterzug und meinte, menschliche Schreie zu vernehmen.

Der mir zuvor so massiv erscheinende Boden des Tempels kam in Bewegung! Fassungslos sah ich, wie aus der Weite des Tempels eine Welle aus Stein und Staub auf mich zukam. Wo sie entlangraste, kippten Statuen reihenweise um und zerplatzten mit ungeheurem Knall. Ich wollte weg, rausspringen, ich wusste, ich musste mich in Sicherheit bringen, sonst würde ich sterben. Aber ich stand da und konnte den Befehl aus meinem Kopf nicht an meine Füße senden. Auf einmal krachte ein großer Teil der Decke ein, und das weckte mich endlich aus meinem Trancezustand. Ich sprang beiseite, um einem Trümmerstück auszuweichen, stolperte und schlug der Länge nach zu Boden. Dann hob und senkte sich der Tempel in einer wilden Zuckung, sodass ich auf und nieder geschleudert wurde. Staub drang mir in die Nase, und Dutzende von kleinen Gesteinsbrocken prasselten auf mich herab.

Ich hatte Todesangst. Der Tempel stürzte ein! Verzweifelt versuchte ich auf die Beine zu kommen. Aber wieder fiel ich hin. Der Staub drang mir jetzt auch in Mund und Augen, und ich konnte nichts mehr sehen. Ich dachte nur noch, jetzt ist es aus. Ich hatte die Göttin erzürnt und musste nun sterben!

Die Zerstörung um mich herum war unvorstellbar. Ein Donnern herabstürzender Deckenteile dröhnte, und die fürchterlichen Geräusche des aufreißenden Bodens erfüllten die Luft. Ich konnte nur noch die Arme schützend über meinen Kopf legen und warten, bis ich erschlagen oder durch einen Spalt in die Tiefe gerissen würde. Ich hatte mit dem Leben abgeschlossen. Da packte mich eine Hand schmerzhaft am Arm und riss mich hoch.

»Raus!«, schrie Tommy. *»Raus! Raus!«*

Ein Schlag wie Kanonendonner ertönte. Eine der riesigen Wächterstatuen am Eingang direkt neben mir musste umgestürzt sein. Wächter! *Wächter!* Tommy riss mich mit sich fort. Ich stolperte blind und in der Gewissheit des nahenden Todes mit ihm. Doch plötzlich wurde es hell, und ich riss trotz der brennenden Schmerzen die Augen auf. Wir waren im Freien! Der Abhang des Hügels, auf dem der Tempel stand, lag vor uns, und wir rannten in panischer Angst seine Flanke hinunter. Ich stürzte und riss Tommy mit mir. Wir kullerten beide den Hang hinab, ohne einen Halt zu finden. Als wir endlich liegen blieben, war ich es, der Tommy hochriss, und wir rannten weiter. Ich hörte Rufe irgendwoher, und dann endlich sah ich wie durch Nebel Sanne und Janine, die uns verzweifelt anfeuerten und wie wild mit den Händen hinter uns deuteten.

Erst als wir bei den Mädchen waren und glaubten, dass uns nichts mehr erschlagen oder mit sich reißen konnte, versagte mir die Kraft. Mit einem Mal bekam ich weiche Knie. Tommy und ich ließen uns da, wo wir standen, auf die Erde fallen. Ich hustete das zweite Mal an diesem Tag wie verrückt. Diesmal von dem Staub, den ich mit jedem Atemzug in die Lunge bekommen hatte. Nur langsam drangen die Rufe der anderen zu mir durch. Ewigkeiten später erst realisierte ich wirklich, was sie riefen.

»Ein Erdbeben! Ein Erdbeben! Der Tempel stürzt ein!«

Ich hob den Kopf. Mit tränenverschleierten Augen sah ich, wie der vormals so unerschütterlich dastehende Tempel wankte. Die Säulen an den Längsseiten brachen wie Streichhölzer. Mit einem grausigen Knacken knickten sie ein, und der Bau verlor endgültig seinen Halt. Mit gewaltigem Donnern fiel der Tempel in sich zusammen. Riesige weiße Wolken aus Staub stiegen zum Himmel und verschluckten, was sich dort, wo wir eben noch das Geschenk der Göttin erhalten hatten, abspielte. Niemals zuvor hatte ich mich so schwach und hilflos gefühlt wie jetzt.

Ein Gedanke pochte unentwegt hämmernd in meinem Kopf: *Hütet euch vor den Wächtern! Hütet euch vor den Wächtern …*

DAS ORAKEL

Noch immer rumpelten Erdstöße unter uns, doch ihre Intensität wurde geringer. Am ganzen Körper zitternd musste ich dem Untergang des Tempels der Artemis hilflos zusehen. Meine Freunde waren nicht besser dran. Mit leichenblassen Gesichtern verfolgten auch sie das unfassbare Szenario. Jever und Lazy suchten unsere Nähe und schmiegten sich eng an uns. Selbst wenn ich dazu in der Lage gewesen wäre, hätte ich keine Worte gefunden. Ich konnte das alles nicht begreifen. Eben noch hatte ich Lazy auf mich zuwatscheln sehen, und im nächsten Augenblick war die Hölle losgebrochen.

Langsam zogen die Staubwolken ab und offenbarten das ganze Ausmaß der Verwüstung. Kein Stein war auf dem anderen geblieben. Wie ein makabres Zeichen ragte eine einzige noch intakte Säule in den Himmel. Es dauerte eine Weile, ehe jemand von uns die Kraft fand, etwas zu sagen. Es war Tommy.

»Fast alle der sieben Weltwunder sind von Erdbeben zerstört worden.«

Der Satz hing zwischen uns, und wir brauchten einige Zeit, bis wir ihn verarbeitet hatten.

»Du meinst …«, fragte Janine und riss ihren Blick von der Ruine los, »… dass wir seine Zerstörung vor vielen tausend Jahren miterlebt haben?«

»Dass wir in der Vergangenheit sind?«, fragte Sanne.

»Ich weiß es nicht«, sagte Tommy ehrlich. »Ich sage euch nur, was in den Geschichtsbüchern steht. Erdbeben haben viele alte Bauten zerstört. Es gibt nur noch ein einziges Wunder des Philon, das man heute noch besichtigen kann.«

»Welches denn?«, fragte ich und erwachte aus meiner Trance.

»Die Pyramiden von Gizeh«, antwortete Tommy. »Ach ja, und von einem zweiten Weltwunder ist noch ein einziges Stück übrig geblieben.« Er schaute auf die Trümmer des Tempels. »Ratet mal.«

Unsere Blicke gingen zwischen Tommy und der Ruine hin und her.

»Etwa …?«

»Eine Säule.« Tommy nickte. »Ja, eine Säule. Schon komisch, oder? Jetzt wissen wir wenigstens, dass dies wirklich der Tempel der Artemis war.«

Ich spürte einen stechenden Schmerz in meiner rechten Hand und öffnete die verkrampften Finger. Augenblicklich fiel mir alles wieder ein. Ich hatte das Bleitäfelchen mitgenommen! In meiner Todesangst mussten meine Finger es krampfhaft umschlossen haben. Ich hatte überhaupt nicht bemerkt, dass ich es noch immer fest umklammert hielt. Mir wurde unsagbar schlecht. Meine Gedanken überschlugen sich. Der Wächter! Ich hatte dem Wächter das Täfelchen weggenommen! Ich stöhnte auf.

Tommy beugte sich besorgt zu mir. »Was hast du?«

»*Ich* bin schuld!« Mir schossen die Tränen in die Augen. »Ich bin schuld! Der Wächter …« Mir versagte die Stimme.

Janine legte eine Hand auf meinen Arm. Ich wollte bei Gott nicht weinen, aber ich konnte einfach nicht anders.

»Ich … ich wollte doch nur nach Lazy sehen, aber … aber da war der Wächter neben dem Eingang, der hatte was in der Hand und da … und da … habe ich es genommen!« Völlig verzweifelt zeigte ich den anderen das Bleitäfelchen.

»Das hier!«

Vorsichtig nahm mir Sanne das schwarze, unscheinbare Plättchen aus der Hand und drehte es hin und her.

»Da steht ja nicht mal was drauf. Das ist doch zu nichts nutze. Mensch, Joe, deswegen ist der Tempel ganz bestimmt nicht eingestürzt!«

Ich sah sie durch tränenverschleierte Augen an und fühlte mich elend.

»Doch! Hast du das denn vergessen? *Wer beseelt ist mit der Gabe des Sehens, dem wird das Wunder des Philon eine Tafel für das Orakel gewähren* … eine Tafel!«

Sanne stand der Mund offen, was mich wahrlich kein bisschen tröstete.

»Ja, aber … das ist doch kein Grund, einen Tempel einstürzen zu lassen!«

»Nein, ist es nicht«, sagte Tommy ruhig, und auch er legte mir eine Hand auf den Arm. »Nun mach dir mal keine

Sorgen. Die Geschichte der sieben Weltwunder steht schon seit Ewigkeiten in den Geschichtsbüchern, lange bevor du geboren wurdest! Warum sollte der Tempel dir eine Tafel gewähren und dann über dir zusammenbrechen? Ergibt doch keinen Sinn, oder?«

Das beruhigte mich ein bisschen, aber noch nicht ganz.

»Aber wenn wir Zeitreisende sind und wirklich in der Vergangenheit? Dann war ich's doch!«

Ich sah, wie Tommy darüber nachdachte. Dann schüttelte er den Kopf.

»Quatsch! Wenn du einem Wächter ein Bleitäfelchen klaust, dann löst du doch damit kein Erdbeben aus! Du hast es gewährt bekommen, also sollen wir es benutzen. Sonst ergeben die Hinweise auf der Mondscheibe keinen Sinn. Dann wären wir ja jetzt schon tot.«

So ganz überzeugt war ich noch immer nicht. Es wäre furchtbar, wenn ich den Tempel zerstört hätte, nur weil ich ein blödes Stück Blei haben wollte! Aber Janine verscheuchte meine trüben Gedanken endgültig.

»Wenn, dann waren wir es alle! Wir sind die vier Herzen, hast du das schon vergessen? Außerdem habe ich etwas viel Wertvolleres genommen, nämlich den Ring der Artemis! Das wär doch wohl viel mehr ein Grund, uns zu bestrafen. Jetzt denk nicht mehr darüber nach! Du hast jetzt die Tafel für das Orakel, und wir müssen rausfinden, was wir damit machen sollen.«

Dankbar blickte ich sie an. Sie hatte recht. Was war ein

wertloses Stückchen Blei gegen den blitzenden, vielleicht unschätzbar wertvollen Ring der Artemis? Ich wischte mir die Tränen ab.

»Wenn du meinst.«

»Ja, mein ich!«

»So, und wie sollen wir jetzt das Orakel finden?«, fragte Sanne voller Tatendrang.

»Eins nach dem anderen«, meinte Tommy, stand auf und klopfte sich die Shorts aus. Wolken von Staub stoben davon, und das brachte uns zum Lachen.

»Na, schaut *euch* mal an!«, sagte er lachend. »Ihr seht vielleicht aus …«

Einer nach dem anderen standen wir auf und klopften uns Staub und Dreck aus den Kleidern. Wir sahen reichlich mitgenommen aus. Schmutzig und mit verfilzten Haaren, hier und da eine Schramme und dazu noch bleich von den Erlebnissen, sahen wir wahrlich nicht mehr so frisch aus wie noch zu Beginn unseres Abenteuers. Aber egal, wir hatten allen Gefahren getrotzt. Bis jetzt.

Mir kam ein Gedanke. Verlegen reichte ich Tommy die Hand.

»Danke«, sagte ich, »dass du mir schon wieder das Leben gerettet hast.«

»Ich wollte nur das Täfelchen«, meinte er grinsend. »Ach ja, und Lazy natürlich!« Dann schlug er ein, und ich spürte wieder einmal, dass er für immer mein Freund sein würde, egal, was in unserem Leben noch passieren mochte. Ich merkte, wie mir schon wieder das Wasser in die Augen stieg und wandte mich schnell ab.

»Will jemand noch einen Keks?«, brachte ich mühsam hervor.

Ich hatte nicht erwartet, dass meine Frage die anderen erschrecken würde, aber genau das tat sie.

»Die Rucksäcke …«, sagte Janine leise und zeigte auf die Trümmer des Tempels. »Die hatten wir doch auf dem Vorplatz abgestellt. Die sind hin!«

Ich war der Einzige, der seinen Rucksack hatte retten können.

»Dann teilen wir das, was noch übrig ist«, sagte ich und stellte den Rucksack zwischen uns. Ich fingerte die restlichen Vorräte heraus und teilte sie auf. Eine noch fast volle Flasche Wasser war das Wichtigste, denn es war immer noch sehr heiß. Außerdem hatte ich noch zwei Äpfel, zwei Kokosriegel, eine Packung Butterkekse und Kaugummis. Die Kaugummis hoben wir uns auf, denn sie konnten später noch gegen den Durst helfen. Es war zwar nicht viel, aber uns kam das kleine Picknick paradiesisch vor. Wenn man gerade dem Tod von der Schippe gehopst ist, schmeckt alles wie das beste Essen auf der Welt. Genussvoll futterten wir die Reste auf und leerten die Flasche.

»Das war's«, meinte Tommy und gab mir die leere Kekspackung zurück. »Schade nur, dass ich den Kompass nicht mehr habe.«

Ich wusste genau, wie sehr Tommy an diesem Stück hing,

schließlich hatte er seinem Vater gehört. Endlich konnte ich mich einmal für die ganzen Rettungstaten revanchieren, die Tommy für mich schon geleistet hatte.

»Na, na«, machte ich ihn nach. »Erst mal Joe fragen!« Ich kramte in meinem Rucksack herum und hielt ihm schließlich den Kompass vor die Nase.

»Auf den hab ich schon aufgepasst! Hier, heil und wohlbehalten zurück!«

Wir registrierten sehr wohl, wie Tommys Augen feucht wurden, aber niemand ließ es sich anmerken. Behutsam nahm Tommy den Kompass an sich.

»Danke dir«, sagte er leise. Und dann musste auch er seine Tränen überspielen und brachte uns zum Lachen. »Stellt euch mal vor, man gräbt in fünftausend Jahren den Tempel der Artemis aus und findet drei fünftausend Jahre alte Rucksäcke! Das gibt eine Sensation ersten Grades!«

»Ja, und versteinerte Schokoriegel!«, sagte Janine lachend.

»Und nicht zu vergessen Chips!«, stimmte ich ein. »Schön dünne, nur mit Salz!«

Das löste unsere Spannung endgültig, und wir lachten, bis wir nicht mehr konnten. Jever und Lazy bellten um die Wette. Sie hatten sicher auch genug Angst ausgestanden. Nachdem wir uns einigermaßen beruhigt hatten, nahm ich den deutlich leichter gewordenen Rucksack auf und warf ihn über die Schulter.

»Wird Zeit, dass wir das Orakel finden!«, sagte ich zu Sanne und hielt die Hand auf. »Gib mir mal das Täfelchen. Schließlich hab *ich's* geklaut!«

Sanne legte mir das Bleiplättchen auf die flache Hand und drehte sich einmal um die eigene Achse.

»Und wo ist nun das Orakel?«

Gute Frage. Ratlos folgten wir ihrem Beispiel und schauten uns um. Die Landschaft war nicht sehr abwechslungsreich, und nirgends schien es einen markanten Punkt zu geben, auf den wir hätten zugehen können. Diesmal traf Janine die Entscheidung.

»Zum See zurück ist Quatsch. Beim Tempel bleiben auch. Bleibt nur die Richtung vom Tempel weg nach da.« Sie zeigte in gerader Linie vom See über den Tempel nach vorn. »Okay?«

»Okay. Warum nicht?«, sagte ich und konzentrierte mich auf den Horizont. »Da ganz hinten scheint ein großer Baum zu stehen, den können wir ja als erstes Ziel ansteuern.«

Es war schwer, sich vom Anblick des gewaltigen Schuttbergs und der mahnend in den Himmel zeigenden Säule zu lösen. Wie traurig sah das alles aus im Vergleich zu dem Ehrfurcht gebietenden Tempel, der gerade eben noch auf dem Hügel über der Ebene gethront hatte. Doch es half nichts, wir mussten weiter. Das Wunder des Philon war zerstört. Alles, was wir davon mitnehmen konnten, befand sich in meiner Hand und an Janines Finger.

»Gehen wir.«

Unsere kleine Karawane machte sich auf den Weg. Schon

nach wenigen Dutzend Metern in die Ebene hinein fiel mir etwas auf.

»Seht mal, sieht doch aus wie ein Pfad, oder nicht?«

Es war kein richtiger Weg, mehr eine sich schlängelnde Linie, die sich am Horizont verlor.

»Sieht aus wie ein Ziegenpfad«, meinte Sanne.

»Ein Trampelpfad«, sagte Janine. »Dann gibt's hier vielleicht doch Tiere.«

Oder Menschen, dachte ich, sagte aber lieber nichts.

»Ein kleiner Hinweis ist besser als keiner«, murmelte Tommy. »Dann nehmen wir ihn eben. Da zerkratzen wir uns auch nicht mehr die Beine so.«

Das war gar nicht schlecht, denn die kleinen Büsche hatten wirklich unzählige spitze Dornen, die uns schon ziemlich zugerichtet hatten. Also marschierten wir im Gänsemarsch los, Tommy voran. Das heißt, eigentlich Jever. Der schien überhaupt nie müde zu werden. Lazy machte wie immer die Nachhut.

Während ich den anderen folgte, gingen mir eine Menge Gedanken durch den Kopf. Obwohl ich den Entschluss, Janines Mutter zu helfen, nicht eine Sekunde bereute, war es doch entschieden gefährlicher als beim letzten Mal, die Rätsel dieser Welt zu lösen. Seit wir in den Keller eingestiegen waren, hatte ich schon dreimal gedacht, es sei aus mit mir. War die geheimnisvolle Maske um so vieles wertvoller als das Buch der Gaben? Bekam sie nur der, der bereit war, sein Leben dafür zu riskieren? Wer waren diese geheimnisvollen Herrscher? Gab es diese Mächte überhaupt? Woher kannten sie unsere Gedanken oder unsere Sorgen? Ich grübelte und grübelte, aber ich fand keine Lösung. Es würde wohl immer ein Geheimnis bleiben. Ich hoffte nur, dass wir nicht noch einmal in Todesgefahr geraten würden.

Mechanisch setzte ich einen Fuß vor den anderen und versuchte, die Gedanken abzuschütteln. Es ging einfach nicht. Es gab noch ein Problem. Ich war der Einzige, der jetzt noch einen Rucksack hatte. Das war mir im Grunde egal, aber wie sollten wir unseren Eltern erklären, wo die ganzen Sachen abgeblieben waren? Die Rucksäcke waren hin und mit ihnen die Sachen, die wir getragen hatten, als wir von zu Hause aufbrachen. Außerdem waren unsere Jacken in der Kammer des Wissens geblieben, als uns das Labyrinth verschluckte. Au Mann, ich konnte mir beim besten Willen nicht vorstellen, welche Ausrede man sich dafür ausdenken sollte. Plötzlich fiel mir Tommys Machete ein! Die hatte er ja in seinen Schlafsack gesteckt, und der lag jetzt im Keller des Hauses in der Welfenallee. Dieser Keller würde bestimmt schon nicht mehr existieren. Die Machete hatte er einmal von Jesse geschenkt bekommen, und sie bedeutete ihm sehr viel. Er hatte nicht ein Wort darüber verloren, aber ich wusste genau, was er empfinden musste. Als mir das durch den Kopf ging, waren mir plötzlich die Dinge, die wir anderen verloren hatten, völlig egal. Irgendeine Erklärung würden wir schon finden. Ich seufzte und blickte vom Boden hoch.

Wir waren bestimmt schon an die zwanzig Minuten gelaufen, aber viel näher schienen wir dem großen Baum noch nicht gekommen zu sein. Wahrscheinlich war er riesig. Gott sei Dank herrschte eine beständige leichte Brise und brachte uns Kühlung. Der Nachmittag war bereits vorangeschritten. Ich dachte mit Bangen daran, dass wir womöglich die Nacht im Freien verbringen mussten. Und das ohne unsere Schlafsäcke und nur in Shorts und T-Shirts! Aber noch würde es einige Stunden hell sein. Ich verdrängte den Gedanken erst einmal.

Es war recht langweilig, durch die eintönige Landschaft zu laufen. Uns war nicht nach Reden zumute, und so konzentrierten wir uns auf den Weg und unser Ziel. Ich schätzte, unsere Wanderung dauerte rund zwei Stunden, bis wir endlich den großen Baum erreichten. Jetzt sah ich, dass es eine gewaltige Pinie war. Die größte, die ich je gesehen hatte.

»Wir sind nicht die Ersten, die hier waren«, meinte Sanne und deutete auf einen Kreis aus Steinen, der den Baum großräumig einfasste und so den Bereich um den Baum wie einen kleinen Platz erscheinen ließ.

»Scheint so.« Tommy war stehen geblieben und stemmte die Arme in die Hüften. »Sieht so aus, als hätte jemand eine Mauer um den Baum gezogen. Aber warum?«

Sie bestand aus Natursteinen, die ohne Mörtel aufeinandergesetzt worden waren. Aus der nur etwas mehr als kniehohen Mauer war nicht ein einziger Stein herausgefallen, so genau passte einer auf den anderen.

»Vielleicht um Tiere fernzuhalten?«, fragte Janine.

Ich schüttelte den Kopf. »Glaub ich nicht. Jede Ziege springt da rüber. Aber vielleicht zum Bewässern. Hier ist es doch trocken. Der große Baum braucht bestimmt viel Wasser. Sieht eigentlich wie ein großer Blumentopf aus.«

Tommy stützte sich mit einer Hand auf den Steinen ab und hechtete elegant über die Mauer.

»Nicht schlecht, die Idee, Joe. Aber eine Pinie braucht nicht viel, und wer sollte sie gießen? Und womit? Siehst du hier einen Brunnen?«

Sah ich nicht. Was die Mauer auch immer sein sollte, zum Draufsetzen war sie prima geeignet. Wir machten es Tommy nach, schwangen unsere Beine darüber und ließen uns mit dem Po auf den Rand plumpsen.

»Wenigstens brauchen wir mal nicht auf dem Boden zu sitzen«, meinte Sanne. »Hast du noch was zum Trinken dabei?«

Ich brauchte nicht lange zu überlegen.

»Wir haben doch die letzte Flasche vorhin ausgetrunken. Ich hab nur noch die Kaugummis.«

Noch ging es mit dem Durst, aber er würde sich schon noch stärker melden. Ich sah ein großes Glas Limo vor meinem inneren Auge auftauchen und verscheuchte den Gedanken wieder.

»Teilen wir brüderlich«, sagte ich und ließ die Kaugummis herumgehen. Der ärgste Durst verschwand erst einmal. Tommy glitt von der Mauer herunter und umrundete langsam den Baum. Wir ließen währenddessen unsere Blicke über die Landschaft und diesen merkwürdigen Ort schweifen.

Innerhalb der Mauer bestand der Boden aus festgetretenem Sand. Büsche oder Gräser gab es hier nicht, und nicht ein Steinchen lag herum. Es wirkte wie aufgeräumt. Das erinnerte mich daran, dass ich eigentlich heute mein Zimmer aufräumen musste. Mann, das war in einer ganz anderen Welt!

Tommy hatte seine Runde beendet, lehnte sich mit dem Rücken an den Baum und betrachtete uns grinsend.

»Ihr seht aus wie Zuschauer, die darauf warten, dass ich was vorführe!«

»Na, mach doch!«, rief Sanne. »Applaus für den großen Zauberer Tommy García!«

Tommy trat einen Schritt vor und verbeugte sich.

»Sehr verehrtes Publikum! Vor Ihnen steht der unglaubliche und unnachahmliche Tomdini! Er wird Ihnen heute etwas vorführen, das die Welt noch nicht gesehen hat! Aber zuerst bitte ich um eine milde Gabe!« Er hielt uns einen imaginären Hut hin, in den wir übermütig genauso imaginäre Münzen warfen.

»Danke vielmals, liebes Publikum!«, sagte Tommy und hielt im selben Moment inne. Stirnrunzelnd stand er da und schien durch uns hindurchzuschauen.

»Hey, was ist?«, rief ich. »Erst kassieren, und dann kommt nichts! Wo ist denn nun dein Kunststück?«

»Mir ist gerade was eingefallen, als ich euch so dasitzen sah.«

Wir horchten auf. Wenn Tommy schon *so* anfing, dann

holte er mal wieder etwas aus seinem unerschöpflichen Wissensvorrat hervor.

»Könnte es nicht sein, dass die Mauer eine große Bank darstellen soll? Ich hab mir gerade vorgestellt, dass um mich herum Leute sitzen und mir zuschauen.«

»Könnte schon sein«, sagte ich. »Zum Sitzen hat sie genau die richtige Höhe. Aber warum sollten die Leute im Kreis um einen Baum sitzen?«

»Was fehlt uns denn noch, um an die Maske zu kommen?« Tommy wurde ungeduldig. Jetzt wusste ich, dass ihm eine Eingebung gekommen war. Janine schlug mit den Hacken an die Steine und überlegte.

»Gar nichts«, meinte sie. »Wir haben doch alles. Die Mondscheibe, die Göttin, das Wunder des Philon und die Tafel für das Orakel. Mehr stand da nicht.« Doch dann schlug sie sich mit der flachen Hand auf den Oberschenkel. »Das Orakel! Natürlich!«

»Kann man ja auch nicht anfassen«, meinte Tommy. »Aber wisst ihr was? Ich glaube, wir sitzen gerade mittendrin!«

Ich fühlte die von der Sonne warmen Steine unter mir. Dies sollte ein Orakel sein?

»Ich dachte immer, wenn man ein Problem hat, fragt man das Orakel, und es sagt einem die Lösung. Irgend so einen weisen Spruch.«

Tommy lachte. »Stimmt schon. Fragen müssen wir! Aber wen? Einen weisen Priester, den du fragen kannst, gibt's hier bestimmt nicht!«

»Sollen wir vielleicht den Baum fragen?«, fragte Janine vollkommen ernst.

»Warum nicht?«, antwortete Tommy genauso ernst. Dann setzte er sich wieder zu uns auf die Mauer und deutete auf das Täfelchen in meiner Hand.

»Dass das die Tafel für das Orakel ist, steht wohl fest. Ich weiß nicht viel über Orakel, aber wenn ihr mal Homer gelesen habt, dann wisst ihr, dass Orakel Heiligtümer waren.«

Wir starrten ihn an wie einen Geist. *Wenn ihr mal Homer gelesen habt* ... Wer war *das* denn? Aber Tommy ließ sich durch unseren reichlich dummen Gesichtsausdruck nicht beirren.

»Homer erwähnte auch Dodona, das älteste Orakel der Griechen.«

»Aha«, machte ich und nickte. »Und das fällt dir so ganz nebenbei wieder ein!«

»Ja«, meinte er trocken. »Ach ja, noch was! Nur bei Dodona hat man Bleitäfelchen gefunden.«

Wir saßen da wie vom Donner gerührt. Ich starrte auf das Plättchen in meiner Hand. Tommy war noch nicht fertig.

»Ich fand das damals lustig. Man glaubt nämlich heute, dass die Priester einen Trick erfunden haben, um nicht gleich auf die Fragen der Leute antworten zu müssen, die zum Orakel kamen. Sie mussten nämlich erst ihre Fragen auf die Täfelchen schreiben und am Ort des Orakels niederlegen. Und am nächsten Morgen gab das Orakel die Antworten.«

Sanne war baff. »Da konnten sie ja die ganze Nacht überlegen!«

»Genau! Ganz schön clever, so'n Priester von damals!«

»Das ist ja eine tolle Geschichte.« Janine lachte, stand auf und dehnte sich. »Aber woher willst du wissen, dass das hier der Ort eines Orakels ist?«

»Ich hab geraten.« Tommy zuckte mit den Schultern. »Ein von Menschen geschaffener Steinkreis um einen großen Baum. Hier kann man sich gut hinsetzen und was schreiben. Die Tafeln kannst du in den Kreis werfen und am nächsten Morgen nachsehen. Außerdem weiß man, dass sich Orakel früher aus dem Dorfmittelpunkt herausgebildet haben, wo sich das Leben abspielte.«

»Wie ein Kaffeekränzchen!«, bemerkte Sanne.

»Hm. Und was steht noch heute auf den meisten Dorfplätzen?« Tommy hob die Brauen. »Na?«

»Ein Baum«, kam die Antwort wie aus einem Mund.

»Tja, dann sollten wir unsere Frage stellen«, meinte ich. »Den Bleistift hab ich ja noch. Aber Blei auf Blei geht wohl schlecht. Außerdem, was fragen wir denn?«

»Na, wie wir an die Maske kommen!«, rief Janine sofort. »Wo die Maske ist!«

»Klar«, meinte Tommy. »Unsere allerwichtigste Frage! Den Stift brauchen wir nicht, Joe. Die Fragen hat man in die Tafeln geritzt. Wir brauchen irgendwas Spitzes.«

Auf einmal fühlten wir wieder die altbekannte Spannung. Wir rutschten von der Mauer und suchten den Boden außerhalb des Steinkreises nach etwas Brauchbarem ab. Jever und Lazy hatten sich in den Schatten des Baums gelegt und schauten uns hechelnd zu.

Ich lief mit gesenktem Kopf die nähere Umgebung ab, fand aber nichts, was man als Stift gebrauchen könnte. Hinter mir hörte ich einen unterdrückten Fluch.

»Mist, mein schönes Taschenmesser war auch im Rucksack«, sagte Tommy. »Das könnten wir jetzt gebrauchen. Oder meinen Hausschlüssel. Damit wär's auch gegangen.«

»Sag das doch gleich«, sagte ich. »Ich hab doch unseren dabei!« Wir liefen zurück zu meinem Rucksack, den ich auf der Mauer liegen gelassen hatte, und ich suchte den Schlüsselbund heraus.

»Gott sei Dank habe ich den hier! Sonst würde ich noch mehr Ärger bekommen!«

Ohne zu überlegen, gab ich ihn Tommy, der ihn gleich an Janine weitergab.

»*Du* schreibst die Frage auf!«

Sie nickte entschlossen. Längst war ihr bewusst geworden, dass sie dieses Mal die entscheidende Rolle für die Lösung der Aufgaben spielte. Sie suchte sich den kleinsten Schlüssel heraus.

Ich reichte Janine die Tafel.

»Da geht nicht viel drauf. Fass dich kurz!«

Janine setzte sich auf die Mauer und legte das Plättchen neben sich. Dann zögerte sie.

»Und was schreibe ich nun?«

»Wie wär's mit *Wie finden wir die Maske?*«, meinte Sanne. »Oder *Wie kommen wir nach Sakkara?*«

Janine schüttelte den Kopf. »Zu lang. Krieg ich nie drauf!«

»Schreib doch einfach *Wo ist die Maske?*«, sagte ich mehr aus Scherz.

»Klar und einfach!« Tommy lachte. »Außerdem kannst du ja Vorder- und Rückseite beschreiben.«

Janine nickte und begann, in die Tafel zu ritzen. Es dauerte nicht lange, und sie war fertig.

»Und was mach ich jetzt?«

»Ich würde sagen, du wirfst die Tafel jetzt einfach unter den Baum, wir setzen uns auf die Mauer und warten, was passiert«, meinte Sanne.

»Wenn wir Pech haben, müssen wir bis morgen früh warten«, sagte Tommy wie nebenbei.

»Was? Bis morgen früh?« Janine sah unglücklich aus. »Aber so lange können wir nicht warten!«

»Und hier draußen will ich auf gar keinen Fall schlafen«, sagte Sanne ängstlich.

»Jetzt mach schon!«, rief ich. »Sonst wird's noch dunkel, bevor du die Tafel überhaupt geworfen hast!«

»Okay, ich mach ja schon.« Janine hob die Hand, holte aus und warf das unscheinbare Stückchen Blei im hohen Bogen ins Innere des Kreises. Es prallte am Stamm der Pinie ab und blieb auf dem staubigen Boden liegen.

»Muss ich etwas sagen?«, fragte Janine und blickte Tommy fragend an.

»Nein«, meinte er überzeugt. »Sonst bräuchte man ja nichts aufschreiben. Warten wir einfach ab.«

Also setzten wir uns wieder wie die Vögel auf der Stange auf die Mauer und ließen die Beine baumeln. Ich wollte es nicht sagen, aber ich war mir sicher, dass die Warterei sich nicht lohnte. Hier kam bestimmt kein Priester um die Ecke, um sich die Tafel zu nehmen und uns eine Antwort zuzurufen.

»Das ist doch alles Quatsch!«, murmelte Sanne neben mir.

»Nun warte doch erst mal«, sagte Tommy, klang aber auch nicht sehr überzeugt.

»Ich mein ja nur, dass eine Tafel im Sand keine Antwort geben kann. Vielleicht ist der Platz hier ja selbst so was wie ein Rätsel. Und wenn wir die Hinweise gelöst haben, wissen wir, wo die Maske ist.«

»Welche Hinweise?«, fragte ich und schaute umher. »Der Baum und die Mauer? Und was noch?«

»Ich weiß ja auch nicht«, sagte Sanne etwas sauer. »Aber kann doch sein, dass …«

In diesem Moment fiel etwas vom Baum herunter, direkt neben die Tafel. Janine und Sanne kreischten, als sie erkannten, was es war. Janine rollte sich rückwärts über die Mauer ab und schlug dabei mit ihrem Fuß gegen meinen Oberschenkel.

»Au! Ist doch nur ’ne kleine Schlange«, beruhigte ich sie. Auch Sanne beeilte sich, ihre Füße aus dem Innenbereich zu bekommen.

»Klein? Die ist bestimmt einen Meter lang!«

Tommy fixierte die Schlange, die sich langsam um die Tafel kringelte.

»Kommst du mit?«, fragte er mich. »Sie anschauen?«

»Ähh … meinst du, das bringt was?«

»Die klaut die Tafel! Vielleicht können wir sie verscheuchen.«

»Womit denn?«

Das war eine gute Frage, denn weit und breit war kein herabgefallener Ast zu sehen oder sonst etwas, womit wir die Schlange auf Distanz halten konnten. Die Machete war ja auch weg.

»Nimm deinen Rucksack mit. Wenn sie uns was tun will, schmeißt du ihn ihr auf den Kopf!«

»Ja, ja, und wer holt den Rucksack dann zurück?«

Tommy zuckte mit den Schultern und ließ sich von der Mauer runter. Mir blieb nichts anderes übrig, als allen Mut zusammenzunehmen, meinen Rucksack zu greifen und Tommy vorsichtig zu folgen, der sich schon bis auf zwei Meter an die Schlange herangepirscht hatte.

Neugierig und bemüht, bloß keine schnelle Bewegung zu machen, betrachteten wir das Tier. Ich fand Schlangen immer schon spannend. Aber ohne ein schützendes Glas dazwischen war das etwas ganz anderes. Ich merkte, wie Adrenalin in meine Beine schoss. Aber die Schlange lag zusammengekringelt um die Tafel und rührte sich kein bisschen.

»Joe, du kennst dich doch aus!«, flüsterte Tommy. »Ist sie giftig?«

»Wieso kenn ich mich aus?«, flüsterte ich zurück.

»Du liest doch gerade diesen Wälzer für Bio!«

»Ja, aber deswegen kenn ich doch nicht jede Schlange! Ich weiß nur, dass giftige Schlangen oft leuchtende Farben haben. Als Warnung. Die hier sieht eigentlich eher harmlos aus.«

Pechschwarze Augen blickten ohne zu blinzeln in unsere Richtung. Ihr Kopf ruhte auf dem Leib. Vom Kopf bis zum Schwanz zog sich ein heller Streifen, der sich in kaum wahrnehmbaren Wellenbewegungen hob und senkte. Ich wusste nicht, warum, aber ich hatte keine sonderliche Angst vor ihr. Nur die witternde Zunge, die immer wieder aus ihrem Maul schnellte, war etwas unheimlich. Aber das taten alle Schlangen.

Gerade als ich etwas zu Tommy sagen wollte, machte es *Patsch*, und eine zweite Schlange landete direkt neben der ersten. Wir machten vor Schreck einen Satz zurück, und ich ließ meinen Rucksack fallen. Dann ging es Schlag auf Schlag. Aus der Pinie regnete es Schlangen! *Patsch, patsch, patsch* landeten sie im Sand und schlängelten sich hin zu der ersten, die um die Tafel lag!

»Kommt raus!«, schrien die Mädchen hinter uns. Zuerst wollte ich panikartig fliehen. Doch dann sah ich, dass keines der Tiere direkt auf uns zukroch. Tommy und ich bewegten uns vorsichtig rückwärts unter den ausladenden Ästen der

Pinie hervor, um keine Schlange auf den Kopf zu bekommen. Ich hatte nicht das Gefühl, dass die Schlangen uns angreifen würden. Es war nur irgendwie eklig mit anzusehen, wie sich all die windenden Körper zu einem einzigen, unentwirrbaren Knäuel verdichteten.

»Joe! Tommy! Nun kommt doch endlich!«, riefen die Mädchen. An ihren Stimmen hörte ich, dass sie schon einige Meter hinter die Mauer zurückgewichen sein mussten. Tommy hob den Arm. Keiner von uns beiden drehte sich um, weil wir die Schlangen nicht aus den Augen lassen wollten, wir blieben aber innerhalb des Kreises. Ich hatte das Gefühl, dass von diesen Tieren keine Gefahr ausging. Aber warum?

»Die sehen alle gleich aus«, flüsterte Tommy. »Alles eine Sorte.«

»Hm.« Ich nickte. Irgendetwas klingelte in meinem Kopf. »Die sind nicht giftig«, entfuhr es mir.

Tommy riss seinen Blick von dem wuselnden Knäuel los und schaute mich von der Seite an.

»Ich denk, du kennst nicht jede Schlange?«

»Kenn ich auch nicht. Aber die Äskulapnatter!«

Tommy schaltete schneller, als ich es je gekonnt hätte. »Das sind die gleichen Schlangen wie die aus den Hieroglyphen in Janines Namen?«

»Jepp!«, machte ich stolz. »Genauso eine ist auf dem Titelbild von dem dicken Wälzer, der auf meinem Bett liegt! Das sind Äskulapnattern, so wahr ich Josef Seefeld heiße.«

»Hm«, machte nun Tommy, drehte sich um und winkte den Mädchen, die daraufhin zögernd zurückkehrten.

»Warum kommt ihr denn nicht?«, fragte Sanne ängstlich.

»Joe sagt, diese Schlangen sind nicht giftig«, erwiderte Tommy. Sanne und Janine waren in sicherer Entfernung stehen geblieben.

»Sind sie auch nicht«, bekräftigte ich.

»Ich will da trotzdem nicht rein!«, sagte Janine und verzog das Gesicht.

Ich blickte auf den Haufen Schlangen und war überrascht. Das Durcheinander war fast zur Ruhe gekommen. Nur hier und da zuckte ein Tier. Sie hatten sich alle zu einer erstaunlichen Ordnung zusammengefunden. Wie ein säuberlich aufgewickeltes Knäuel lagen die Schlangen an der Stelle, an der ich die Tafel vermutete.

»Seht euch das an!«

Fasziniert beobachteten wir, wie sie sich beruhigten und nach und nach jede Regung aufhörte. Doch schon nach wenigen Sekunden kam wieder Bewegung in die Ansammlung der vielleicht hundert Schlangen. Diesmal jedoch war es eine Wellenbewegung *von unten nach oben*! Es schien, als würde der Berg aus Tieren pulsieren. Hinter uns kläffte Jever, doch Tommy brachte ihn mit einer Handbewegung zum Schweigen.

Dann geschah etwas Unglaubliches. Die oberste Schlange glitt herab und platzierte sich am Fuß des kleinen Knäuels. Voller Spannung sahen wir, wie gleich darauf das nächste

Tier seine Position verließ und nach unten glitt. Mehr und mehr Schlangen wanden sich oben heraus, sodass der Hügel aus Tieren flacher wurde.

»Da ist was drunter!«, rief Janine.

»Gold!«, flüsterte Sanne.

Dort, wo Janine die Tafel hingeworfen hatte, erschien eine goldene Spitze inmitten all der Leiber der Schlangen, die sie förmlich ausgebrütet zu haben schienen. Die kleine Skulptur blitzte im Licht der bereits sehr tief stehenden Sonne. Sie war zweifellos aus Gold. Dann hatte sich auch die letzte Schlange zurückgezogen.

»Eine Pyramide!«, rief Janine. »Eine Pyramide aus Gold!«

Ich blinzelte. Da stand tatsächlich so etwas wie eine Pyramide. Vielleicht so hoch wie ein kleiner Buddeleimer, und ich hätte wetten können, dass das Ding aus echtem Gold war. Solch einen Glanz gibt es nur einmal. Die Schlangen hatten sich rund um das Gebilde gelegt und rührten sich nicht. Ich konnte es nicht glauben. Es war wie ein Traum.

»Ich wollte schon immer mal wissen, wie man aus Blei Gold macht!«, sagte Tommy. »Guter Wurf, Janine!«

»Aber …« Ich stockte und konnte nicht recht lachen. »Das ist doch keine Antwort!«

»Dazu müssen wir das Ding erst mal holen«, meinte Tommy. »Janine, wie wär's?«

»Niemals!« Janine machte einen Schritt zurück. »Nie im Leben fasse ich da hinein und lass mich beißen! *Bitte* … ich mach alles für meine Mutter, aber lasst mich nicht zu den Schlangen gehen!«

»Ich werde es tun!«, sagte ich und erschrak vor mir selbst.

»Ehrlich?« Janines dankbarer Blick machte mich total hilflos. Jetzt konnte ich nicht mehr zurück. Auf der anderen Seite wollte ich das ja auch gar nicht. Ich war zwar ziemlich sicher, dass das die ungiftigen Äskulapnattern waren. *Ziemlich.* Aber ich erinnerte mich, dass diese Nattern zu den Pythons gehörten. Und die konnten verdammt gut beißen. Da lagen etwa hundert Schlangen. Kleine und große. Auch *sehr große* ...

»Ich mach alle deine Hausaufgaben, wenn ich nicht gehen muss!«, sagte Janine und strahlte mich an.

»Pass auf, was du sagst«, meinte ich. »Ich muss noch sechs Jahre zur Schule gehen!«

»Soll ich mitkommen?«, fragte Sanne.

»Nein, du kannst mich verbinden, wenn sie mich gebissen haben.«

Ich blickte mich um, ob irgendetwas Brauchbares zu entdecken war, womit ich mir die Biester vom Leibe halten konnte. Doch hier gab es einfach nichts. Mit Steinen wollte ich nicht werfen und sie reizen schon gar nicht. Es half nichts. Ich musste mit bloßen Händen zu den Schlangen.

Dann ging ich langsam los. Ganz behutsam trat ich auf, denn ich wusste, dass Schlangen nicht im eigentlichen Sinne hören, sondern jede Annäherung mit feinen Sensoren in ihren Körpern erspüren. Ich wusste aber auch, dass sie selbst wenn ich mich noch so vorsichtig bewegte, es wahrnehmen würden wie ein Donnern. Als ich näher herankam, versuchte ich, einzelne Tiere zu unterscheiden, doch sie lagen so ineinander verknäult, dass das unmöglich war. Wie ein großes Schiffstau ringelten sich die Schlangen um das, was sie bewachten. *Hütet euch vor den Wächtern …!*

Plötzlich raste dieser Satz wieder durch meinen Kopf, und ich blieb stehen. Waren diese Schlangen womöglich Wächter? War ich schon wieder dabei, etwas Furchtbares auszulösen?

»Was ist los?«, kam Tommys leise Stimme von hinten. Langsam drehte ich meinen Kopf zur Seite, um ebenso leise zu antworten.

»Was ist, wenn das Wächter sind?«

Ohne zu Zögern antwortete Tommy. »Das glaube ich nicht. Sie haben die Tafel genommen und dieses Goldstück freigegeben. Es muss für uns sein. Behalt sie einfach im Auge.«

Toller Rat! *Behalt sie im Auge …* Das hätte ich so oder so getan. Ich nahm die Schlangen wieder ins Visier und entschied mich. Ich hatte ziemlich wackelige Knie, aber zehn Schritte, und ich stand vor dem Kreis aus Schlangenleibern.

Nichts tat sich. Scheinbar reglos lagen sie da. Lauerten sie? Mir wurde klar, dass ich nicht einfach drüberfassen konnte, um an die goldene Pyramide zu kommen. Um sie überhaupt anfassen zu können, würde ich einen Fuß genau zwischen die Schlangen setzen müssen!

Ich nahm all meinen Mut zusammen. Vorsichtig hob ich das rechte Bein an und hielt es dicht über die vielen Tiere. Überall sah ich schwarze Augen blitzen und unzählige Zungen zischelten hervor. Meine Nackenhaare richteten sich auf. Ich sagte mir immer wieder, *die sind ungiftig … die sind ungiftig …*, und versuchte mich zu erinnern, was ich über die Nattern gelesen hatte. *Völlig harmlos und vom Aussterben bedroht …*

Dann konnte ich das Bein nicht länger in der Luft halten. Es fing an, so unkontrolliert zu zittern, dass ich es absetzen musste, sonst wäre ich kopfüber auf die Schlangen gefallen.

Ich wollte es zurückziehen, aber ich hatte so lange verkrampft dagestanden, dass mir meine Beine nicht mehr gehorchten. Ich kippte nach vorne und mit einem lauten Bums stampfte mein rechter Fuß direkt neben die Pyramide in den Sand. Mitten zwischen all die Nattern!

Mein Magen kribbelte, während ich mit gespreizten Beinen dastand. Genau über den Schlangen. Aber sie taten mir nichts. Mein Blick huschte hektisch über den Kreis aus Leibern. Ich atmete erst wieder ein, als mir die Brust wehtat.

Ich warf einen kurzen Blick zurück. Unbeweglich beobachteten mich die anderen. Dann hielt Tommy den Daumen hoch. Was hätte ich gegeben, jetzt an seiner Stelle zu sein! Ich war mit meinen nackten Beinen so nah über den Schlangen, dass ich die Wärme ihrer Körper spüren konnte. Merkwürdigerweise gab mir dies den letzten Anschub.

Ohne jetzt noch viel zu überlegen, bückte ich mich und hob das mysteriöse Gebilde an. Es war höllisch schwer, und beinahe wäre ich aus dem Gleichgewicht geraten. Ich musste es mit beiden Händen packen. Jetzt kam der heikelste Moment. Was würde passieren, wenn ich das Ding aus dem Bannkreis der Schlangen entfernte? Ich kämpfte mit dem Bild von hundert Schlangen, die plötzlich loszischten, in meine Beine bissen, sich an ihnen hochschlängelten und mich unter sich begruben! *Pythons sind Würgeschlangen!* ging es durch meinen Kopf. Was nutzte es da, wenn sie nicht giftig waren?

Ich traf eine Entscheidung. Ich hielt die Pyramide mit ausgestreckten Armen über der Stelle, von der ich sie aufgehoben hatte, und stellte gleichzeitig mein Bein zurück auf die andere Seite. Dann wartete ich einige Sekunden.

Nichts geschah. Gleich würde ich es wissen. Mit einem Ruck riss ich die Arme an meine Brust und hielt meine Beute fest umklammert. Dann tat ich einen Schritt rückwärts. Und noch einen. Die Schlangen rührten sich nicht.

Langsam tastete ich mich zurück zu den anderen, die Tiere nicht aus den Augen lassend. Unendlich erleichtert erreichte ich die Mauer, meine Puddingbeine gaben nach, und ich plumpste mit dem Hosenboden auf die Steine.

»Geschafft!«, entfuhr es mir.

»Sieh doch!«, rief Sanne neben mir. Sprachlos sahen wir zu, wie jetzt plötzlich Bewegung in die Leiber kam. Doch die Tiere hatten kein Interesse an uns. Eine nach der anderen löste sich aus dem Gewirr, glitt zum Stamm des Baumes und schlängelte sich an ihm empor.

»Sie gehen dahin zurück, wo sie hergekommen sind«, flüsterte Janine.

»Nie wieder gehe ich unter einen Baum!«, murmelte Sanne.

Es dauerte keine drei Minuten, und nichts erinnerte mehr an die unheimliche Begegnung, die wir gerade gehabt hatten. Die Schlangen hatten sich in der riesigen Pinie wieder unsichtbar gemacht. Ich atmete auf.

»Das nächste Mal gehe ich aber nicht!«

»Das hast du vorhin schon mal gesagt!«, meinte Tommy lachend. »Aber jetzt zeig uns doch, was du aus der Schlangengrube geholt hast!«

Das Stück Gold in meinen Händen war so schwer, dass ich es auf der Mauer absetzen musste.

»Sieht wirklich aus wie eine Mini-Pyramide«, meinte Sanne. Jetzt, wo der kostbare Gegenstand auf der Mauer stand, wirkte er eindeutig wie eine kleine Pyramide. Die glatte Oberfläche glänzte wie poliert, und die Sonne blitzte auf ihr, wenn man sie bewegte. Janine befühlte mit den Fingern eine der Seiten.

»Die glänzt wie eine CD!«

»Schade, dass man sie nicht abspielen kann«, meinte ich. »Dann wüssten wir, wie's weitergeht.«

Sanne war schon wieder ungeduldig. »Die Sonne geht bald unter!«

Überrascht schauten wir auf. Tatsächlich! Es würde nicht mehr länger als vielleicht noch eine Stunde dauern. Wir mussten uns irgendeinen Unterschlupf suchen.

»Gab's noch einen Hinweis auf der Mondscheibe?«, fragte ich in die Runde. Einhelliges Kopfschütteln.

»Das war's«, sagte Tommy. »Die Tafel für das Orakel. Das Orakel hat eine merkwürdige Art, mit uns zu reden. Also, strengt euch an! Wir müssen rausbekommen, was das Ding hier bedeuten soll.«

Irgendwie war ich zu müde zum Nachdenken. Das war wahrlich kein Wunder, denn was hatten wir heute alles durchgemacht! Ich versuchte mich zu konzentrieren, konnte aber keinen deutlichen Gedanken mehr fassen. Als ich in die Gesichter der anderen sah, war mir klar, dass es ihnen nicht besser ging. Und dann half uns jemand unfreiwillig, mit dem wir überhaupt nicht gerechnet hatten.

Mein lieber, fauler Hund kam auf mich zu. Ich streckte schon die Hand aus, um ihn zu streicheln. Da machte er doch tatsächlich den Versuch, zu mir auf die Mauer zu springen! Wer Lazy kennt, der weiß, dass das nicht gut gehen konnte. Ein unbeholfener Anlauf, und schon patschten seine beiden Vorderpfoten auf die Steine und ausgerechnet gegen die Pyramide! Ehe wir uns versahen, plumpsten Lazy auf der einen Seite der Mauer und die Pyramide auf der anderen in den Sand.

Als ich mich hinunterbeugte, um nachzusehen, ob sich mein Tollpatsch etwas getan hatte, jauchzte Tommy auf.

»Hey! Seht mal! Auf der Unterseite!«

Ich ließ Lazy los, der daraufhin beleidigt schnaufte, und lehnte mich über die Mauer, um zu sehen, was Tommy entdeckt hatte. Wir staunten nicht schlecht. Auf dem Boden der goldenen Pyramide war in der gleichen Schrift, wie wir sie auf der Mondscheibe gesehen hatten, etwas eingraviert! Tommy hob die Pyramide auf und pustete den Staub weg. Dann grinste er, als er unsere dummen Gesichter sah.

»Ich wusste es doch!«, sagte er strahlend. »Janine weiß, wie man aus Blei Gold macht. Hier habt ihr die Antwort des Orakels!«

Beinahe andächtig las er uns vor, was in den Boden der goldenen Pyramide eingraviert war:

Setzt das erste Licht des Tages
auf die Wohnstatt des Re

Das erste Licht?«, rätselte ich. »Wie soll man denn ein Licht setzen?«

»Eine Taschenlampe ist bestimmt nicht gemeint«, überlegte Sanne. »Außerdem ist unsere kaputt. Und was ist die Wohnstatt des Re?«

»Re, liebe Leute«, dozierte Tommy und wehrte Jever ab, der den salzigen Schweiß von Tommys Schienbein leckte. »Re ist ein Sonnengott. Also da passt das mit dem Licht ja wieder.«

Wieder einmal waren wir sprachlos. Tommy kannte diesen Re!

»Du weißt, wer Re ist?«

»Jepp!«, machte Tommy mich nach. »Wenn du mir gestern Morgen etwas früher über die Schulter gesehen hättest, würdest du ihn auch kennen. Kannst du dich noch an Amun erinnern?«

»Klar! Der Zeus aus Ägypten!«

»Genau! Er wurde mit Zeus gleichgesetzt. Über Amun stand da noch mehr. Im Laufe der Zeit wurde er mit dem Gott Re verbunden. Man nannte ihn lange Zeit Amun-Re. Also entweder ist mit Re der Sonnengott gemeint oder eben Amun.«

Mir schwirrte der Kopf. Was Tommy alles wusste, würde ich mir nie merken. Also Re war ein Gott. War ja egal, was für einer.

»Und was hilft uns das?«

»Na, wir müssen seine Wohnung finden.«

»Wo wohnt denn ein Gott?«, fragte Janine.

Tommy zuckte mit den Schultern. »In einem Tempel, so wie Artemis. Oder auf einem Berg, so wie Zeus, oder in einem Grab.«

»In einem Grab?«, fragte ich entsetzt.

»Ich mein ja nur. Eben ein Platz, an dem man ihn anbetete. Muss ja kein Grab sein. Übrigens ... das ist schon komisch ...«

Tommy zögerte und ließ seinen Blick in die Landschaft schweifen.

»Was hast du?«, fragte Sanne.

»Na, ich meine, Amun und Zeus ... Ägypten und Griechenland! Sind doch zwei verschiedene Länder. Aber sie scheinen durch ihre Götter verbunden. Und wie sieht's hier aus?«

»Wie in Griechenland!«, kam es von Janine.

»Eben! Und die Hieroglyphen und die Kammer des Wissens sind eindeutig aus Ägypten. Ich habe so ein Gefühl, dass die geheimnisvollen Mächte dieser Welt vor vielen tausend Jahren in beiden Ländern Götter waren.«

»Ja und?«, rutschte es mir heraus. »Ist doch egal, wo sie herkommen. Wir müssen die Wohnstatt finden.«

»Tja«, sagte Tommy, »du machst ja in Geschichte immer Mathe! Aber Herr Seefeld hat recht, wir müssen die Wohnstatt finden. Es wird bald dunkel. Ich mach noch mal die Runde und seh nach, ob ich was entdecke.«

Er reichte mir die Pyramide, stieg auf die Mauer und begann, den Kreis abzulaufen. Die Augen auf den Horizont gerichtet, balancierte er davon. Ich betrachtete das goldene Ding von allen Seiten, und auch Sanne und Janine versuchten, dem mysteriösen Geschenk der Schlangen ein weiteres Geheimnis zu entlocken. Aber je länger wir es betrachteten, desto ratloser wurden wir. Mit einem Mal ertönte ein Ruf von der anderen Seite des Orakelkreises.

»Kommt her!«, brüllte Tommy.

Hastig sprangen wir auf. Im ersten Moment wollte ich quer über den Platz des Orakels laufen, aber dann überlegte ich es mir und machte es den Mädchen nach, die genau wie Tommy auf der Mauer den Baum umrundeten. Ich glaubte zwar nicht, dass die Schlangen noch einmal zurückkehren würden, aber drauf ankommen lassen wollte ich es nicht. Jever hopste auf der Mauer vor mir her, und Lazy lief außen entlang. Ich erkannte gleich, was los war. Die Mauer war kaputt!

Aufgeregt lief ich weiter und schloss zu den anderen auf. Als wir Tommy erreichten, erkannten wir, dass die Mauer gar nicht kaputt war, sondern dass sie eine Art Durchlass hatte. Wie für einen Eingang waren die Steine herausgenommen.

»Seht euch das an!«, sagte Tommy und zeigte auf die Lücke. »Vorhin bin ich noch rübergelaufen, und jetzt ist da ein Loch!«

»Wo sind die Steine geblieben?«, fragte Sanne.

»Die sind weg! Ich hab schon überall gesucht.«

»Meinst du, das ist ein neuer Hinweis?«, fragte ich und stellte die schwere Pyramide auf der Mauer ab. »Aber das bringt doch nichts, wenn wir jetzt wissen, wo hier früher der Eingang war. Wir haben doch die Antwort des Orakels.«

»Ja schon«, Tommy grinste verschmitzt. »Aber hast du mal an einen *Ausgang* gedacht?«

»Ein Ausgang?«, entfuhr es Janine. »Wohin denn? Sieht doch alles gleich aus.«

»Stimmt schon«, gab Tommy zu. »Aber warum sollte hier auf einmal ein Loch entstehen, nachdem wir die Antwort des Orakels erhalten haben? Ein Hinweis ist das auf alle Fälle. So wie: *Da müsst ihr raus!«*

Janine setzte zu einer Antwort an, aber dann nickte sie nur nachdenklich. Wie auf Kommando schauten wir alle in die Richtung, die uns der Ausgang vorgab. Die Ebene lag scheinbar endlos in der Abendsonne vor uns. Die Pinie in unserem Rücken und auch wir selbst warfen lange Schatten, und die Umgebung war in ein warmes ockerfarbenes Licht getaucht. In der vorgegebenen Richtung gab es eigentlich nichts Markantes. Außer vielleicht …

»Was ist das?«, fragte Sanne und blinzelte angestrengt. »Da ganz hinten?«

Ich starrte zum Horizont, bis mir die Augen tränten. »Ich weiß nicht. Vielleicht wieder ein Baum?«

Tommy runzelte die Stirn. »Glaub ich nicht. Sieht aus wie ein Dreieck. Wenn doch, dann ist es eine Tanne. Die wächst doch so nach oben. Schade, dass wir das Fernglas nicht mehr haben. Das könnten wir jetzt gebrauchen.«

»Lasst uns gehen«, drängte Janine. »Es wird gleich dunkel. Ich will auf keinen Fall bei den Schlangen übernachten.«

Das wollten wir alle nicht. Ich mochte gar nicht daran denken, was wir machen sollten, wenn es dunkel würde. Schlafen? Niemals! Lieber würde ich die ganze Nacht im Kreis wandern.

»Also los, Leute!« Tommy sah sich noch einmal um. »Haben wir alles?«

Inzwischen gab es sowieso nicht mehr viel, worauf wir Acht geben mussten. Ich nahm meinen Rucksack über die Schulter und das goldene Geschenk des Orakels in die Hände.

»Tut mir einen Gefallen und lasst uns abwechseln«, stöhnte ich. »Sonst fallen mir die Arme ab.«

Wieder einmal trugen uns unsere Füße einem unbekannten Ziel entgegen. Wenn ich auch sonst die merkwürdigen Silhouetten lang gezogener Schatten lustig fand, diesmal verursachten sie mir ein sehr mulmiges Gefühl. Ich hatte noch nie im Freien übernachtet. Außer beim Zelten, aber das war auf einer Klassenfahrt am Meer gewesen und nicht in einer mystischen und gefährlichen Welt. Ich glaube, meinen Freunden gingen ähnliche Gedanken durch den Kopf. Ich ging als Letzter und hatte Mühe, Schritt zu halten. Mein Blick war auf Sannes Fersen geheftet, die vor mir ging. Ich hielt das schwere Goldstück in meinen Armen wie ein Baby, weil es mir sonst aus den Händen geglitten wäre.

Gerade als ich in einen richtigen Trott gefallen war, blieb

Sanne abrupt stehen, sodass ich um ein Haar auf sie geprallt wäre.

»Mensch, pass doch auf!«

»Sieh doch!«, rief Sanne. Ich schaute an ihr vorbei, und mir klappte vor Staunen der Kiefer runter. Vor uns ragte eine Pyramide in den Himmel! Ein mächtiges Bauwerk aus sandfarbenem Gestein, das in der Abendsonne fast golden glänzte. Ein unangenehmes Kribbeln durchlief meinen ganzen Körper. Wie war sie auf einmal dorthin gekommen? Wir waren vielleicht gerade mal fünf Minuten gelaufen. Ich konnte es nicht begreifen.

»Wo kommt die plötzlich her?«, sagte ich mehr zu mir selbst. »Warum habt ihr nichts gesagt?«

Die anderen standen ergriffen da, bis endlich Leben in Tommy kam.

»Ich habe nur ein paar Sekunden nach unten gesehen, weil hier so kleine Disteln sind. Und im nächsten Moment …«

»Ich hab nur auf deine Hacken geguckt«, sagte Janine.

»Und ich auf deine«, murmelte Sanne.

»Vielleicht ist die gar nicht echt«, sagte ich mit wenig Überzeugung. »Sondern eine Fata Morgana!«

»Dann würde sie flimmern«, meinte Tommy. »Nein, die ist echt. Die steht bestimmt unseretwegen hier.«

»Für uns?«, fragte Janine erstaunt. »Aber wir haben doch schon eine Pyramide.«

Tommy nickte. »Ja, schon. Aber vielleicht ist die kleine nur ein Symbol für die große.«

Ich hielt meinen Schatz fest umklammert. »Ja, und die kleine könnte jetzt mal ein anderer nehmen.«

Nachdem Tommy mir das Stück abgenommen hatte, schüttelte ich die Arme aus. Mein Freund kniff die Augen zusammen, weil die tief stehende Sonne hinter mir ihn blendete. Bestimmt hatte er recht. Die kleine und die große Pyramide gehörten zusammen.

Wieder erfasste uns eine Ehrfurcht, wie wir sie schon vor dem Tempel der Artemis gespürt hatten. Wir würden sicher noch zehn Minuten brauchen, um an den Fuß der Pyramide zu gelangen, doch sie erschien schon von hier aus gewaltig. Ich konnte bereits erkennen, dass ihre Seiten aus riesigen Steinklötzen bestanden, die in Stufen übereinandergeschichtet waren. Ein Eingang war allerdings nicht zu entdecken. Dafür aber etwas anderes.

»Hey, seht mal! Da stehen Palmen!«

»Hm«, machte Tommy. »Vielleicht tragen die Datteln oder Kokosnüsse. Dann hätten wir etwas gegen den Durst.«

»Und gegen den Hunger!«, rief Sanne.

»Also los.« Tommy setzte sich wieder in Bewegung, und diesmal achtete niemand von uns auf den Weg. Unsere Blicke hefteten sich auf die Flanken der Pyramide, um ja nicht wieder von irgendetwas überrascht zu werden. Das hoch emporragende Bauwerk vor uns wuchs regelrecht in den Himmel, je näher wir kamen. Jever flitzte voraus und bellte übermütig. Wenigstens schien nicht schon wieder irgendeine Gefahr auf uns zu lauern. Dann standen wir direkt vor der Pyramide und befühlten die riesige erste Stufe. Warmer Sandstein gab die Hitze des Tages ab. Die Oberfläche der Steinblöcke war ein wenig aufgeraut und porös. Die Stufen schienen für einen Riesen gebaut. Sie reichten mir bis zum Bauchnabel, und selbst Jever konnte nicht von einer auf die andere hopsen.

»Wahnsinnig hoch!«, murmelte Sanne, die wie wir anderen mit in den Nacken gelegtem Kopf zur Spitze aufblickte.

»Wird ganz schön anstrengend, da raufzuklettern«, meinte Tommy.

»Du willst da rauf?«, fragte ich erschrocken.

Tommy winkte ab. »Nein, heute nicht mehr. Bis wir oben sind, ist es schon dunkel. Kann nämlich sein, dass es hier sehr schnell dunkel wird, wenn die Sonne untergegangen ist. Lasst uns einmal um die Pyramide herumgehen, ob wir einen Eingang entdecken. Wenn nicht, sollten wir zu dem Palmenwäldchen gehen und sehen, ob wir dort vielleicht die Nacht über bleiben können.«

Ich konnte sehen, wie Sanne und Janine das Gesicht verzogen. Doch was sollten wir machen? Ich hatte das untrügliche Gefühl, dass wir vor Sonnenuntergang keinen Ausgang aus dieser Welt finden würden. Aber ich sagte nichts, sondern folgte Tommy und den Mädchen. Wir bestiegen die erste Stufe dieses aufregenden Bauwerkes und begannen, es zu umrunden. Aber auf keiner Seite fand sich ein Eingang oder sonst etwas, das sich von den einfarbigen Steinblöcken abhob. Die Erbauer dieser Pyramide mussten Meister ihres Fachs gewesen sein, denn jeder Block fügte sich neben und auf die anderen, als wäre er angeklebt worden. Nur feine Linien deuteten die Ansätze der nächsten Quader an, und ich fragte mich, wie viele Tonnen wohl ein einziger von ihnen wiegen mochte.

Schließlich kamen wir enttäuscht wieder an unserem Ausgangspunkt an. Besorgt schaute ich zum Horizont, wo die tiefrote Sonne gerade noch eine Handbreit über der Ebene schwebte.

»Wir sollten uns beeilen.«

Auf der Südseite der Pyramide wuchsen einige hohe Palmen. Als wir näherkamen, erkannten wir, dass es Dattelpalmen waren. Viele Früchte lagen rings um die Bäume auf dem Boden. Mit einem Mal passierte etwas, womit ich nie gerechnet hatte. Lazy rannte los!

Ich starrte hinter ihm her. Wie ein junger Hüpfer stob er davon und verschwand hinter einer Gruppe eng stehender Palmen. Sanne schaltete schneller als ich, sprang von der Stufe in den Sand und lief hinter ihm her.

»Hey, Lazy! Wo willst du hin? Bleib hier!«

Kurz darauf riss sie beide Arme in die Luft, drehte sich zu uns um und schrie »Wasser! Lazy hat Wasser entdeckt! Kommt her!«

Das machte auch uns Beine. Lazy hatte das Wasser gewittert, lange bevor wir es sehen konnten. Und auch Jever rannte davon und folgte seinem Freund. Als wir die Baumgruppe erreichten, sahen wir einen winzig kleinen Teich, in dem sich die Palmblätter spiegelten. Beeindruckt blieben wir stehen, denn sein Wasser war kristallklar, und seine Oberfläche wirkte wie poliert. Hätten Jever und Lazy nicht das Wasser geschlabbert, hätte ich geglaubt, dass es ein Trugbild ist. Wir gesellten uns zu unseren Hunden und nahmen das Bild in uns auf.

»Ich hab schrecklichen Durst«, jammerte Sanne und schaute Tommy flehend an. »Meinst du, wir könnten auch davon trinken?«

»Normalerweise würde ich nicht einen Schluck aus einem Tümpel in Ägypten nehmen, aber das hier sieht aus wie das reinste Wasser auf der Welt. Probier einfach mal.«

Das ließ sich Sanne nicht zweimal sagen. Sie zog ihre Schuhe aus, watete ein paar Schritte in den Teich hinein und nahm mit beiden Händen etwas Wasser auf. Vorsichtig kostete sie und drehte sich strahlend zu uns um.

»Das schmeckt echt toll! Und kühl ist es auch!«

Ich konnte mich nicht mehr zurückhalten. Mein Mund und mein Hals waren völlig ausgetrocknet von der langen Wanderung unter der heißen Sonne. Ich hätte alles für etwas zu trinken gegeben. Ich machte es Sanne nach, zog meine Schuhe aus und ging ins Wasser. Tommy stellte noch schnell die Pyramide in den Sand, und gleich darauf waren er und Janine auch im Wasser.

Es muss schon ein komisches Bild abgegeben haben, wie da vier Leute und zwei Hunde in einem Tümpel standen und gierig Wasser schlürften. Aber das war mir egal. Es schmeckte köstlich. So gut, dass ich mir in dem Moment nichts Besseres vorstellen konnte.

Endlich hatten wir genug und stapften zum Ufer zurück.

»Schaut mal«, sagte Janine und zeigte nach oben. »Sieht das nicht toll aus?«

Die Wipfel der Palmen wurden von den letzten Strahlen der untergehenden Sonne angeleuchtet und schienen im Abendlicht zu glühen. Es war ein fantastischer Anblick. Dennoch wuchs meine Beklemmung.

»Sie geht gleich unter.«

»Stimmt«, nickte Sanne. »Was machen wir denn jetzt?«

»Wir bleiben hier«, sagte Tommy bestimmt. »Das Wasser scheint für uns bestimmt, wir können Datteln essen, und der Sand hier ist auch schön weich.«

»Du willst hier übernachten?«, fragte Janine mit bleichem Gesicht.

»Was schlägst du denn vor?«, fragte Tommy zurück. »Willst du draußen in der Ebene übernachten? Oder auf den Stufen der Pyramide? Ich glaube, hier ist es schon am besten. Könnte nur ein bisschen kalt werden. Zu blöd, dass wir unsere anderen Sachen nicht mehr haben.«

Janine war nicht überzeugt. »Aber ich kann hier nicht schlafen. Wir haben kein Licht, und Feuer können wir auch nicht machen. Und wenn heute Nacht irgendwas passiert? Ein Loch aufgeht oder die Pyramide wandert oder …?«

Ich hätte nicht gewusst, was ich darauf antworten sollte, aber Tommy fand immer die richtigen Worte.

»Pass auf, man lädt uns nicht ein, klares Wasser zu trinken und Datteln zu essen, wenn man uns in ein Loch werfen will. Ergibt doch keinen Sinn, oder? Außerdem müssen wir auf das erste Licht des Tages warten. Steht doch hier auf der kleinen Pyramide, schon vergessen?«

Tommy hob sie auf und las vor.

»Setzt das erste Licht des Tages auf die Wohnstatt des Re …, das heißt, dass wir morgen früh ein Licht setzen müssen, und zwar auf die Wohnstatt …«

Tommy hielt mitten im Satz inne und starrte auf die eingeritzten Worte.

»Aber …«, wollte Janine einwerfen, doch Tommy unterbrach sie.

»Mensch! Die Wohnstatt des Re! Mann, bin ich blöd!«

»Macht nichts«, blödelte ich. »Das gibt sich!« Doch im selben Moment dämmerte es mir. *»Die Pyramide …«*, flüsterte ich.

»Genau!«, sagte Tommy und nickte heftig. Dann drehte er sich um und schaute zu der dunkel aufragenden Silhouette des Bauwerks. »Die Pyramide! Die Wohnstatt des Re! Das muss sie sein!«

»Du meinst …«, flüsterte Sanne ehrfürchtig, »… da drin wohnt der Re?«

»Na ja, nicht ganz. Der wohnt da natürlich nicht richtig. Vielleicht ist die Pyramide ihm zu Ehren errichtet worden. Oder aber …«

»Oder aber was?«, fragte Janine drängend.

»Oder aber sie ist sein Grab.«

»Sein Grab?«, fragte Sanne entsetzt. »Der Re liegt tot da drin?«

»Keine Ahnung«, gab Tommy zu. »Aber Pyramiden sind nun mal Grabmäler. Für Herrscher wie die alten Pharaonen. Und die wurden ja oft mit Göttern gleichgesetzt. Nun macht euch mal keine Sorgen. Das mit der Wohnstatt ist eben so wie eine Gedenkstätte. Da wird schon keiner drinnen sein.« Dann verzog er sein Gesicht und grübelte angestrengt nach. »Wenn ich nur wüsste, wie das mit dem ersten Licht des Tages gemeint ist. Wie soll man das denn auf die Wohnstatt setzen?«

Wir versuchten alle, einen Sinn in diesen Worten zu finden, aber wir waren schon dermaßen müde, dass uns das Denken schwerfiel und nichts Vernünftiges mehr dabei herauskam.

»Ich ess jetzt ein paar Datteln!«, rief ich, um die angespannte Stimmung zu lösen. Im Dunkeln würden wir sowieso nichts mehr unternehmen können. Wir sammelten Dutzende große, fleischige Datteln auf, setzten uns in den weichen und noch warmen Sand am Rand des Teichs und verputzten die leckeren Dinger. Während wir die Stärkung genossen, konnten wir fast zusehen, wie es immer schneller dunkel wurde und das Licht des Tages verlosch. Niemand verlor ein Wort darüber. Ändern konnten wir es doch nicht.

Aber dann geschah etwas, das uns wieder Mut machte.

»Seht doch nur, da drüben!«, rief Janine.

Ein unglaublich schöner und riesenhaft scheinender Mond war zwischen den Stämmen der Bäume hindurch zu sehen und erleuchtete die Szenerie um uns herum in einer hellrotgelben Farbe. Sprachlos und staunend betrachteten wir das Schauspiel, und es sollte noch besser kommen.

»Guckt mal nach oben!«, sagte Tommy. Über uns erstrahlte ein Sternenhimmel, wie ich ihn noch niemals in meinem Leben gesehen hatte. Tausende, nein, Millionen von Sternen leuchteten, blitzten und flackerten am Firmament. Es sah aus, als hätte jemand eine Glocke aus unzähligen kleinen Lämpchen über uns gestülpt. In dem Moment wusste ich, wie klein ich wirklich war.

»Genug Licht haben wir jedenfalls«, meinte Tommy trocken. »Und wenn wir nicht schlafen können, müssen wir uns eben was erzählen.«

Und dann begannen wir, uns unsere Beklemmung von der Seele zu reden. Wir redeten über unsere Abenteuer, über die Gefahren, die wir überstanden hatten und die noch vor uns liegen mochten, und vor allem redeten wir über das Rätsel der Pyramide, das wir am nächsten Morgen lösen mussten. Die ganze Zeit wartete ich darauf, dass es kalt werden würde. In der Wüste wurde es nachts immer kalt, das wusste ich. Aber hier galten andere Gesetze, und ich war froh darüber. Die Temperatur ging kaum merklich zurück, und die Luft war weich wie Samt.

Ich weiß nicht, wie lange wir gegen unsere Angst anredeten, aber schließlich forderte der lange und anstrengende Tag seinen Tribut. Zuerst war es Sanne, die ihre Augen nicht mehr aufhalten konnte. Sie sagte einfach: »Ich schlaf jetzt«, legte sich hin und war eingeschlafen. Kaum hatte sie den

Anfang gemacht, schafften auch wir es nicht mehr, wach zu bleiben. Einer nach dem anderen machte es sich, so gut es in dem Sand ging, bequem und schlummerte ein. Jever und Lazy hatten es uns längst vorgemacht. Kurz bevor ich wegtrat, dachte ich noch, wenn Jever schläft, dann passiert schon nichts … und schon glitt ich in einen tiefen, traumlosen Schlaf.

*

Ich wachte davon auf, dass in meinem rechten Arm Tausende Nadeln stachen. Im ersten Moment bekam ich einen fürchterlichen Schreck, denn ich glaubte, mich hätten Insekten gebissen oder ich wäre von roten Wanderameisen angegriffen worden. Doch dann realisierte ich, dass ich in völlig verdrehter Lage auf meinem Arm gelegen hatte und er eingeschlafen war. Leise fluchend richtete ich mich auf und rieb die kribbelnde Haut. Ich sah die anderen neben mir friedlich schlummern und blickte mich um. Von Insekten keine Spur. Gott sei Dank. Der Himmel im Osten färbte sich bereits hellgrau, und das Licht der Sterne war deutlich verblasst. Jever hob den Kopf, als er merkte, dass ich aufgewacht war, und Lazy schnaufte noch immer im Schlaf. Ich flüsterte »Schlaf weiter, Jever«, und der Kleine bettete das Köpfchen wieder auf seine Pfoten.

Ich suchte den Mond. Er war ein beträchtliches Stück weitergewandert und stand nun direkt über uns. Im Gegensatz zu den Sternen strahlte sein helles Licht zu uns herunter und leuchtete die kleine Oase, in der wir uns zur Ruhe gebettet hatten, fahlweiß aus. Kein Lüftchen wehte, und der Teich lag spiegelglatt vor uns. Ich legte mich zurück und versuchte wieder einzuschlafen, doch meine Gedanken wirbelten durcheinander. Konnte es noch einmal so gefährlich werden wie im Labyrinth oder im Tempel der Artemis? Verbarg der kleine Teich den Eingang zur Kammer des Wissens? Oder war sie vielleicht irgendwo im Innern der Pyramide? Ich machte mir auch Sorgen, weil wir schon so lange in dieser Welt waren. Die Zeit wurde immer knapper. Würden wir jemals an diese Maske kommen? Ich war jetzt hellwach, setzte mich auf und schlang die Arme um meine Knie. Es war angenehm warm. Wenn ich nicht genau gewusst hätte, dass ich wach war, hätte ich schwören können zu träumen.

Aus den Augenwinkeln heraus sah ich etwas blinken. Ich drehte den Kopf zur Seite und sah die kleine Pyramide, die immer noch an der Stelle auf dem Sand stand, wo Tommy sie am Abend hingesetzt hatte. Die Oberfläche des goldenen Stücks war so glatt, dass sich der Mond darin spiegelte. Wenn ich den Kopf ein wenig hin und her bewegte, blinkte es regelrecht auf wie ein Warnlämpchen. Ich dachte, toll, so eine Lampe müsste man zu Hause haben. Ich trieb das Spielchen noch eine Weile, bis mir langweilig wurde. Dann stand ich vorsichtig auf und suchte mir ein paar Datteln. Ich konnte jetzt schon ganz gut sehen, denn hinter der großen Pyramide wurde es bereits deutlich hell. Sollte ich die anderen wecken? Schließlich ging es doch um das erste Licht des Tages …

Als ich mich entschieden hatte, vorsichtig an Tommys Ärmel zu zupfen, um ihn zu wecken, durchzuckte mich ein Gedanke. Die Erkenntnis dessen, was mir da in den Kopf schoss, war so gewaltig, dass ich alle Rücksicht fahren ließ und Tommy auf die Schulter haute. Der fuhr hoch und schaute wie wild um sich.

»Wa… wa… was ist …?«, stotterte er und begriff erst überhaupt nicht, wo er war. »Was ist? Überfall? Schlangen? Erdbeben? Wasser?«

Trotz meiner unbändigen Aufregung musste ich lachen.

»Nein, nein! Mach dir keine Sorgen! Ich bin's, Joe!«

Und dann konnte ich es nicht mehr aushalten, und es brach aus mir heraus.

»Ich hab's! Ich hab's! Ich hab's!«

Von meinem Geschrei wachten auch die beiden Mädchen auf. Jever fing an zu bellen, und selbst Lazy wuchtete sich hoch.

»Was ist? *Was hast du?* Was denn? Nun sag schon!«, tönte es durcheinander.

Ich deutete auf die kleine goldene Figur, die wie verloren im Sand steckte. »Da!«, sagte ich stolz. »*Das* ist das erste Licht des Tages!«

»Hm?«, machte Sanne und rieb sich verschlafen die Augen. »Was für'n Licht? Das ist doch nur ein Stück Gold.«

In Tommys Kopf arbeitete es wie verrückt, aber Janine war schneller wach als die anderen.

»Gold glänzt und blinkt, meinst du das?«

Ich nickte heftig. »Genau das meine ich! Ich bin schon eine Weile wach, und vorhin war der Mond viel heller. Als ich den Kopf drehte, blitzte er mir direkt von der Pyramide ins Auge. Wie eine Lampe!«

»Jahaa!«, schrie Tommy und ballte die Faust. »Ich hab's!«

»Nein, ich!«, rief ich lachend.

»Was habt ihr denn nun, verflixt noch mal?«, fragte Sanne entgeistert.

»Na, wir setzen das erste Licht des Tages auf die Wohnstatt des Re! Mensch, ich hab gestern völlig um die Ecke gedacht, dabei ist das so einfach!«

Tommy strahlte, hob die Pyramide auf und hielt sie hoch.

»Eine kleine Pyramide steckt in jeder Spitze einer großen Pyramide, stimmt's, Joe?«

»Stimmt!«, sagte ich und hielt meinen Zeigefinger knapp unterhalb der Spitze des goldenen Stücks. »Seht ihr? Das letzte kleine Stück ist wieder wie eine Pyramide geformt. Ich hab ja nichts mehr zum Wetten dabei, aber ich setze trotzdem eine Tüte Chips, dass diese kleine goldene Pyramide auf die Spitze der großen da hinter uns gehört.«

»Und das Licht?«, Sanne war immer noch nicht ganz wach.

»Wer bringt das erste Licht des Tages?«, fragte Tommy und lächelte verschmitzt.

»Die Sonne!«, rief Sanne und rollte mit den Augen. »Die Sonne! Na klar!«

»Natürlich ist es die Sonne«, sagte Tommy triumphierend. »Und nicht diese kleine Pyramide hier. Das Gold fängt die ersten Strahlen der Sonne ein und wirft sie weit über das Land. Die Spitze der Pyramide ist weit und breit der höchste Punkt. Hier muss einfach das erste Licht des Tages drauffallen!«

Begeistert schauten wir uns an. Allerdings hielten wir uns nicht lange damit auf, uns zu freuen. Der Streifen Licht am Horizont wurde rasch heller, und wenn es hier so schnell hell wie dunkel wurde, mussten wir uns beeilen.

»Kommt!«, drängte Tommy. »Wir müssen ein ganz schönes Stück klettern, bis wir da oben sind!«

Viel zusammenzusuchen hatten wir ja nicht mehr. Jeder von uns musste aber noch unbedingt mal hinter die Büsche. Dann wuschen wir uns noch schnell im Teich. Schließlich nahm ich den jetzt recht leichten Rucksack und Tommy die goldene Pyramide, und los ging's. Schon nach wenigen Minuten standen wir am Fuß des hoch in den aschfahlen Himmel aufragenden uralten Bauwerks. Da kam ein Problem auf uns zu.

»Die Hunde kommen da nie allein rauf!«, murmelte Janine.

»Du hast recht«, erwiderte ich. »Sie werden unten bleiben müssen.«

»Was ist, Joe?«, fragte Tommy. »Wollen wir alleine hoch, und die beiden warten hier? Wir müssen ja nicht alle raufklettern.«

Ich blickte die Mädchen an und sah Erleichterung in ihren Gesichtern.

»Wir bleiben hier und passen auf Jever und Lazy auf«, sagte Sanne. »Jetzt macht schon!«

Ich nickte Tommy zu. »Mit der Pyramide kannst du auch nicht so gut klettern. Am besten du gehst immer eine Stufe vor, ich reich dir die Pyramide, dann komm ich nach, und dann wieder von vorn.«

»Gute Idee«, meinte Tommy. »Du strotzt ja heute vor guten Ideen! Und jetzt komm, sonst schaffen wir's nicht mehr!«

Tommy erklomm die erste Stufe. Ich ließ den jetzt hinderlichen Rucksack in den Sand fallen, reichte ihm das Goldstück und kletterte hinterher. Das würde eine ganz schöne Plackerei werden.

Schon nach den ersten zehn Stufen schnauften wir wie Lokomotiven und hatten knallrote Köpfe. Das Goldstück wurde langsam, aber sicher zu einem Goldklotz.

Als wir etwa die Hälfte geschafft hatten, warf ich einen Blick nach unten in die Ebene und konnte gar nicht glauben, wie hoch wir schon waren. Und im Osten glühte der Horizont jetzt bereits dunkelrot!

»Beeil dich!«, rief Tommy außer Atem. »Wir haben höchstens noch zehn Minuten!«

»Ich kann nicht mehr!«, keuchte ich.

»*Du musst!* Denk an Janines Mutter!«

Das setzte neue Kräfte in mir frei, und mit eisernem Willen erklommen wir Stufe für Stufe. Meine Arme brannten wie Feuer. Ich mochte gar nicht daran denken, was passieren würde, wenn alles umsonst gewesen sein sollte.

»Es geht nicht mehr!«, stöhnte ich. »Ich kann meine Arme kaum noch heben!«

Ich schaute Tommy verzweifelt an, aber sein Blick trieb mich weiter. Wir hatten noch drei Stufen vor uns, aber der Horizont brannte bereits in einer Kaskade aus Licht, die sich von unten her ausbreitete. Jeden Augenblick musste der Rand der Sonne emporsteigen!

Noch zwei Stufen … dann noch eine. Ich konnte meine Arme nicht mehr fühlen, meine Finger wollten nicht mehr zugreifen. Tommy stand auf der letzten Stufe, die hier an der Spitze der Pyramide nur noch ganz schmal war, und hielt mir die Hände entgegen.

»Gib her!«, schrie er. *»Die Sonne kommt! Nun mach schon!«*

Mit aller Kraft wollte ich die Pyramide heben, aber es ging nicht. Die Arme blieben auf halber Höhe und fingen an zu zittern wie Espenlaub. Tränen traten mir in die Augen. Ich wusste, es war zu spät. Dann brüllte Tommy mich an.

»Denk an Janines Mutter! Du musst nur noch einmal, dann hast du's geschafft! Jetzt mach endlich! Heb sie nicht, stemm sie!«

Ich wusste nicht, was er meinte, aber ich ließ das schwere Ding wieder runter, packte es fest mit beiden Händen, ging in die Knie und wuchtete es dann mit einem Schrei nach oben wie ein Gewichtheber.

»Daaahhh …!«

Tommy griff zu, und für eine grauenvolle Sekunde sah es so aus, als verlöre er das Gleichgewicht. Doch dann hatte er sich gefangen. Schwer atmend fasste er die Pyramide noch einmal sicher, und der letzte Schritt blieb allein ihm vorbehalten. Er stand genau unterhalb der Spitze der Pyramide.

Der letzte Stein war nicht besonders hoch und abgeflacht. Es war ein kleiner Abschlussstein, und die Spitze fehlte. Ich wusste, da musste die goldene Pyramide drauf!

»Die Sonne!«, kam ein Schrei von weither. Janine!

Mein Kopf fuhr zur Seite. Ich hatte keine Zeit, Angst oder Schwindel vor der gewaltigen Höhe zu empfinden, denn ich sah ein helles Goldgelb am Horizont tanzen. Die Sonne ging auf!

»Tommy!«, schrie ich. Und er reagierte. Mit eisernem Willen hievte er das Goldstück auf den Abschlussstein und rückte es zurecht. Im selben Moment, als die Kanten des Goldes mit denen des Sandsteins verschmolzen und die beiden Pyramiden zu einer einzigen wurden, brach der erste Strahl der Sonne hervor. Er traf auf das Gold und schoss als Reflexion zurück in den Himmel. Es blitzte und funkelte so, dass ich geblendet die Augen schloss.

»Geschafft!«, schrie ich, und von unten ertönte lautes Jubelgeschrei.

Gebannt sahen wir zu, wie die Sonne immer höher kletterte und ein Feuerwerk aus Strahlen abschoss. Tommy und ich blickten uns glücklich an. Wir hatten es geschafft. Das erste Licht des Tages saß auf der Wohnstatt des Re.

*

Ein paar Minuten standen wir dort oben an der Spitze der Pyramide, keuchten wie wild und versuchten wieder zu

Atem zu kommen. Ich dachte mit Bangen daran, ob wir mit dem Aufsetzen der Spitze etwas ausgelöst haben könnten und hier dann völlig hilflos wären. Aber es blieb alles ruhig.

Nachdem wir einigermaßen verschnauft hatten und die Arme wieder bewegen konnten, machten wir uns an den Abstieg. Sanne und Janine wirkten von hier oben winzig, und ihre Rufe waren kaum zu verstehen. Ich konnte sehen, wie Jever immer wieder versuchte, auf die erste Stufe zu hopsen, bis Sanne ihn zurückhielt. Runter ließ sich die Pyramide viel leichter bewältigen als nach oben, und es dauerte nicht lange, bis wir unten waren. Ich ließ mich auf die erste Stufe plumpsen und die Beine baumeln.

»Na, war das knapp?«, fragte ich und tippte Lazy, der vorwurfsvoll zu mir aufschaute, mit dem Fuß auf den Kopf.

»Ich bin fast gestorben, als du beinahe runtergefallen wärst!«, sagte Janine zu Tommy. Und dann machten es mir die Mädchen nach, erklommen die Stufe und setzten sich neben mich. Auch Tommy ließ sich bei uns nieder, und wir redeten wild durcheinander.

»Das Ding ist wieder repariert«, meinte Tommy schließlich fröhlich. »Jetzt brauchen wir nur auf den nächsten Hinweis zu warten.«

»Und wie sieht der aus?«, fragte Janine.

»Ein neuer Baum? Ein See? Ein Labyrinth? Keine Ahnung! Wir müssen halt die Augen offenhalten. Jedenfalls sind wir allen Hinweisen der Mondscheibe gefolgt.«

»Und dem auf der Pyramide«, ergänzte Sanne.

»Richtig. Dem auch.«

Janine patschte mit der flachen Hand auf den Sandstein. »Weißt du noch mehr über Pyramiden? Vielleicht ist diese hier ja selber ein Hinweis.«

Tommy lehnte sich zurück, stützte sich mit den Ellenbogen ab und schaute mit in den Nacken gelegtem Kopf zur Spitze hoch.

»Ich habe keine Ahnung, ob das hier eine bestimmte Pyramide ist. Ich weiß nur das, was ich euch über die Cheops-Pyramide erzählt habe. Aber die steht nicht alleine in der Gegend rum, sondern ist eine von dreien, die in Gizeh gebaut wurden.«

»Das war die mit der Kammer des Wissens?«, fragte ich.

»Genau. Aber sonst habe ich nur etwas über die Götter gelesen. War wohl ein Fehler.« Er richtete sich wieder auf und schaute über das weite Land. »Ich weiß nur noch, dass die erste Pyramide überhaupt von einem Pharao namens Djoser errichtet wurde. Darüber kam mal ein langer Bericht im Fernsehen. Die Djoser-Pyramide steht bei der antiken Stadt Sakkara. Da gräbt man heute noch 'ne Menge Kram aus. Und irgendwo ist sogar mal einer mit dem Esel in die Erde eingebrochen.«

»Echt?«, fragte Sanne. »Warum das denn?«

»Das war ein Bauer auf dem Weg nach Hause. Der ritt auf seinem Esel, und plötzlich brachen beide in ein riesiges Loch in der Erde ein und landeten auf einem Haufen von Leichen.«

»Igitt!«, rief Sanne.

»Eigentlich waren es Mumien. Fast viertausend Mumien! Der Bauer war in einen uralten Friedhof gefallen, den man später nach und nach freigelegt hat.«

»Warum muss man denn einen Friedhof freilegen?«, fragte Janine. »Das ist doch eklig!«

»Das war das erste Mal, dass man normale Leute als Mumien begraben fand und nicht Pharaonen. Eben so Leute wie dich und mich«, sagte Tommy grinsend.

»Ich will keine Mumie sein«, meinte Janine angeekelt, und auch wir anderen verzogen das Gesicht. Nein danke, auch ich wollte keine Mumie sein. Nie im Leben!

Auf einmal fühlte ich ein merkwürdiges Summen unter mir. Die Steine vibrierten ganz leicht, und das setzte sich in meinem ganzen Körper fort.

»Was ist das?«, fragte Sanne erschrocken.

»Die Pyramide zittert!«, rief Tommy. »*Runter!*«

Mit einem Satz landeten wir im Sand. Zuerst dachte ich, dass wir schon wieder ein Erdbeben erlebten, aber der Boden unter uns blieb ruhig. Bereit, sofort loszurennen, blieben wir in vermeintlich sicherer Entfernung zur Pyramide stehen. Jetzt konnte auch ich ein Geräusch hören. Ein Knirschen. Mir sträubten sich die Nackenhaare. Was um alles in der Welt geschah jetzt schon wieder? Jever und Lazy kläfften um die Wette.

»Da!«, schrie Janine. »Die Stufe bewegt sich!«

Das schreckliche Knirschen verstärkte sich noch und drang

uns durch Mark und Bein. Und dann wurde es zur Gewissheit. In der Mitte der Pyramide schob sich zuerst ein Teil der ersten, dann der zweiten und schließlich der dritten Stufe zurück! Wie Schubladen, die von hinten eingezogen wurden!

»*Eine Tür!*«, flüsterte Sanne und drückte meinen Arm.

»Da habt ihr euren Hinweis!«, sagte Tommy heiser.

Ich hätte mir wahrlich einen anderen Hinweis gewünscht. Mir wurde die Kehle trocken bei dem Gedanken, dass wir wieder durch einen dunklen Eingang in einen unheimlichen Raum eindringen sollten. Und dann sogar in eine Pyramide! Lieber noch einmal unter einen Baum voll Schlangen!

Das schabende Geräusch aneinander reibenden Sandsteins tat weh in den Ohren wie über die Tafel rutschende Kreide. Schweigend sahen wir zu, wie die großen Blöcke ins Innere der Pyramide gezogen wurden. Dann herrschte Stille. An der Flanke des Bauwerks war ein etwa drei Meter hoher und vielleicht vier Meter breiter Eingang entstanden. Dunkel und unheimlich gähnte uns dieses Loch entgegen. Ich befreite mich von Sannes Arm.

»*Da* sollen wir rein?«, fragte ich mit einer mir seltsam fremd klingenden Stimme. Ich hätte wetten können, dass jetzt Tommy die Initiative ergreifen würde, aber ich sollte mich irren.

»*Ich* gehe rein!«, sagte Janine und presste ihre Lippen zusammen. »Bestimmt ist die Maske da drin!«

»Hey«, sagte Tommy leise. »Wir sind vier. Schon vergessen?«

Janine lächelte glücklich. »Nein. Das werde ich nie vergessen. Ist mir auch viel lieber, wenn ihr mitkommt!«

»Na denn.« Tommy nickte uns aufmunternd zu. »Hoffentlich gibt's da drin Licht. Jever, komm mal her!«

Der Kleine hörte wie immer sofort auf sein Herrchen und blickte ihn mit schief gelegtem Kopf an. Tommy hob ihn hoch und redete auf ihn ein.

»Du gehst jetzt schön vor und suchst. Verstehst du? *Such!«*

Dann ging er mit seinem Hund auf dem Arm zur Pyramide und stellte ihn genau vor dem Eingang auf seine Pfoten. Zappelnd entwand sich Jever seinem Herrchen. Ehe wir uns versahen, hopste er mit seinem unnachahmlichen Kläffen geradewegs in das dunkle Loch hinein. Wir gesellten uns zu Tommy und versuchten in den Einlass zu spähen. Erstaunt bemerkte ich, dass ich recht weit hineinschauen konnte. Fackeln waren jedoch nicht zu sehen. Das Innere schimmerte im gelben Ton des Sandsteins, was einen hohen Raum erkennen ließ. Jever kläffte eine Weile, und an dem an- und abschwellenden Bellen erkannte ich, dass er hin und her rannte. Dann auf einmal verstummte er. Voller Schreck starrten wir uns an. Doch Gott sei Dank, zwei Sekunden später sprang der Kleine quietschfidel wieder hervor, blieb vor uns stehen und wedelte mit seinem Stummelschwänzchen.

»Und?«, fragte Tommy in die Runde.

»Was Jever kann, können wir auch!«, riefen wir fast gleichzeitig. Tommy nickte. Mein Herz klopfte bis zum Hals. Aber ich wusste, dass Warten die Qual nur verlängern würde.

»Kommt. Wir müssen rein. So oder so.«

Gerade als wir den ersten Schritt getan hatten, fiel mir etwas auf.

»Hey, seht doch mal! Da! Auf dem Boden!«

Genau dort, wo sich die erste der drei zurückgewichenen Stufen befunden haben musste, waren Hieroglyphen in den Boden eingelassen. Und sie waren wirklich *eingelassen*, denn diese Hieroglyphen waren nicht gemalt, sondern aus feinem grünem Material in den Sandstein eingelegt. Wir gingen in die Hocke, um sie uns genauer anzusehen.

»Hm«, machte Janine und strich mit den Fingern über die Zeichen. »Das sieht aus wie Jade. Da sind ja gleich drei Schlangen!«

»Ja!«, rief ich aufgeregt. »Die stehen doch für das A! Aber die anderen? Tommy, was ist? Kennst du die?«

Tommy schüttelte stumm den Kopf. Wir sahen ihm an, dass er angestrengt nachdachte. Drei As? Was konnte das heißen?

»Vielleicht ein Namensschild?«, sagte Sanne wie nebenbei. »Wie bei uns an der Türklingel.«

»Klasse, Sanne!«, rief Tommy. »Das habe ich auch gerade gedacht. Aber die Namen der Pharaonen, die ich so kenne, sind das alle nicht. Ramses, Tut-Ench-Amun, Djoser. Passt keiner.«

»Vielleicht war das mal 'ne Kneipe!«, bemerkte ich. »Und das heißt so viel wie *Zum goldenen Hirschen!*«

Tommy lachte schallend. Dann brach er schlagartig ab und starrte mich an.

»Mensch, Joe! Deine Eingebungen heute sind genial! Das ist nicht der Name des Herrschers oder Pharaos, sondern der Stadt, über die er herrschte! Das heißt *Sakkara*! Wetten?«

»*Drei A* …«, murmelte ich. »Es sind sieben Zeichen, und die Schlangen stehen an der richtigen Stelle. Du könntest recht haben.«

»Hab ich bestimmt!«, sagte Tommy und richtete sich auf. »Das ist die Pyramide von Sakkara. Die erste, die jemals gebaut wurde. Nur …«

»Was nur …?«, drängte Sanne.

»Nur dass sie heute, ich meine in unserer eigenen Welt, nicht so gut erhalten ist. Die ist völlig zerbröselt.«

»Also sind wir wirklich in der Vergangenheit?«, fragte Janine. Wir erhoben uns wieder aus der Hocke.

»Die hier sieht aus wie gerade gebaut. Aber in der Vergangenheit? Wenn wir in der Vergangenheit wären, dann wären hier doch auch all die Leute, die damals gelebt haben. Aber seht ihr hier jemanden?«

Natürlich sahen wir niemanden, aber der Gedanke daran, dass die Vergangenheit auf einmal tatsächlich real werden und plötzlich auch Menschen auftauchen könnten, der machte mir schon Angst.

»Tommy …« Janine wurde unruhig.

»Okay. Lasst uns weiter reingehen.«

Vorsichtig tasteten wir uns in die Pyramide hinein. Nachdem wir uns an das Dämmerlicht gewöhnt hatten, sahen wir, dass sich der große Eingangsbereich schnell verjüngte und nach etwa zehn Metern in einen richtigen Gang mündete. Das fahle Licht, das direkt aus den Wänden zu dringen schien, reichte aus, um sich orientieren zu können. Schon erwartete uns die nächste Überraschung.

»Wächter!«, schrie Sanne, und mir wurde eiskalt. Sofort realisierte ich, was sie gemeint hatte. Rechts und links neben dem Eingang des Ganges, der weiter in das Innere führte, befanden sich Figuren an den Wänden.

»Die sind nur gemalt!«, beruhigte ich sie. Neugierig traten wir näher und betrachteten die Abbildungen. Die Figuren waren in Lebensgröße dargestellt. Eine trug eine riesenhafte Kopfbedeckung, und die andere war mit einem Hundekopf dargestellt. Beide hielten ein Zepter in der einen Hand und in der anderen etwas, das ich zu kennen glaubte.

»Ein Anch!«, rief ich aus.

»Hm«, machte Tommy. »Das Lebenszeichen. Damit steht fest, dass es Götter sind, die hier wachen. Aber keine Angst, Sanne …«, Tommy hatte gesehen, wie Sanne bei dem Wort *wachen* bleich wurde, »… das sind friedliche Götter.«

»Weißt du, wer das ist?«, fragte Janine.

»Ja, das ist nicht schwer. Der hier ist unser altbekannter Amun. Er galt ganz früher auch als Schöpfungsgott. Und der da mit dem Hundekopf ist Anubis, der Gott der Toten.«

»Der Toten?«, fragten wir beinahe gleichzeitig entsetzt.

»Ja, der Toten«, sagte Tommy. »Aber keine Sorge, das müsst ihr als Symbol sehen. Schöpfung und Tod gehören nun mal zusammen. Ohne Tod kein Neubeginn. So sahen das schon die alten Ägypter. Und die Pyramiden waren nun einmal Grabmäler.«

»Dann … dann …« Ich wollte es nicht aussprechen, aber Tommy wusste sowieso, was ich sagen wollte.

»Dann ist das hier ein Grabmal.« Er nickte mit ernstem Gesicht.

»Aber … aber … ich will nicht in ein Grab!«, sagte Sanne mit zitternder Stimme.

»Du bist schon drinnen«, meinte Tommy grinsend. »Aber wenn hier jemand liegen sollte, dann ist es ein Pharao in einem riesigen Steinsarkophag. Hab keine Angst, Sarkophage sind so schwer und groß, die würden wir sowieso nicht aufkriegen.«

»*Niemals, niemals, niemals* würde ich einen Sarg aufmachen!«, rief Sanne und sah mich Hilfe suchend an. Ich zuckte mit den Schultern.

»Meinst du ich?«

»Was ist denn nun?«, fragte Janine und presste die Lippen aufeinander. »Gehen wir jetzt rein oder nicht?«

»Natürlich gehen wir rein. Ist doch der einzige Weg, oder? Willst du vorgehen?«

»Ja«, sagte Janine ohne zu zögern. »Es ist schließlich für meine Mutter.«

Der Gang war so schmal, dass wir ihn nur nacheinander betreten konnten. Jever hopste voraus, und das nahm uns ein wenig von der Beklemmung. Ich sah zu, dass Lazy an meiner Seite blieb, und betrat als Letzter den ebenfalls fahlgelb beleuchteten Durchlass. Der Gang führte ziemlich steil nach unten. Ich musste mein Gewicht bei jedem Schritt auf die Fersen verlagern. Es war so eng, dass ich nicht an Sanne vorbeiblicken konnte. Es vergingen nur wenige Sekunden, doch die Zeit schien sich ins Unendliche zu dehnen. Meine Nerven waren bis zum Äußersten angespannt. Dann ertönte von vorne ein Schrei, und ich prallte auf Sanne, die abrupt stehen geblieben war.

»Janine!« Jetzt schrie auch Sanne, und in ihrer Stimme lag Todesangst.

»Ist … ist … ist schon gut«, kam es von Tommy. Dass auch seine Stimme zitterte, machte mir noch mehr Angst.

»*Was* ist schon gut?«, fragte ich, und die Angst, in diesem engen Gang zerquetscht oder angegriffen zu werden, schnürte mir die Luft ab. Verzweifelt bemühte ich mich, an den anderen vorbeizusehen.

»Da ist ein Raum!«, sagte Tommy jetzt mit viel festerer Stimme. »Und da ist was drin.«

»Was denn? Was ist da drin?«

Aber es kam keine Antwort. Wir gingen langsam weiter. Dann war der Gang zu Ende und mündete in einen großen kahlen Raum. Und ich erkannte noch etwas. Mir gefror das Blut in den Adern. Genau in der Mitte des Raumes befand sich ein riesiger Tisch, und auf ihm lag …

»Eine Mumie …!«, flüsterte Sanne vor mir. Im ersten Moment dachte ich, mir knicken die Beine weg. Ich wollte rennen, den Gang zurück und nur raus. Aber was taten Janine

und Tommy da? Ich konnte es nicht fassen. Janine setzte vorsichtig einen Fuß in den Raum, dann ging sie wie in Zeitlupe ein Stück nach rechts hinein, und Tommy folgte ihr auf dem Fuß. Ich starrte mit brennenden Augen auf die Mumie. Sie lag auf dem Rücken, beide Arme an der Seite des Körpers ausgestreckt, die Füße in Richtung des Ganges. Ich stellte mir in diesem Augenblick vor, sie könnte aufstehen, als Zombie mit wackligen Schritten und tiefem Knurren auf mich zulaufen und dann …

»Kommt schon«, sagte Tommy leise und machte eine vorsichtige Geste zu Sanne und mir. »Das müsst ihr sehen!«

Ich war mir ganz und gar nicht sicher, ob ich das wirklich sehen musste, aber was blieb mir anderes übrig? So behutsam und so langsam wie noch nie in meinem Leben tastete ich mich in den Raum hinein und blieb dicht neben dem Eingang stehen. Die Atmosphäre hier drinnen war einfach unheimlich. Lange Zeit konnten wir nichts anderes tun, als die Mumie anzustarren. Selbst Jever blieb ruhig und setzte sich neben Tommy. Lazy spürte ich neben meinen Beinen. Den Anblick der in unzählige Lagen sandfarbenen Stoffs eingewickelten Mumie würde ich niemals in meinem Leben vergessen können. Ich hatte mal eine Mumie im Museum gesehen, die wie ein Kokon von Kopf bis Fuß eingewickelt gewesen war. Aber bei dieser hier waren die ausgestreckten Arme und Beine vorhanden. Auch die waren mit dem Stoff umwickelt, aber weil es so menschlich wirkte, war es umso gruseliger. Von da aus, wo wir standen, konnten wir den Kopf nicht sehen. Aber da war noch etwas anderes, was ich sehen konnte.

»Die Hände …«, flüsterte Janine. »Seht doch, die Hände!«

Ich schluckte. Die Hände waren nicht bandagiert und ruhten frei auf dem Tisch. Es waren ganz normale Hände! Keine Knochen oder von Tausenden von Jahren verschrumpelte Haut! Meine Nackenhaare richteten sich auf.

»T… Tommy«, stotterte ich, »wie kann das sein?«

»Ich weiß auch nicht«, sagte er leise. »Vielleicht haben sie eine besondere Methode gehabt, den Toten einzubalsamieren.«

Er löste seinen Blick von der Mumie und schaute in unsere angsterfüllten Gesichter.

»Man hat damals Baumharze und Bienenwachs genommen, damit die Körper nicht zerfallen. Da fällt mir ein, dass Wachs auf Ägyptisch *Mum* heißt. Daher kommt das Wort Mumie!«

»Aber wieso sind die Finger nicht eingewickelt?«, flüsterte Sanne.

Diesmal war auch Tommy mit seinem Latein am Ende. »Ich weiß auch nicht. Seht ihr die Tür da drüben?«

Die Mumie hatte uns so gefangen gehalten, dass wir dem Raum gar keine Beachtung mehr geschenkt hatten. Wir rissen uns vom Anblick des eingewickelten Körpers los und sahen uns um. Die Wände dieser großen Kammer waren kahl bis auf eine Stelle direkt uns gegenüber. Genau hinter dem Kopf der Mumie war eine Tür auf die Wand gemalt und mit etlichen Schriftzeichen verziert. Sie erschien so real wie ein zweiter Ausgang.

»So eine Tür hat man in die Totenkammern gemalt, damit die Seele des Toten hinauskonnte«, sagte Tommy.

Wir guckten ihn an wie einen Geist. Wir standen in einer Kammer mit einer Mumie, hatten unsagbare Angst, und er sprach wie ein Führer im Museum! So einen wie Tommy gab es bestimmt nicht noch einmal! Ich schüttelte den Kopf. Und dann nahm unsere Begegnung mit der Mumie eine Wendung, an die ich heute noch mit Grauen denke.

Tommy löste sich von der Wand und ging langsam hinüber, um sich die Wandmalerei genauer anzusehen. Notgedrungen musste er um den Tisch mit der Mumie herumgehen. Wir sahen, wie er einen Blick auf den Kopf der Gestalt warf und im selben Moment erstarrte. Wieder schoss mir das Adrenalin durch den Körper. Was hatte er?

»Die Maske!«, flüsterte er. *»Die Maske!«*

Sanne und ich begriffen nicht gleich, aber Janine schaltete sofort und stellte sich vorsichtig neben Tommy. Ich konnte sie nur bewundern. Dann verharrte sie regungslos vor dem Oberkörper der Mumie, und ihre Augen wurden immer größer. Jetzt konnte auch ich es nicht mehr länger aushalten. Ich nahm Sanne an der Hand, und wir beide sahen als Letzte, was die anderen so überwältigt hatte.

Der Kopf der Mumie war nicht bandagiert! Genau wie die Hände lag er frei auf dem Tisch. Der Anblick versetzte mir einen Schock. Die Maske! Eine goldene Maske lag über dem

Gesicht des unbekannten Toten! Sie war aus einem Stück gefertigt, und die Gesichtszüge ihres Trägers schienen auf sie übertragen zu sein. Nase, Mund und Wangenknochen waren fein herausgearbeitet. Ich fühlte, wie es in meinem Bauch rumorte. *Was befand sich unter der Maske?*

»*Das* ist die Maske?«, fragte Janine ehrfurchtsvoll. »Wir können doch einem Toten nicht die Maske abnehmen!«

»Das ist die Maske«, wiederholte Tommy ruhig. »Ich fürchte, wenn wir deiner Mutter helfen wollen, dann müssen wir sie abnehmen.«

»Oh nein!«, flüsterte Sanne. Ich bekam kein Wort heraus.

»Schaut mal hier!« Tommy war näher an den Tisch herangetreten und deutete auf dessen Oberfläche. Der gewaltige Tisch bestand aus fein marmoriertem Material. Ich war mir nicht sicher, aber es konnte Alabaster sein. Es war etwas auf seiner Oberfläche eingeritzt! Als ich erkannte, worum es sich handelte, war ich vollkommen baff. Ich konnte lesen, was dort geschrieben stand!

»Dies ist der Raum ohne Zeit ...«, las Janine leise. *»... für den, der wacht über das Böse ...«*, fuhr Sanne leise fort.

»Damit ist klar, dass wir am Ziel sind«, sagte Tommy ernst.

»Wie meinst du das?« Meine Gedanken überschlugen sich so sehr, dass ich gar nicht mehr vernünftig denken konnte.

»Weil wir die Schrift lesen können. Sie ist für uns bestimmt. Genau wie die Maske. Du musst sie an dich nehmen, Janine!«

Was jetzt in Janine vorging, konnte ich mir weiß Gott vorstellen. Ihre Angst kämpfte mit dem Mut, ihrer Mutter unter allen Umständen helfen zu wollen. Und irgendwie ging es uns allen so. Auch ich wollte Janines Mutter helfen. Aber diese Maske vom Gesicht eines Toten abnehmen …? Ich war heilfroh, dass ich das nicht tun musste. Tommy berührte Janine am Arm.

»Du kannst ja die Augen zumachen. Wenn der Kopf unter der Maske zu schlimm aussieht, sage ich dir, dass du weggucken sollst.«

Janine nickte entschlossen.

»Bitte halt mich dabei fest! Wenn … wenn er sich bewegt …«

»Der wird sich bestimmt nicht bewegen. Niemals! Denk an all die Rätsel, die uns das Haus aufgegeben hat, um diese Maske zu bekommen! Die Mächte haben sie dir verliehen, damit du deiner Mutter helfen kannst. Du leihst dir die Maske ja auch nur aus. Wir müssen sie sofort danach wieder zurückbringen, okay?«

Das gab den Ausschlag für Janine. Die Maske würde ihrer Mutter helfen. Nur das zählte jetzt noch für unsere Freundin. Mit fest zusammengekniffenen Augen hielt sie ihre Hände über den Kopf der Mumie.

»Hilfst du mir?«, fragte sie mit bebender Stimme.

»Ich führe dich«, sagte Tommy leise.

Tommy trat neben Janine und legte seine Hände auf ihre Arme. Er drückte sie behutsam nach unten, bis Janines Finger die goldene Maske berührten. Sie zuckte kurz zurück, doch dann ließ sie ihre Hände auf dem goldenen Antlitz ruhen. Vorsichtig fühlte sie nach dem Rand der Maske, und ich sah, wie sie zusammenzuckte, als sie mit den Fingerkuppen die Haut der Mumie berührte. Doch jetzt gab es kein Zurück mehr. Vorsichtig nahm sie die Maske mit beiden Händen und löste sie behutsam vom Gesicht.

Die Spannung in der Kammer stieg ins Unermessliche. Millimeter für Millimeter hob Janine ihre Hände mit der Maske vom Kopf des Toten. Wir hielten alle die Luft an. Und dann erblickten wir das Unfassbare.

»Der Pharao ... !«, flüsterte Tommy.

Ich hatte die ganze Zeit die Vision eines grässlich entstellten und verzerrten mumifizierten Gesichts gehabt. Aber jetzt gab es keine Worte für das, was wir erblickten. Janine hielt die Maske immer noch mit geschlossenen Augen in die Höhe. Als sie Tommys Worte hörte, machte auch sie die Augen wieder auf. Wir alle erlebten die Überraschung unseres Lebens.

»Das ... das ...« Mehr bekam Sanne nicht heraus. Die Maske hatte das Gesicht eines jungen Mannes bedeckt. Es war völlig unbegreiflich, aber hier lag keine Mumie, sondern ein Mensch, der unmöglich schon Ewigkeiten tot sein konnte. Stumm vor Erstaunen und Ehrfurcht blickten wir in die Gesichtszüge eines Herrschers. Es musste einfach ein Herrscher gewesen sein. Sein Gesicht drückte Kraft und Entschlossenheit und auch eine gewisse Weisheit aus. Dort lag der Körper eines Mannes, der seit vielen tausend Jahren tot sein musste und der dennoch wirkte, als hätte er sich nur mal eben hingelegt.

Janine drückte die Maske an ihre Brust. »Der sieht ja richtig gut aus!«

Tommy nickte mit ernstem Gesicht.

»*Dies ist der Raum ohne Zeit* … Er ist nicht gealtert. Er ist einfach so geblieben, wie er ausgesehen hat, als er gestorben ist.«

»Wahnsinn!«, entfuhr es mir. Wir standen um den Tisch herum und konnten dieses Wunder nicht fassen.

Plötzlich überschlugen sich die Ereignisse. Während wir noch dastanden und ich nicht begreifen konnte, was dies hier alles wirklich bedeutete, bellte Jever auf einmal kurz auf. Im nächsten Moment gab es einen markerschütternden Knall, und ein Beben durchlief die Kammer! Zu Tode erschrocken fuhren wir herum. Der Gang hatte sich verschlossen! Ein massiver Steinblock hatte sich von der Decke gelöst und die Kammer mit der Mumie und uns darin hermetisch verschlossen!

»*Tommy!*«, schrie Janine, und Sanne klammerte sich an mich. Angsterfüllt sprang ich vor und klopfte mit den Händen gegen das Gestein. Doch es gab nicht das kleinste Anzeichen eines Griffs oder eines Mechanismus, mit dem wir die Tür wieder aufbekommen hätten. Wir waren gefangen! Tommy schrie auf!

»*Janine!*«, brüllte er, und das Entsetzen in seiner Stimme ließ mich herumwirbeln.

»Sein Gesicht! Sein Gesicht ...!«

Tommys zitternde Hand deutete auf das Gesicht der Mumie. Als ich sah, was er meinte, wurde mir auf der Stelle schlecht. Das eben noch junge Gesicht des toten Pharaos verwandelte sich in eine alptraumhafte Fratze. Wie im Zeitraffer bildeten sich Falten, der Mund riss auf und bleckte grauenhaft die Zähne, die Haut bekam Risse, und das ganze Gesicht fiel in sich zusammen! Noch nie hatte ich solch ein Entsetzen verspürt wie jetzt. Wir standen da wie gelähmt. Was hatten wir nur angerichtet? Ein Gedanke raste mir durch den Kopf. Niemals hätte Janine die Maske nehmen dürfen! Wir hatten einen Bann gebrochen! Was, wenn auch wir blitzschnell alterten? Zu keiner Handlung fähig, wartete ich darauf, jeden Moment zu Staub zu zerfallen.

»Der Ring!«, schrie Tommy. *»Der Ring! Setz den Ring der Artemis an seine Stelle! Janine! Mach schon! Schnell!«*

Janine hatte einen Schock. Mit weit aufgerissenen Augen verfolgte sie den Zerfall des Gesichts. Sie nahm Tommy überhaupt nicht wahr. Ich konnte hinterher nicht mehr sagen warum, aber ich löste mich aus meiner Erstarrung, sprang mit einem Satz auf sie zu und schlug ihr mit aller Kraft auf die Schulter. Das brachte sie zur Besinnung.

»Dein Ring!«, brüllte jetzt auch ich. *»Du hast doch den Ring der Artemis! Setz ihn an die Stelle der Maske! Jetzt mach doch endlich!«*

Ich riss ihr die Maske weg, damit sie die Hände frei hatte. Nicht einen Blick wollte ich auf die Mumie werfen, die jetzt wirklich so aussehen musste, wie ich sie mir immer vorgestellt hatte. Dann endlich kam Bewegung in Janine. Hastig drehte sie den Ring der Artemis von ihrem Finger und hielt ihn zitternd von sich.

»Wo soll er denn hin?«, fragte sie voller Verzweiflung. »Ich kann ihn doch nicht auf das Gesicht legen!«

»Steck ihn an die Hand!«, schrie Tommy. *»Jetzt! Nun mach doch schon! Das Gesicht zerfällt!«*

Janine schaltete alle Gedanken an das Grauen aus. Auch die Hände des Pharaos waren dem Zerfall preisgegeben. Doch sie überwand ihren Ekel, nahm die rechte Hand der Mumie und steckte den Ring der Artemis an den Ringfinger des Herrschers aus der Vergangenheit. Dann ließ sie die Hand los und sprang mit einem Satz vom Tisch zurück.

Gebannt starrten wir auf das Schauspiel, das sich uns bot. Was würde jetzt geschehen? War unser Schicksal besiegelt, oder hatten wir die Prophezeiung der Mondscheibe noch rechtzeitig erfüllt? Der Puls hämmerte in meinen Schläfen. Alles, was ich wahrnahm, war das heftige Atmen meiner Freunde und das Knurren unserer Hunde. Dann geschah das Wunder.

»*Da!*«, rief Janine. Der Ring glühte auf einmal feuerrot, und eine leuchtende Aura umgab ihn. Lichtfinger griffen auf die Hand des Pharaos über, und ein rötlicher Schein umhüllte die gesamte Mumie. Ich umklammerte die goldene Maske in meinen Händen so fest, dass ihre Kanten schmerzhaft einschnitten. Jetzt wusste ich, dass Janine den Ring nicht zu spät aufgesteckt hatte. Die runzlige Haut an den Händen begann sich zu glätten. Rasend schnell regenerierte sich die vergilbte Haut. Jetzt traute ich mich auch wieder, in das Gesicht des Herrschers zu sehen, und fühlte unbändige Erleichterung. Es war wieder das glatte und unversehrte Gesicht eines jungen Mannes!

»Wir haben es geschafft!«, jubelte Janine. *»Geschafft! Geschafft!«*

Es war vorbei. Die Aura um die Mumie erlosch, und der Ring der Artemis an der Hand des Pharaos sandte nur noch ein schwaches, aber stetiges Glimmen aus.

»Jetzt ist es wohl ganz sicher, dass wir die Maske mitnehmen dürfen«, sagte ich und reichte sie Janine. Voller Ehrfurcht betrachteten wir das Gesicht des Herrschers. Ich kam mir wieder unendlich klein vor angesichts der Mächte, die in diesem Raum herrschten. Aber wir mussten uns dem nächsten Problem stellen.

»Und wie kommen wir jetzt hier raus?«, fragte Sanne.

»Vielleicht sollten wir mal schauen, was in dieser Nische da ist!«, meinte Tommy, deutete hinter uns und weidete sich an unseren verblüfften Gesichtern. Wir drehten uns um. Genau an der Stelle, wo der heruntergefallene Türklotz den Raum versiegelt hatte, befand sich jetzt eine Nische! Mir fiel sofort die Nische ein, die wir damals in der Kammer des Wissens entdeckt hatten. Diese hier war ganz genauso. Voller Neugier schauten wir hinein. Und dort lag …

»Das Buch der Gaben!«, rief Sanne. Es war tatsächlich

das Buch der Gaben! Aber die Nische enthielt noch mehr.

»Meine Holografie!«, entfuhr es mir. Die kleine, dunkelblau schimmernde Kugel lag neben dem Buch. Aber da war noch etwas. Ein kleines, unscheinbares Glas, das aussah wie eine Eieruhr. Unwillkürlich blickten wir alle Tommy an. Aber der schüttelte den Kopf.

»Diesmal geht es um Janine. Janine, nimm du das Buch!«

Janine überließ mir die Maske, holte tief Luft und griff in die Nische. Doch das Buch ließ sich nicht anheben. Verwirrt blickte sie uns über ihre Schulter hinweg an.

»Es ist nicht für mich.«

Wir konnten uns noch gut daran erinnern, dass es beim ersten Mal nur Tommy vergönnt war, das Buch der Gaben zu lösen. War es diesmal genauso? Tommys Gesicht drückte Zweifel aus. Trotzdem schob er sich an uns vorbei und probierte sein Glück. Doch es gelang auch ihm nicht, das Buch zu bewegen.

Wir glaubten zwar nicht daran, aber auch Sanne und ich unternahmen einen Versuch. Nichts. Das Buch rührte sich nicht.

»Tja«, machte Tommy, »sieht so aus, als sollte es hierbleiben. Schlag es doch mal auf, Janine. Vielleicht steht etwas drin.«

Janine versuchte, den Buchdeckel aufzuklappen, was ihr ohne Probleme gelang. Gebannt schauten wir ihr über die Schulter, um die geheimnisvollen Worte, die sich uns offenbarten, mitzulesen.

Janine hatte die Worte leise vorgetragen, und wir brauchten eine Weile, um sie zu verarbeiten.

»Lies noch mal vor«, sagte ich. »Wir müssen es auswendig lernen, wenn wir das Buch nicht mitnehmen können.«

»Richtig!«, bestätigte Tommy. Janine wiederholte die geheimnisvolle Botschaft und betonte dabei jede Silbe. Jetzt war ich mir sicher, dass sich die Worte für immer in mein Gedächtnis eingebrannt hatten. Wir sahen uns an, und Sanne sprach das aus, was jeder von uns in diesem Moment dachte.

»Zeitsand? Zeitkörner? Was soll denn das sein? Etwa die Eieruhr da?«

»Das muss es sein«, sagte Tommy beinahe ehrfürchtig. »Ich glaube, wir sollten damit höllisch vorsichtig sein.«

»Warum?«, fragte Sanne.

»Ich weiß nicht. Nur so ein Gefühl. Lasst uns später darüber reden. Ich will hier so schnell wie möglich raus. Alles andere können wir zu Hause klären.«

Da gaben wir ihm recht. Ich brauchte nur an die Mumie hinter uns denken, und schon wollte ich nichts wie raus aus diesem Raum!

»Janine …?«

»Ich soll …?«

»Versuch's!«

Vorsichtig umfasste sie das kleine Glas mit dem unscheinbaren Inhalt mit Daumen und Zeigefinger und hob es an.

»Es geht«, rief sie aufgeregt.

»Pass bloß auf!«, murmelte ich.

»Keine Sorge!« Behutsam, um nicht an die Wände der Nische zu stoßen, zog Janine ihre Hand zurück. Dann hielt sie mir das Glas hin.

»Ich glaube, es ist besser, du packst es in deinen Rucksack. Ich hab Angst, es zu zerbrechen. Vielleicht können wir es irgendwie einwickeln.«

»Hm«, machte ich, gab die Maske, die ich immer noch festhielt, an Tommy weiter, nahm den Rucksack, den ich die ganze Zeit über gar nicht mehr gespürt hatte, von den Schultern und öffnete den Verschluss. Dann holte ich das Handtuch heraus, das ich in dieser Welt nicht ein einziges Mal benutzt hatte, und wickelte das Glas vorsichtig darin ein. Danach verstaute ich die wertvolle Fracht zwischen meiner

Jeans und dem Wechsel-T-Shirt in der Mitte des Rucksacks.

»So müsste es gehen«, meinte ich zufrieden und setzte mir das Ding vorsichtig wieder auf den Rücken. »Wenn ich nicht wieder durch ein Loch falle und auf dem Rücken lande!«

»Du musst auch noch die Holografie nehmen!«, erinnerte Sanne. »Es ist deine!«

Ich hatte mich nicht getraut, einfach zuzugreifen, weil ich daran denken musste, wie ich beim letzten Mal Unsinn mit ihr angestellt hatte. Aber da die anderen mir aufmunternd zunickten, griff ich nach ihr. Sie ließ sich genauso leicht hochnehmen wie damals, und wie beim ersten Mal schlug ich mit dem Handrücken schmerzhaft gegen die Oberseite der Nische.

»Au!«

»Irgendwann lernst du das noch!« Tommy grinste und übergab Janine wieder die Maske.

Bewundernd betrachtete ich das schimmernde Dunkelblau der Holografie, die aussah wie eine tennisballgroße Kugel. Und schwer war sie auch. Ich wog sie in der Hand.

»Jetzt bringst du uns hier raus!« Sanne strahlte mich an. »Wie das letzte Mal!«

Zweifelnd hielt ich die Kugel in der Hand. Ich muss zugeben, ich glaubte nicht daran, dass es so einfach gehen würde. Ich musste wohl ein ziemlich ungläubiges Gesicht gemacht haben, denn Janine sah mich flehend an.

»Bitte, Joe! Beeil dich! Ich weiß doch nicht, wie es meiner

Mutter jetzt geht. Und wie spät es draußen ist … und … und wie man die Maske anwendet … und wo wir rauskommen!«

Das gab den Ausschlag. Wie viel Zeit mochte vergangen sein, seit wir mitsamt der Tafel im Keller des Hauses ins Bodenlose gefallen waren? War das tatsächlich erst gestern gewesen? Mir kam es vor, als hätte ich mindestens eine Woche in dieser Welt verbracht! Ich warf einen Blick auf die Mumie und holte tief Luft.

»Also gut. Ich probier's!«

Entschlossen warf ich die Kugel in die Luft und rief viel lauter, als ich wollte: *»Ich will hier raus!«*

Im gleichen Moment verwandelte sich der kleine Ball. Wenn ich es nicht schon einmal erlebt hätte, hätte ich meinen Augen nicht getraut. So jedoch schauten wir alle gebannt zu, wie das dunkle Blau der Kugel plötzlich aufglühte und sie ihre Farbe veränderte. Im Bruchteil einer Sekunde schillerte sie in einem hellen, durchsichtigen Grün. Mitten in der Luft blieb sie hängen, und plötzlich fing sie an zu rotieren! Dann nahm sie Fahrt auf, sank auf Augenhöhe herab und begann, die Wände des Grabmals abzufliegen. Obwohl wir das Phänomen kannten, sahen wir mit offenem Mund zu, wie sie dicht an den Wänden blieb, als suchte sie eine bestimmte Stelle. Dann erreichte sie die an der Stirnseite des Raumes auf die Wand gemalte Tür und verharrte.

Jever fing an zu bellen und sprang in die Luft, um sich den Ball zu schnappen. Aber Tommy griff sich seinen Liebling und nahm ihn auf den Arm.

»Nein, diesmal nicht, mein Kleiner. Lass sie schön in Ruhe!«

Noch während Tommy dies sagte, kam wieder Bewegung in die Kugel. Sie rotierte jetzt rasend schnell. Dann, einen Wimpernschlag später, fiel sie zu Boden und rollte direkt auf die imaginäre Tür zu und … durch sie hindurch!

Tommy stieß hörbar die Luft aus.

»Joe, der Spezialist für Holografien! Herr Seefeld, Sie wissen, was Sie jetzt zu tun haben?«

Oh nein. Ich wusste sofort, was er meinte. Ich war derjenige, der immer zuerst durch Wände gehen musste! Nur, weil ich die magische Holografie zuerst ausprobiert hatte. Aber so ganz stimmte das ja auch nicht. Schließlich war sie mir ja von den unbekannten Herrschern *verliehen* worden. Und jetzt war ich der Dumme, der durch eine auf die massive Sandsteinwand einer Pyramide gemalte Tür hinausgehen sollte!

»Aber …«, sagte ich hilflos, »ich weiß doch gar nicht, wo ich rauskomme!«

»Wusstest du nie!«, sagte Tommy trocken. »Nimm einfach an, dass du zu Hause rauskommst.«

Schön gesagt. *Nimm einfach an …*

»Ich kann mich noch daran erinnern, was ich dir das letzte Mal gesagt habe«, fuhr er unbeirrt fort.

»Und das war?«, seufzte ich.

»Es ist der einzige Weg. Und *du* hast den Schlüssel!«

Ich gab auf. Tommy hatte gewonnen. Ich sah Janines Blick und wusste, ich hatte keine Wahl.

»Danke für den Hinweis«, sagte ich matt. »Nimmt jemand Lazy?«

Janine hielt immer noch die goldene Maske an sich gepresst, Tommy hatte schon Jever auf dem Arm, also nahm Sanne unseren kleinen Faulpelz. Dann verständigten wir uns wortlos mit Blicken. Als ich wusste, dass sie sofort hinter mir herkommen würden, holte ich so tief Luft, wie ich nur konnte, drehte mich zur Wand um und streckte die rechte Hand vorsichtig aus.

Meine Finger glitten einfach durch den Fels hindurch. Ich konnte es nicht verhindern, aber eine Gänsehaut lief über meinen Rücken, und es kribbelte in jeder Nervenfaser.

»Na also!«, rief Tommy von hinten, »geh einfach weiter!«

Ich schloss die Augen. Im Bruchteil einer Sekunde schossen Bilder von all den überstandenen Gefahren vorüber. Ich dachte an die Ängste, die ich bewältigt hatte, an den Sturz aus dem Labyrinth, an meine Panik im Tempel der Artemis und das Erlebnis mit den Schlangen, an die Mumie hinter mir und zuletzt dachte ich an Janine und ihre Mutter. Dann machte ich einen Schritt vorwärts und verschwand.

PANIK

Die Kälte traf mich wie ein Schock. Ich riss die Augen auf. Nichts als Dunkelheit umgab mich. Ein Schauer durchlief meinen Körper. Es fehlte nicht viel, und ich hätte aufgeschrien. Plötzlich berührte mich etwas am Arm, und mir wurde noch kälter.

»Ich bin's«, kam die leise Stimme von Tommy. »Geh mal ein Stück beiseite, bevor die anderen uns auf die Hacken treten.«

Ich tat einen Schritt nach rechts, aber wirklich nur einen einzigen und sehr vorsichtigen, weil ich absolut nichts sehen konnte. Gleich darauf hörte ich die gedämpfte Stimme meiner Schwester.

»Mein Gott, ist das kalt! Wo seid ihr?«

»Hier!«, rief ich lauter, als ich wollte. Dann musste auch Janine durch die Wand gegangen sein, denn sie nieste in ihrer unnachahmlichen Weise.

»Pssst!«, kam es von Tommy. »Du weckst noch die Nachbarn auf!«

»Welche Nachbarn?«

»Wir sind wieder zu Hause! Fasst mal hinter euch, das ist die Wand unseres Hauses! Aber passt auf die Brombeeren auf!«

Ich tastete nach hinten und spürte die raue Oberfläche einer verputzten Wand.

»Gott sei Dank!«, entfuhr es mir. Ich fühlte mich unendlich erleichtert. »Deswegen ist es auch so kalt. Schließlich haben wir Oktober.«

»Ich kann die Ecke sehen«, flüsterte Sanne. »Da rechts!«

Langsam gewöhnten sich unsere Augen an die Dunkelheit. Während mir eine Gänsehaut nach der anderen den Körper hinunterjagte, erkannte auch ich die Silhouette des geheimnisvollen Hauses.

»Es ist wieder da!«, murmelte Janine. »Gestern war hier nur Schutt.«

Ich konnte hören, wie sie vor Kälte zitterte.

»Ja«, kam es von Tommy. »Seid bloß froh, dass wir nicht schon wieder ein neues Rätsel lösen müssen. Ich glaube, wir sind auf der Rückseite des Hauses. Lasst uns rüber zur Straße gehen, da sind Laternen, und wir haben mehr Licht. Mann, ist das kalt!«

Ich hörte, wie Sanne Lazy zu Boden ließ, und gleich darauf drängelte sich mein kleiner Freund zwischen meine Beine. Gerade als ich erkunden wollte, wo man sich relativ gefahrlos durch die Büsche tasten konnte, ergriff Janine meinen Arm.

»Schau mal hoch!«

Ich hielt den Kopf in den Nacken gebeugt, und mein Blick tastete forschend den Nachthimmel ab. Ich sah hier und da einen Stern funkeln und wusste nicht, was Janine meinte. Ungeduldig nahm sie meinen Kopf in ihre Hände und verdrehte mir den Hals.

»Au! Was soll …?« Da entdeckte ich es. Ich spürte, wie Tommy und Sanne dicht neben uns traten. Hoch über uns stand die schmale Sichel des Mondes. Fast hätte ich sie übersehen, so dünn war sie. Der Rest des im Erdschatten liegenden Mondkörpers war deutlich zu sehen, sodass die fahl leuchtende Sichel wie ein seitlich aufgesetztes Käppi wirkte.

»Schön«, meinte ich und befreite mich aus Janines Händen. »Aber mir ist kalt. Jetzt lasst uns doch endlich nach Hause gehen.«

»Josef«, kam die ruhige Stimme von Tommy. Ich wusste sofort, dass irgendetwas nicht stimmte. Noch bevor er weitersprach, kam mir siedend heiß die Erkenntnis, und ich riss den Kopf wieder in Richtung Himmel.

»Das ist ganz und gar nicht schön. Du als Spezialist für Mondphasen solltest eigentlich wissen, dass die schöne Sichel da oben der letzte Rest des abnehmenden Mondes ist. Und das ist …«

»Mist!«, rief ich und malte wieder und wieder in Gedanken das kleine A der Schreibschrift für abnehmenden Mond an den Himmel. Es blieb dabei. Der Mond nahm ab. Ich hörte, wie jemand aufstampfte.

»Warum kriegen wir denn immer so wenig Zeit?«, schluchzte Janine. »Wir müssen sofort zu meiner Mutter, sonst ist der Mond weg!«

Mit einem Mal spürte ich, wie Lazy sich eng an meine Beine drängte. Ein tiefes Knurren drang so heftig aus seiner Kehle, dass sein ganzer Körper vibrierte und ich das bis in meine Waden merkte. Unwillkürlich versteifte ich mich.

»Was hast du?«, flüsterte ich und tastete nach seinem Kopf,

um ihn zu beruhigen. Im selben Moment begann Jever wild loszukläffen.

»Ruhig!«, rief Tommy energisch, und Jever verstummte auf der Stelle. Ich hielt Lazy am Halsband fest und kraulte ihn beruhigend mit zwei Fingern. Irgendetwas musste die Hunde erschreckt haben. Aber was?

Ganz in der Nähe knackte ein Zweig, dann raschelte es. Mit angehaltenem Atem lauschten wir in die Dunkelheit. Noch einmal knackte es. Dann vernahmen wir ein Grunzen.

»Wildschweine …«, flüsterte Sanne neben mir mit ängstlicher Stimme. »Du hast doch gesagt, hier kommen öfter Wildschweine rein! Was machen wir denn jetzt?«

»Keine Sorge«, flüsterte ich zurück, war mir aber gar nicht so sicher, ob ich das so meinte. Unwillkürlich dachte ich an die schrecklich großen Hauer dieser Viecher. »Jetzt im Herbst sind die Jungen schon groß. Die tun uns nichts.«

Dann geschah alles blitzschnell. Ein Lichtstrahl blendete mich. Ich kniff die Augen zusammen und registrierte, wie Janine aufschrie.

»Ruhe!«, ertönte eine tiefe, unsympathische Männerstimme. »Und haltet schön eure Hunde zurück!«

»Polizei!«, fuhr es mir durch den Kopf. Mir rutschte das Herz in die Hose. Man hatte uns erwischt! Was würde das für einen Ärger geben, wenn uns die Polizei zu Hause abliefern würde!

»Na, was haben wir denn da?« Eine zweite, nicht weniger unsympathische Stimme. Der Strahl der Taschenlampe wich von meinem Gesicht, und ich öffnete die Augen einen Spalt breit. Ein zweiter Lichtstrahl zuckte durch die Nacht und leuchtete in die Gesichter meiner Freunde. In den beiden hin und her blitzenden scharfen Lichtkegeln sah ich, Jever wie angewurzelt dastehen. Sein Stummelschwänzchen ragte starr in die Höhe, und seine Nackenhaare sträubten sich. Janine hielt die goldene Maske dicht an sich gepresst und versuchte so wenig wie möglich von ihr durchschimmern zu lassen. Sannes Augen waren weit aufgerissen, und die Angst war ihr ins Gesicht geschrieben. Tommy bückte sich und packte Jever am Halsband. Ich selbst klemmte Lazy zwischen meine Beine, denn sein Knurren verstärkte sich wieder. Was um Gottes willen sollten wir jetzt tun? Ich bemühte mich verzweifelt, die Gesichter der beiden Männer zu erkennen, aber das war unmöglich. Durch das Licht der Taschenlampen erschien alles, was im Dunkeln lag, noch finsterer.

»Sieh mal einer an. Eine Horde Kinder mitten in der Nacht! Das glaub ich ja wohl nicht! Schleichen sich in fremde Häuser und klauen goldene Teller! Was werden wohl eure Eltern dazu sagen?«

»Wir sind keine Diebe«, sagte Tommy mit fester Stimme. »Und außerdem kommt man in das Haus hier gar nicht rein!«

»Ach ja? Dann willst du mir erzählen, ihr trefft euch hier nachts um zwei und macht Hausaufgaben? Pass auf, was du sagst, mein Junge!«

Ich konnte sehen, wie der Mann ein paar Schritte auf Tommy zu machte. Jever zuckte nach vorn und begann zu kläffen, aber Tommy hielt ihn zurück und beruhigte seinen Hund.

»Bleib ruhig, Jever, die tun uns nichts!«

»Da wär ich mir ganz und gar nicht so sicher«, sagte der Kerl, dessen Umrisse ich jetzt etwas deutlicher sehen konnte, weil der Schein der Lampe des zweiten Mannes ihn von der Seite anleuchtete. Blitzartig erkannte ich, dass dieser Mann ganz bestimmt kein Polizist war. Er trug Jeans und einen dicken schwarzen Rollkragenpullover. Als ich sah, was er in der Hand hielt, blieb mir das Herz stehen.

»Siehst du das hier?« Für einen Sekundenbruchteil ließ der Mann den Strahl der Taschenlampe auf den Gegenstand fallen, den er in seiner anderen Hand hielt. Sanne klammerte sich an mich.

»Joe! Er hat eine Pistole!«, rief Sanne. »Das ist kein Polizist!«

»Ganz recht!«, zischte der Kerl. »Ein Polizist bin ich bestimmt nicht! Genauso wenig wie ihr zu Hause im Bett liegt und brave Kinder seid!« Er stand jetzt ganz dicht vor Tommy. »Halt schön deinen Hund zurück. Du willst doch bestimmt noch ein paar Jahre mit ihm Gassi gehen, oder?«

Tommys Lippen verengten sich zu einem schmalen Strich, und ich sah, wie es in ihm arbeitete. Dann machte er es mir nach und klemmte sich Jever zwischen die Beine.

»Gut so.« Zufrieden trat der Kerl einen Schritt zurück, ließ die Pistole sinken und winkte seinem Kumpan mit der Taschenlampe.

»Ihr braucht euch nicht in die Hosen zu machen. Wir werden euch schon nichts tun. Ich würde aber doch zu gern wissen, was ihr hier um diese Zeit so treibt.« Er winkte noch einmal energisch mit seiner Lampe. »Komm her und durchsuch die Gören!«

Der andere Mann postierte sich vor Sanne. Ich fühlte, wie meine Schwester zitterte.

»Keine Angst! Wir sind keine Unmenschen. Leer einfach nur deine Taschen aus, und zwar ganz, damit ich sehen kann, was drin ist. Ihr anderen könnt es ihr gleich nachmachen, dann sind wir schneller fertig. Und wenn ich sage *Taschen*, dann meine ich *alle* Taschen! Und versucht ja nicht, mich reinzulegen!«

Mir wurde siedend heiß. Mein Rucksack! Den Rucksack würden sie bestimmt durchwühlen. Da war der Zeitsand drin! Möglichst unauffällig streifte ich den Rucksack von der Schulter und ließ ihn seitlich hinter mich auf den Boden gleiten. Mit dem Fuß versuchte ich, ihn etwas weiter nach hinten zu schieben. Dann stülpte ich meine Hosentaschen um und ließ die Zipfel heraushängen. In meinen Ersatzhosen hatte ich sowieso nichts außer ein paar alten Papiertaschentüchern. Bei den anderen war auch nicht mehr zu holen. Der Anführer der beiden Männer zog geräuschvoll die Nase hoch. Er schien sichtlich enttäuscht zu sein.

»Hm«, grummelte er. »Kein Handy? Ich hab keine Lust, dass uns ein paar dumme Nachwuchseinbrecher bei den Bullen verpfeifen.«

»Das tun die nicht«, meinte der andere. »Die sind ja selber eingebrochen.«

»Sind wir nicht!«, rief Janine aufgebracht.

»So, seid ihr nicht? Was hältst du dann so fest umklammert? Zeig doch mal her!«

Die Lichter beider Taschenlampen waren jetzt auf Janine gerichtet. Ich sah ihre Verzweiflung. Obwohl ihre Augen vor Tränen schimmerten, blitzten sie doch vor Wut, als sie dem Anführer der beiden antwortete.

»Das kriegen Sie nicht! Das ist für meine Mutter! Und außerdem gehört es uns auch nicht, und wir müssen es heute noch zurückbringen!«

»So, so«, raunzte der andere. »Es gehört euch nicht, ist aber für deine Mutter. Komm uns nicht mit so einer dummen Ausrede! Was euch nicht gehört, werdet ihr ja wohl kaum eurer Mutter schenken! Jetzt gib das Ding her, oder ich werde es mir holen!«

Ich hatte mich noch nie so hilflos gefühlt wie jetzt. Und noch nie so wütend. Wenn wir die Maske hergeben mussten, konnten wir Janines Mutter nicht helfen. Aber wenn wir sie nicht herausrückten, würden diese beiden Gangster Janine vielleicht etwas antun. Und das durfte nicht geschehen. Wenn der doch bloß keine Pistole gehabt hätte! Dann hätten sie vielleicht doch ein bisschen Angst vor unseren Hunden gehabt. Ich wusste nicht mehr weiter. Janine schaute angsterfüllt von einem zum anderen.

»Gib ihm die Maske«, sagte Tommy in dem Moment ruhig.

»Sie wird ihnen nur Unglück bringen, wenn sie sie stehlen.«

»Aber meine Mutter …«, schluchzte Janine.

»Ich weiß«, sagte Tommy. Man konnte ihm ansehen, dass auch er vor unbändiger Wut zitterte. »Vielleicht können wir ihr noch anders helfen.«

»Wie denn?« Jetzt schrie Janine beinahe.

»Das weiß ich nicht. Aber wir haben doch immer eine Lösung gefunden. Du musst sie ihm geben. Er hat eine Pistole. Wenn er dir wehtut, wird es für deine Mutter nur noch schlimmer.«

»Sehr interessant, eure Diskussion«, sagte der Boss der Kerle bissig. »Aber jetzt Schluss damit! Gib das Ding her! Und du gibst meinem Freund deinen Rucksack. Und zwar ein bisschen dalli!«

Ich zögerte keine Sekunde. Obwohl ich vor Wut kochte, hob ich den Rucksack auf und reichte ihn hinüber. Ich schickte im Stillen ein Gebet zum Himmel, dass sie das Glas mit dem Zeitsand nicht kaputt machen oder stehlen würden. Janine stand da und weinte. Ich sah ihr an, dass es unmöglich für sie war, die Maske herzugeben, die ihre Mutter heilen konnte und für die wir so viel getan hatten. Die Situation wurde immer gefährlicher. Doch genau in dem Moment, als der Wortführer der beiden Männer die Waffe hob und einen Schritt auf Janine zumachte, ging Tommy dazwischen und hielt die Hand auf.

»Gib sie mir, Janine. Ich verspreche dir, dass wir es auch so schaffen. Aber du *musst* mir jetzt die Maske geben. *Bitte!*«

Mit tränenverschleierten Augen sah Janine erst Sanne und dann mich an. Doch wir beide nickten nur resigniert. Mit einem herzzerreißenden Seufzer gab unsere Freundin schließlich auf und reichte Tommy das goldene Antlitz des Pharaos.

»Hier«, sagte Tommy tonlos. »Nehmen Sie sie schon. Sie wird Ihnen Unglück bringen.«

»Jetzt werd mal nicht frech, Junge!« Ich wusste, die Stimme dieses Mannes würde ich mein Leben lang nicht vergessen. Die Maske konnte er jedoch nicht nehmen, da er in der einen Hand die Lampe und in der anderen die Pistole trug.

»Nimm du sie«, befahl er seinem Kumpel. »Schau mal, ob sie was wert ist.«

Der andere setzte meinen Rucksack ab, klemmte sich seine Lampe zwischen die Zähne und nahm Tommy die Maske aus den Händen. Überrascht wegen ihres Gewichts packte er fester zu. Ein undeutliches Grummeln begleitete die Aktion. Ich wusste schon jetzt, dass die Männer niemals glauben würden, dass die Maske nichts wert war, denn Gold erkennt jedes Kind. Der Gauner wollte etwas sagen, aber mit der Lampe zwischen den Zähnen ging das nicht. Er lehnte die Maske vorsichtig gegen sein Schienbein, nahm die Lampe aus dem Mund, steckte sie in den Hosenbund, sodass jetzt sein Gesicht unheimlich angeleuchtet wurde, und nahm das goldene Stück wieder in beide Hände.

»Mein lieber Johnny!«, entfuhr es ihm. »Das ist ein richtig schweres Ding! Und eines sag ich dir, die ist aus purem Gold!

So ein Geschenk könnte *ich* mir für meine Mutter nicht leisten! Dafür kriegen wir bestimmt zehntausend!«

»Also doch!«, grunzte der andere. »Klauen Gold aus fremder Leute Häuser und wollen uns dann noch veräppeln!«

»Wir haben die Maske geschenkt bekommen!«, rief Sanne wütend. »*Sie* klauen sie doch jetzt! *Sie* sind doch die Diebe!«

Ich zuckte zusammen. Das hätte Sanne lieber nicht sagen sollen. Aber die beiden Männer waren so beschäftigt mit der Maske, dass sie Sanne gar nicht richtig zuhörten. Der zweite Mann drehte das goldene Stück im Schein der in seinem Gürtel steckenden Lampe hin und her und war vollkommen verzückt von dem Anblick. Auch der Anführer ließ die Augen nicht von der Maske. In diesem Moment dachte ich, *merk dir die Gesichter*, und wollte vorsichtig einen Schritt nähertreten, um in dem zuckenden Licht die Männer besser sehen zu können. Aber Lazy wand sich zwischen meinen Beinen so ungeduldig, dass ich stehen bleiben musste. Ganz leise grummelte sein Knurren immer noch durch die Nacht.

Doch die beiden Männer waren in ihrer Gier nach dem Gold unvorsichtig geworden. Ich konnte auch so ihre Gesichter erkennen. Der Mann, der den Chef spielte, war unrasiert und hatte die spitzeste Nase, die ich je gesehen hatte. Das Licht blieb nicht lange genug auf seinem Gesicht, doch dass er schlaff herabhängende, eklig labberig aussehende Tränensäcke hatte, erkannte ich dennoch. Der andere Mann war ein einziger Streuselkuchen. Pickel über Pickel bedeckten sein Gesicht. Zum ersten Mal war ich heilfroh, dass ich selber nur zwei oder drei hatte. Der Typ war so pickelig, dass ich sonst gar nichts Markantes in seinem Gesicht finden konnte.

Das Pickelgesicht drehte die Maske um und fuhr mit den Fingern die Konturen des Gesichts des Pharaos nach. Der wusste garantiert nicht, was ein Pharao war.

»Komisch«, murmelte er. »Wer braucht denn so eine Maske? Die ist bestimmt antik und eine Menge Geld wert.« Dann wandte er sich an seinen Boss. »Da ist ein richtiges Gesicht reingehauen von so einem jungen Schönling.«

Der andere lachte. »Na, dann ist sie ja wie für dich geschaffen! Setz sie doch mal auf! Kannst ja nur besser aussehen!«

Der Angesprochene machte ein finsteres Gesicht, wollte aber seinem Boss nicht widersprechen. Also spielte er notgedrungen mit und hielt sich die Maske vors Gesicht. Im gleichen Moment erhellte eine Aura aus rotem Licht den Kopf des Mannes. Überrascht zischte sein Kumpan durch die Zähne.

»Hey, du glühst ja!«

Der andere nahm die Maske wieder runter.

»Was ist?«

Sein Boss und auch wir starrten ihn an wie einen Geist. Die Verwandlung war vollkommen. Dieses abstoßende, mit eitrigen und roten Pickeln übersäte Gesicht gab es nicht mehr. Dafür stand dort jetzt ein junger Mann mit einer solch reinen Haut, wie man sie sonst nur aus Werbefilmen kennt. Mit zusammengekniffenen Augen musterte der Anführer das Gesicht seines Kumpels. Dann steckte er seine Lampe in den Hosenbund und fuhr langsam mit der Hand über das Gesicht seines Kumpans. Der fuhr entrüstet zurück.

»Was soll das? Bist du schwul geworden?«

»Das glaubt man nicht«, murmelte der. »Das glaubt man nicht! Deine Pickel sind weg! Alle! Du müsstest einen Spiegel haben! Ich erkenn dich überhaupt nicht wieder! Das ... das war die Maske!«

Unsicher und ungläubig betastete der Angesprochene sein Gesicht. Schon nach der ersten Berührung wandelte sich seine Miene in totale Verblüffung.

»Wie ... wie ist das möglich?«, flüsterte er immer wieder. Die Maske in der einen, befühlte er mit der anderen Hand unentwegt jeden Quadratzentimeter seiner Haut. Ich wünschte ihm jeden einzelnen seiner Pickel zurück, und zwar an ganz andere Stellen. Ich blickte von Tommy zu Sanne und dann zu Janine. Sie dachten alle das Gleiche. Das Geheimnis unserer Maske war entdeckt! Jetzt wussten die Gangster, dass sie unschätzbar wertvoll war. Ich sah, wie Janine die Schultern hängen ließ. Doch ich war so verdammt hilflos.

»Keine Ahnung«, murmelte der Anführer. »Vielleicht ist es das Gold. Meine Mutter hat immer gesagt, dass man da, wo man Gold trägt, keine Arthritis bekommt. Aber von Pickeln hat sie nichts gesagt. Vielleicht ist das vollkommen reines Gold. Aber jetzt hör auf, an dir rumzufummeln! Lass uns von hier verschwinden. Aber erst …«, er wandte sich mir zu, und ich erstarrte, »… schauen wir doch mal nach, ob es im Rucksack des Jungen noch was gibt, das sie ihrer Mutter schenken wollen!«

Zur Untätigkeit verdammt, musste ich zusehen, wie der Kerl die Maske vorsichtig auf dem Boden ablegte und dann in meinem Rucksack herumwühlte. Er zog meine Sachen eine nach der anderen hervor. Meine Klamotten, die leeren Verpackungen der Kekse und Schokoriegel segelten nacheinander in den Sand.

»Nichts«, grunzte der Kerl und sah enttäuscht zu seinem Boss auf. Ich hielt die Luft an.

»Nichts?«, fragte der gedehnt. »Kann ich gar nicht glauben. »Wozu sollen die denn einen Rucksack mitgenommen haben? Schau noch mal genau nach!«

Das letzte bisschen Hoffnung, das ich eben noch gehabt hatte, schmolz dahin, als die Hand des Mannes wieder tief in meinen Rucksack fuhr und sein Gesicht sich im gleichen Augenblick aufhellte.

»Ich hab was!«, rief er. »Hier!«

Seine Hand kam hervor, und triumphierend hielt er seinem Boss das Glas mit Zeitsand vor die Nase. Ich fühlte mich hundeelend. Unsere allerletzte Chance war dahin. Ich konnte es nicht verhindern, aber auch mir schossen jetzt Tränen in die Augen.

»Was soll das? Das ist 'ne Eieruhr! Mit den Pickeln ist wohl auch dein Gehirn verschwunden! Wirf das weg! Wir sollten jetzt endlich verschwinden. Mehr ist bei den Gören wohl nicht zu holen.«

Ich konnte sehen, wie es im Gesicht des Jünglings arbeitete, aber Gott sei Dank war am Glas mit dem Zeitsand äußerlich nicht das Geringste wertvoll. Schließlich erhob sich der Kerl aus der Hocke. Er betrachtete das Glas noch einmal kurz und warf es dann zu meinem Entsetzen in hohem Bogen hinter sich. Ich konnte hören, wie es irgendwo aufprallte, und drückte meine Daumen mit aller Kraft, dass es nicht kaputtgegangen sein mochte.

»Okay, du hast recht. Nichts wie weg hier. Was machen wir mit den Gören?«

Mich packte ein unbändiges Verlangen, diesem Gangster an die Kehle zu springen, ans Schienbein zu treten oder Lazy auf seinen Allerwertesten zu hetzen. Sie durften einfach nicht mit unserer Maske verschwinden. Als mir diese Gedanken durch den Kopf schwirrten, kam mir plötzlich der Einfall, die beiden zu verfolgen. Der Gedanke war absurd. Ich wusste es. Und doch ließ er sich nicht mehr aus meinem Kopf vertreiben. Er nistete sich ein, wurde immer gewaltiger. Nicht eine Sekunde überlegte ich, wie das denn gehen sollte. Aber ich *musste* es einfach versuchen. Die Stimme des Anführers drang wie von Ferne zu mir.

»Was sollen wir schon mit ihnen machen? Die haben doch selbst geklaut. Die werden uns nicht verraten. Wenn ihre Eltern erfahren, was hier los war, wird's gewaltigen Stunk geben, nicht wahr?«

Er blickte von einem zum anderen. Er war sich seiner Sache ganz sicher. Das Dumme war, er hatte recht. Wenn auch nicht in dem Sinne, wie er sich das dachte.

»Ihr werdet euch jetzt bequem in den Sand setzen, eure Hunde festhalten und warten, bis wir verschwunden sind. Und dann könnt ihr machen, was ihr wollt.« Er lachte auf. »Aber nicht noch einmal einbrechen!«

Er wedelte mit seiner Lampe und machte uns klar, dass wir uns auf den Boden setzen sollten. Innerlich kochend gehorchten wir. Tommy und ich hielten unsere Hunde an den Halsbändern fest. Hilflos mussten wir zusehen, wie diese beiden Männer sich mit unserer Maske davonmachten. Einige Sekunden noch war das gespenstische Licht der beiden Taschenlampen zu sehen, als sich die Diebe des magischen Goldes durch die Büsche zur Straße schlugen. Ich hörte, wie Janine leise weinte.

Dann setzte mein Verstand aus. Ich sprang auf und drückte Sanne Lazy in die Arme.

»Ich geh hinterher!«, rief ich heiser vor Wut. »Wartet zu Hause auf mich. Der Schlüssel ist vorne in der kleinen Tasche am Rucksack!«

»Joe, nein!«, flehte Sanne. Ich wusste, dass alle versuchen würden, mich zurückzuhalten. Aber in meiner Wut ließ ich es darauf gar nicht erst ankommen. Ich stürzte davon.

»Vielleicht kann ich ihr Nummernschild lesen!«, rief ich zurück.

Zweige peitschten mir ins Gesicht, und Dornen zerkratzten mir Arme und Beine. Ich spürte die Kälte dieser Oktobernacht überhaupt nicht, so heiß war mir vor Wut auf diese Kerle, die uns das gestohlen hatten, was man uns, und nur uns, gewährt hatte. Ich wusste nicht, was ich mit der Autonummer anfangen sollte, wenn ich sie denn hätte. Ich wusste ja noch nicht einmal, ob die Kerle mit dem Auto bis in die Welfenallee gefahren waren. Ich überlegte einfach nicht. Aber wie hätte ich in dieser Situation auch überlegen sollen?

Halb blind kämpfte ich mich durch das Unterholz in die Richtung, in der ich die beiden Männer hatte verschwinden sehen. Dann verfing ich mich in einer besonders tückischen Wurzel und schlug der Länge nach hin. Gott sei Dank fiel ich in matschiges Herbstlaub und nicht auf irgendwelche Steine. Es war mir sowieso alles egal.

Für einige Sekunden gab ich dem Gefühl nach, aufzugeben und alles über mir zusammenbrechen zu lassen. Ich fühlte mich so enttäuscht und verdammt klein und hilflos. Warum konnte ich kein Polizist sein und die Gangster einfach verhaften? Ich gab auf. Es hatte doch alles keinen Sinn. Ich setzte mich auf und massierte meinen rechten Knöchel, den ich mir beim Sturz ein wenig verdreht hatte und der jetzt schmerzte. Da entdeckte ich aus den Augenwinkeln heraus etwas bläulich schimmern.

Während ich meinen Knöchel weiter rieb, verstärkte sich das Schimmern, wurde zu einem Leuchten, und fahle Lichtbündel zuckten durch das Gebüsch. Ich konnte nicht glauben, was sich vor mir abspielte, aber ich brauchte nicht lange, bis ich begriff, was es war. Das bläuliche Leuchten verwandelte sich schnell in ein helles Grün, und mit einem Mal begann sich der Lichtkreis zu drehen. Es war … *die Holografie!*

Vollkommen gebannt und von einem Glücksgefühl erfüllt saß ich im Dreck und starrte auf die Erscheinung, die mir so gut bekannt war. Noch nie hatte sie sich bewegt, ohne dass ich es gewollt hatte. Mit hoher Geschwindigkeit rotierte die grüne, jetzt beinahe durchsichtige Kugel und kam direkt auf mich zu.

Vorsichtig und fast etwas ehrfürchtig stand ich auf und wartete. Die Holografie schwebte in Brusthöhe heran und verharrte wenige Zentimeter vor mir. Langsam streckte ich meine Hand aus, und ihre rasende Drehung verlangsamte sich augenblicklich. Sie kam zur Ruhe, ihr Leuchten nahm ab, und dann senkte sie sich herab in meine Handfläche. Ihre kühle Oberfläche sandte eine Welle der Beruhigung durch meinen Körper, und beinahe sofort kehrte mein Mut zurück. Behutsam schloss ich die Finger um die magische Kugel, wobei noch ein schwaches Glimmen zu sehen war, und dann zögerte ich keine Sekunde. Es waren nur wenige Meter bis zur Straße, und die Lichter der Laternen wiesen mir jetzt den Weg. Ich fand einen Durchschlupf in der dicht gewachsenen Buchsbaumhecke und im nächsten Moment stand ich auf dem Bürgersteig.

Während ich hektisch nach rechts und links spähte, zitterte ich am ganzen Körper. Es war bestimmt nicht nur die Kälte, sondern Anspannung und Angst, die mich erfasst hatten. Jetzt bereute ich, dass ich Lazy nicht mitgenommen hatte. Nach rechts lag der Wald, dorthin würden sich die Gangster ganz bestimmt nicht gewandt haben. Ich warf nur einen flüchtigen Blick in die Richtung. Zu sehen war bei dieser Dunkelheit sowieso nichts. Ich starrte nach links. Nichts. Die Straße war leer. Ein leichter Nebel senkte sich über die Stadt. Das Licht der Laternen wurde eingehüllt von einem Schleier feinster Schwaden. Nässe glitzerte auf der Straße, und die gesamte Szenerie ließ mich noch mehr frösteln.

Ich war am Verzweifeln. Nicht die geringste Bewegung war zu erkennen. Alles wie ausgestorben. Als ich merkte, wie laut ich vor mich hin keuchte, zwang ich mich, ruhiger zu atmen. Verdammt, ich hatte sie verloren!

Auf einmal leuchteten die Rücklichter eines Lieferwagens auf, der etwa zwanzig Meter von mir entfernt parkte. Keine Sekunde später erwachte der Motor des Wagens hustend und spuckend, und der Auspuff sandte eine Wolke rußiger Abgase in die Nacht. Ich hatte keine Zeit zum Überlegen. Das *mussten* sie sein! Ich sprintete los. Ich dachte nicht darüber nach, was ich tat. Meine Beine setzten sich einfach in Bewegung. Als ich ungefähr noch fünf Meter von dem dunklen Lieferwagen entfernt war, setzte der das linke Blinklicht, um anzuzeigen, dass er losfahren wollte. Ohne zu überlegen, schrie ich *»Ich will da rein!«* und warf die Holografie in

Richtung Hecktür des Wagens. Die magische Kugel reagierte sofort. Mit wahnsinniger Geschwindigkeit rotierte sie um ihre eigene Achse, flog in Höhe der Verriegelung auf die Hecktür des Wagens zu und … durchdrang sie!

Ich verschwendete keine Zeit damit, an die Konsequenzen zu denken. Ich rannte, so schnell ich konnte, auf den Wagen zu. Während ich verzweifelt versuchte, die wenigen Meter zu überbrücken, schoss mir der Gedanke durch den Kopf, dass der Fahrer sicher in den Rückspiegel sehen und mich entdecken würde. Ich wollte anhalten, aber ich konnte es nicht. Meine Beine hatten sich selbstständig gemacht. Die Holografie war verschwunden, und dies war meine einzige Chance.

Der Wagen fuhr mit quietschenden Reifen an, als ich bis auf zwei Meter an ihn heran war. Es blieb mir nichts anderes übrig, als zu springen. Im Bruchteil einer Sekunde schoss mir durch den Kopf, dass ich gleich gegen die Wagentür knallen und aufs Pflaster zurückprallen würde. Komischerweise überlegte ich, ob Tommy wohl jetzt das Gleiche gemacht hätte und dass ich meine Freunde niemals mehr wiedersehen würde, wenn ich jetzt sprang. Aber ich sprang.

Ich durchdrang die Tür, als wäre sie aus Luft. Alle Muskeln meines Körpers waren angespannt, als mir klar wurde, dass ich auf der Ladefläche des Lieferwagens aufprallen würde. Doch ich hatte unglaubliches Glück. Ein Haufen Decken dämpfte den Aufprall, und der aufheulende Motor der alten Karre machte so viel Lärm, dass meine verzweifelten Versuche, Halt zu finden, in dem ganzen Krach untergingen.

Ich klammerte mich irgendwo fest und versuchte möglichst flach zu atmen. Mein Herz pochte bis zum Hals, und in dem Moment, als mir klar wurde, was ich getan hatte, fiel die ganze unbändige Wut, die mich zu dieser wahnwitzigen Unternehmung geführt hatte, von mir ab und wich einer fürchterlichen Angst. Was wäre, wenn die Gangster mich entdeckten? Der eine hatte eine Pistole! Würden sie mich erschießen? Oder irgendwo gefangen halten? Ich krallte meine Hände in eine der alten, muffigen Decken, und mir wurde hundeelend. Was zum Teufel hatte ich getan? Was wäre, wenn die Diebe stundenlang flüchteten? Vielleicht in eine Gegend weitab von zu Hause? Einen Moment lang überlegte ich, die Holografie zu suchen und wieder rauszuspringen. Aber das war viel zu gefährlich bei der Geschwindigkeit, die der Wagen jetzt draufhatte.

Es war stockfinster im Laderaum. Gott sei Dank gab es kein Fenster oder einen Durchlass zum Fahrer, sonst hätte man mich bestimmt bemerkt. Der Wagen schaukelte von einer Seite zur anderen, wenn es in eine Kurve ging, und ich hatte Mühe, nicht herumzukullern. Nach einer Weile beruhigten sich meine Nerven etwas, und ich kroch an eine Seitenwand, um mehr Halt zu finden. Als der Wagen das erste Mal bremste, blieb mir das Herz stehen, dachte ich doch, dass die Verbrecher jetzt aussteigen und den Laderaum öffnen würden. Aber sie hatten wohl nur an einer Ampel gehalten. In der nächsten Viertelstunde wiederholte sich das nun ständig. Wir mussten also noch in der Stadt sein. Zumindest vorübergehend fiel mir ein Stein vom Herzen.

Nach und nach gewöhnte ich mich etwas an die Situation. Mit weit aufgerissenen Augen versuchte ich, die Finsternis zu durchdringen. Tatsächlich schimmerte ein schwaches Licht aus der linken vorderen Ecke. Ein bläuliches Licht. Die Holografie!

Vorsichtig robbte ich in Richtung Führerhaus. Eine merkwürdige Sicherheit überkam mich, als ich die matt schimmernde Kugel erreichte und mit meiner rechten Hand umfasste. Auf einmal fühlte ich mich wieder stark. Dies war ein Geschenk aus einer fremden Welt. Es war nur für mich bestimmt, und irgendwie hatte ich das Gefühl, dass es auf mich aufpasste, so absurd der Gedanke auch sein mochte. Erleichtert lehnte ich mich an die Wand des Führerhauses, und im selben Moment vernahm ich die Stimmen der beiden Gangster. Es war nur ein undeutliches Gemurmel, doch als ich mein Ohr an die dünne Wand drückte, konnte ich deutlich hören, was die beiden da vorne von sich gaben.

»Was meinst du, was wir für das Ding kriegen?«

»Keine Ahnung. Aber wenn es ein Kultgegenstand ist, dann gibt's bestimmt ein paar Spinner, die jede Menge Kohle dafür hinlegen!«

»Wir sollten Silvio fragen.«

»Ich weiß nicht, der haut uns nur übers Ohr.«

»Hm, du hast recht. Dann sollten wir besser gleich zu Monsieur Lefèvre gehen.«

Ich rückte noch enger an die Wand, um alles mitzukriegen. Eins war jedenfalls sicher: Ich war in das richtige Auto gesprungen. Ich überlegte fieberhaft, ob es eine Chance gab, die Maske an mich zu bringen. Ich könnte mit der Holografie nach vorne springen, die beiden überraschen und mich dann aus dem Auto fallen lassen. Ich zwang mich zur Ruhe. Das war völliger Blödsinn. Dabei würde ich mir wahrscheinlich nur alle Knochen brechen. Wieder presste ich mein Ohr an die Rückwand.

»Monsieur Lefèvre … der ist ein ganz ausgekochter Hund! Der zahlt uns den Goldpreis, und das war's! Nein, um den zu überzeugen, dass wir was ganz Besonderes haben, brauchen wir Beweise!«

»Der hat doch so'n ekligen Ausschlag! Wie heißt das noch … Neuroder … Neuroder …«

»Neurodermitis!«

»Genau! Lass ihn die Maske aufsetzen, und weg ist die Neuroder … Neuroder …«

»Jetzt halt mal die Luft an! Wenn das nicht funktioniert, hast du einen verdammt unangenehmen Lefèvre auf dem Hals! Dann kannst du von Glück sagen, wenn wir überhaupt noch den Goldpreis für das Ding bekommen! Nein, das ist mir zu heiß!«

»Und wenn wir's vorher ausprobieren?«

Eine Zeit lang hörte ich gar nichts mehr. Mein Ohr tat mir

schon weh, so fest presste ich es an die Rückseite der Fahrerkabine. Dann auf einmal bremste der Wagen derart heftig ab, dass ich den Halt verlor und zur Seite kippte. Angsterfüllt richtete ich mich vorsichtig wieder auf. Die Holografie hielt ich immer noch fest umklammert. Sie schimmerte nach wie vor in einem kühlen Blau. Vorsichtig lauschte ich weiter.

»Da ist ein Parkplatz. Sieh zu, dass du da reinkommst! Was meinst du mit ausprobieren?«

»Na, eben ausprobieren! Meine Schwester liegt seit gestern im Sophien-Krankenhaus. Ich hab keine Ahnung, was die hat. Meine Mutter hat irgendein wirres Zeug auf den Anrufbeantworter gesprochen. Ist mir auch egal, die kann ich sowieso nicht leiden. Aber an der können wir doch die Maske ausprobieren. Und wenn's nicht wirkt, vergessen wir Lefèvre. Aber wenn doch …«

»Hey, du bist gar nicht so blöd, wie du aussiehst! Keine schlechte Idee. Hast du eine Waage?«

»Häh?«

»Na, eine Waage zum Wiegen! Wenn die komische Maske nicht funktioniert, müssen wir wenigstens wissen, wie viel sie wiegt. Nur, damit Silvio uns nicht bescheißt.«

»Ach so. Klar hab ich 'ne Waage.«

»Jetzt pass doch auf! Nicht mal einparken kannst du! Das wär' der Hammer, wenn uns jetzt noch deinetwegen die Polizei erwischte! Und schließ den Wagen ab! Letztes Mal dachte ich, mich trifft der Schlag, als ich morgens runtergekommen bin!«

»Mach dir mal nicht ins Hemd! Ist sowieso nichts Wertvolles hinten drin. Aber unsere Werkzeuge nehm ich besser mit rauf.«

Ich hatte der Unterhaltung der beiden angespannt gelauscht, aber die letzten Worte kaum noch verstanden. Ich hörte, wie der Motor ausgeschaltet wurde und dann beide Türen aufgingen und wieder zuschlugen. Allzu lange waren wir nicht gefahren. Daraus schloss ich, dass wir immer noch in der Stadt sein mussten. Gott sei Dank, denn erstens konnte ich dann irgendwie nach Hause finden, und zweitens hatte ich die winzige Chance herauszufinden, wo diese beiden Diebe hingefahren waren.

Gerade als ich beschloss, noch ein paar Minuten zu warten, bis ich versuchen wollte mithilfe der Holografie aus dem Auto zu kommen, steckte jemand den Schlüssel in die Hecktür! Blitzartig schoss mir das Adrenalin in alle Glieder. Vor panischem Entsetzen ließ ich auch noch die Holografie fallen! Warum auch immer, doch das Glück stand mir ein weiteres Mal zur Seite. Die Tür des Wagens klemmte, und ich hörte eine Reihe unterdrückter Flüche von der anderen Seite. Hastig fummelte ich nach der Kugel. Als ich sie wieder fest in meiner Faust hielt, schwang die Tür zur Seite. Ich hatte keine Zeit zum Überlegen, dachte nur *raus!* und rollte mich durch die Seitenwand des Wagens.

Mit einem schmerzhaften Plumps landete ich mitten auf der Straße. Mein rechter Ellenbogen knallte auf den Asphalt, und ich biss mir auf die Zunge, um einen Aufschrei zu unterdrücken. Ich kniff die Augen zusammen. Durch die lange Zeit in der Dunkelheit blendeten mich die Scheinwerfer umso mehr, aber auch so hatte ich blitzschnell begriffen, dass ein Lastwagen auf mich zukam! Ohne auf die Schmerzen zu achten, sprang ich auf und sprintete um die Vorderseite des Lieferwagens herum auf den Bürgersteig. Ich hatte keine Chance zu überlegen, ob da einer der beiden Gangster auf mich warten würde. Es ging einzig und allein ums Überleben. Und ich schaffte es.

Mit sechs, acht Schritten war ich in einer kleinen Parkanlage und warf mich ins Gebüsch. Mit der Hand mitten in einen Hundehaufen! Das war einfach so eklig, dass ich nicht wusste, ob ich lachen oder weinen sollte. Mit Tränen in den Augen wischte ich meine Hand im nassen Gras ab, während ich gleichzeitig durch eine Lücke in den Büschen zu erkennen versuchte, ob man meine Flucht bemerkt hatte. Mit einem erleichterten Seufzer registrierte ich, dass beide Männer am Heck des Lieferwagens standen und der eine gerade dabei war, die Tür wieder zu schließen. Gott sei Dank. Mann, das war knapp!

Ich fummelte ein Papiertaschentuch aus meiner Hosentasche und wischte mir angeekelt die Hände damit ab. Was hätte ich jetzt nicht alles dafür gegeben, zu Hause unter die Dusche gehen zu können! Aber dann dachte ich an meine Freunde und vor allem an Janine. Ich durfte jetzt nicht schwach werden. Bis hierher hatte ich es geschafft! Vielleicht wohnten die beiden Diebe ja hier. Das war zumindest eine Chance für uns. *Bleib dran!,* flüsterte ich mir zu.

Vorsichtig bog ich die Büsche beiseite und lugte hindurch. Der größere der beiden trug eine kleine Kiste, während der andere etwas unter seinem Pulli verbarg. Die Maske! Dann überquerten die beiden Männer die um diese Zeit wenig befahrene Straße und verschwanden gegenüber in einem düsteren Altbau.

Nach allen Seiten spähend verließ ich mein Versteck, wartete eine Weile und ging dann langsam über die Straße. Nur jetzt nicht auffallen! Das Haus war ein Eckhaus. Das Erste, was ich tat, war, mir die Straßennamen zu merken: Melanchthonstraße und Paulstraße. *Bingo!,* dachte ich und ballte vor Genugtuung die Faust. Ich kannte nicht nur die Straße, sondern auch das Haus! Nummer vierundzwanzig! Im Erdgeschoss befand sich ein Laden für Taucherzubehör. Davon gab es nicht gerade viele in unserer Stadt, und ausgerechnet den kannte ich. Ich war mit Tommy einmal hier gewesen, weil er sich für alles interessierte, was mit Tauchen zu tun hatte. Sein richtiger Vater war ein begeisterter Taucher gewesen, und nichts auf der Welt interessierte Tommy mehr als das Tauchen. Also hier wohnten die Diebe. Ich konnte es gar nicht fassen.

Hinterher schalt ich mich einen Narren, doch ich konnte nicht anders. Ich versuchte, die schwere Eingangstür zu öffnen, und war überrascht, dass sie nicht abgeschlossen war. Es war ja weit nach Mitternacht. Gott sei Dank schwang sie nahezu geräuschlos zur Seite. Ich lauschte ins Treppenhaus und hörte, wie weit über mir eine Tür zugeschlagen wurde. Ich traf eine Entscheidung. Wenn ich es jetzt nicht versuchen würde, dann würden wir nie herausbekommen, in welche Wohnung die beiden verschwunden waren.

Ich gab mir Mühe, die Treppe leise hinaufzusteigen. Ich ahnte es nicht, nein, ich wusste, dass mein Ziel das oberste Stockwerk sein musste. Und ich hatte recht. Als ich im vierten Stock angekommen war, hörte ich bereits das Gelächter mir wohlbekannter Stimmen aus der linken der beiden Wohnungstüren, die vom Treppenpodest abgingen. Ich hielt mein Ohr an die Holztür und bekam Gewissheit.

»Wenn das Ding deine Schwester heilt, dann brat ich mir 'n Storch!«

»Ja, dann zahlt uns Lefèvre mindestens hunderttausend! Und du kannst dir tausend Störche braten!«

»Immer mit der Ruhe! Lass uns das morgen ausprobieren, und dann können wir immer noch weitersehen!«

Ich hatte genug gehört. Um nichts in der Welt wollte ich riskieren, dass man mich erwischte. Ich hatte schon ausreichend Glück gehabt. Bedächtig machte ich mich auf den Weg die Treppe runter und setzte vorsichtig einen Fuß vor den anderen, schließlich war dies ein Altbau mit alten Holzdielen.

Als ich die Tür vorsichtig hinter mir zuzog, sog ich die klare Nachtluft in vollen Zügen in meine Lungen. All die Anspannung fiel von mir ab, und ich wollte nur nach Hause, Lazy in meine Arme nehmen und dann ins Bett. Tommy,

Sanne und Janine würden sicher voller Angst auf mich warten. Gott sei Dank waren unsere Eltern nicht da! Die waren ja übers Wochenende zu Tante Margret gefahren. Ich wüsste sonst nicht, wie wir uns da wieder raus gewunden hätten.

Ich fühlte mich unbändig stark. Ich wusste, wo die Diebe wohnten! Und ich wusste, was sie vorhatten. Auf einmal war mir klar, dass uns das auch nicht weiterbringen würde. Was konnten wir Kinder denn schon gegen zwei bewaffnete Verbrecher ausrichten? Und wer sollte uns helfen? Was sollten wir denn erzählen? Dass man uns die Maske eines Pharaos geklaut hatte, die wir in einer Welt jenseits aller Vorstellung erhalten hatten? Na, danke! Da brächte man uns gleich in ein Heim. Nein, wir mussten es alleine schaffen.

Ich ging die wenigen Meter hinüber zur Bushaltestelle. Ich war heilfroh, dass ich die Gegend hier kannte. Wie sonst hätte ich nach Hause finden sollen? Dann fiel mir ein, dass der Busfahrer einen Bengel wie mich um diese nachtschlafende Zeit sicher schief ansehen würde. Also entschied ich mich, die U-Bahn zu nehmen, in der ich nicht so auffiel, auch wenn das bedeutete, dass ich noch eine ganze Strecke zu Fuß gehen musste, um die nächste Station zu erreichen.

Ich machte mich also auf den Weg.

Ich hatte unsagbar viel Glück, dass man mich nicht festhielt und einem Bahnbeamten übergab oder – noch schlimmer – womöglich der Polizei! Ein Junge in meinem Alter musste um diese Zeit in der U-Bahn auffallen. Noch dazu in Shorts und T-Shirt in einer richtig kalten Oktobernacht.

Und wie ich auffiel! Die wenigen Leute, die unterwegs waren, musterten mich neugierig. Immer wieder setzte jemand zu einer Frage an, aber ich schaute demonstrativ in eine andere Richtung oder studierte die Werbetafeln. An jeder Station stieg ich aus und wechselte den Wagen. Es war die fürchterlichste U-Bahn-Fahrt meines Lebens, und das Schlimmste war, dass ich an der Endstation ja noch lange nicht zu Hause war, sondern eigentlich noch Bus fahren musste. Um nicht noch irgendein Risiko einzugehen, beschloss ich, die etwa drei Kilometer im Dauerlauf zurückzulegen. Da ich Abkürzungen kannte, war die Gefahr, jetzt noch aufgehalten zu werden, nicht so groß, und außerdem wurde mir vom Laufen ordentlich warm.

Völlig außer Atem kam ich zu Hause an. Ich starrte nach oben und sah Licht in unserem Wohnzimmer. Ich sandte ein kurzes Stoßgebet zum Himmel, dass die anderen nicht Alarm geschlagen hatten und oben meine Eltern oder sonstwer auf mich wartete. Aber ich hätte nicht einmal böse sein können. Was für Sorgen mussten sich meine Freunde machen! Ich holte tief Luft und hastete so leise wie möglich die Treppen hoch. Oben angekommen klingelte ich dreimal kurz, dann wusste Sanne, dass ich es war.

Schon hörte ich Fußgetrampel und aufgeregtes Stimmengewirr hinter der Tür. Eine Sekunde später wurde sie aufgerissen, und Jever sprang mir in die Arme! Im Nu war ich umringt von meiner Schwester, Janine und Tommy, die alle zugleich auf mich einredeten, mich abtasteten und musterten, als wäre ich gerade von den Toten auferstanden. Na ja, war ich irgendwie auch. Und mein eigener über alles geliebter Hund sprang an mir hoch und war sichtlich sauer, dass er nicht auch so hoch hopsen konnte wie sein Freund Jever. Ich versuchte sie alle so gut es ging abzuwehren und in unsere Wohnung zu schieben, damit unsere Nachbarn von dem Krach nicht aufwachten.

»Wir dachten schon, sie hätten dich entführt!«, rief Janine aufgeregt.

»Haben sie auch!«, sagte ich grinsend. »Aber sie haben's gar nicht gemerkt!«

Endlich waren wir alle im Flur, und Tommy drückte die Wohnungstür leise zu.

»Mann«, sagte er, »Sanne hatte eben schon den Hörer in der Hand und wollte bei eurer Tante Margret anrufen! Du hättest keine Minute später kommen dürfen! Wir haben nicht mehr gewusst, was wir tun sollten!«

»Habt ihr was zu trinken?«, fragte ich und setzte Jever vorsichtig wieder auf den Boden. »Und Hunger hab ich auch! He, du hast ja meine Sachen an!«, sagte ich verblüfft zu Tommy.

»Ich hab Janine etwas zum Anziehen von mir gegeben, und Tommy brauchte auch etwas Warmes. Mit den dünnen Sachen können wir doch nicht wieder losgehen. Klar haben wir was zu trinken!«, sagte Sanne und drückte mich. »Wir haben schon vor zwei Stunden den Tisch gedeckt. Aber wir wollten nichts anrühren, bevor du nicht wieder da bist! Sag mal, was stinkt denn hier so?«

Ich wurde rot.

»Das ist Hundescheiße. Aber das ist eine lange Geschichte. Lasst mich erst mal die Hände waschen, etwas trinken, und dann erzähl ich euch alles.«

»Haben wir Zeit?«, fragte Tommy.

Ich nickte. »Glaub schon. Die wollen morgen in ein Krankenhaus, die Maske ausprobieren. Heute Nacht werden sie wohl kaum noch weggehen.«

»*Du weißt, wo sie wohnen*?«

»Hm«, machte ich. »Aber das erzähl ich euch gleich. Lasst mich erst mal ins Bad.«

»Nimm ruhig eine Dusche.« Sanne grinste. »Aber lass es nicht so rauschen. Es ist halb drei!«

»Schon halb drei?« Ich konnte es nicht fassen. Ich war kein bisschen müde.

»Nun geh schon!«, sagte Tommy gutmütig. »Wir machen dir ein paar Brote, und dann kannst du loslegen.«

Ich duschte möglichst schnell und wickelte die völlig verdreckten Klamotten in ein Handtuch. Ich verstaute sie erst einmal unter meinem Bett und hoffte, dass Mutter das nicht mitkriegen würde. Dann suchte ich mir rasch neue Sachen raus. Danach fühlte ich mich weitaus besser und setzte mich heißhungrig an den Küchentisch, griff mir ein Käsebrot und wollte eben beginnen, von meinem Abenteuer zu erzählen, als mein Blick auf etwas in der Mitte des Tischs fiel.

»Der Zeitsand!«

»Ja«, meinte Janine. »Tommy hat Jever suchen lassen, aber Lazy hat ihn dann gefunden. Es ist nichts kaputtgegangen.«

»Das ist unglaublich«, meinte Tommy und griff sich das Glas. »Hier, schau, das obere Teil kann man ganz leicht abnehmen. Der Sand hätte eigentlich herausfallen müssen. Da haben wir verdammtes Glück gehabt.«

»Oder nur wir können das Glas öffnen«, sagte Sanne leise.

»Möglich.« Tommy nickte. »Wir werden den Zeitsand vorsichtig ausprobieren müssen, damit wir wissen, wie er funktioniert.«

»Du willst ihn ausprobiern?«, fragte ich mit vollem Mund.

»Das werden wir müssen. Du weißt doch gar nicht, wie viel man davon nehmen muss und was dann passiert. Wenn wir diesen magischen Sand falsch einsetzen, machen wir vielleicht alles noch schlimmer. Aber lass uns nachher darüber reden. Jetzt erzähl doch endlich!«

Es sprudelte nur so aus mir heraus. Ich musste haarklein alles erzählen, vom Sprung in den Lieferwagen über den Hundehaufen bis zu der U-Bahn-Fahrt. Als ich fertig war, hatte ich drei Brote und einiges an Mineralwasser verputzt. Die anderen waren meiner Erzählung mit solcher Spannung gefolgt, dass sie gar nicht ans Essen gedacht hatten. Das holten sie jetzt nach.

»Joe …?«, fragte Janine und sah mich voller Hoffnung an. »Meinst du, wir können mit deiner Holografie in die Wohnung der Gangster eindringen und die Maske zurückholen?«

»Daran hab ich auch schon gedacht«, gab ich zu. »Aber …«

Tommy winkte ab. »Nein, das ist zu gefährlich. Vergesst es. Aber wir wissen jetzt, wo sie wohnen und dass sie morgen ins Sophien-Krankenhaus wollen. Wir werden Wache stehen müssen. Vielleicht sollten wir jetzt besser noch ein bisschen schlafen.«

»Ich bin überhaupt nicht müde!«, protestierte Janine.

»Ich auch nicht!«, sagten Sanne und ich wie aus einem Mund.

»Und ich auch nicht.« Tommy grinste. »War ja nur ein Vorschlag. Ich hab irgendwie das Gefühl, dass die Zeit durcheinandergekommen ist. Es ist doch noch gar nicht so lange her, seit wir bei der Pyramide geschlafen haben. Aber jetzt ist es schon wieder Nacht. Bleiben wir eben auf. Aber wir sollten einen Plan machen.«

Irgendwie sah ich es Tommy an. »Du hast doch schon einen!«

»Na ja, viel zu planen ist da nicht. Ich denke, wir sollten uns trennen. Joe und ich warten bei Sonnenaufgang vor dem Haus der Diebe, bis sie rauskommen. Und ihr beide fahrt zum Sophien-Krankenhaus, falls sie uns doch entwischten. Vielleicht sind sie jetzt schon gar nicht mehr zu Hause. Aber ins Krankenhaus gehen die um die Zeit bestimmt auch nicht. Da fallen sie zu sehr auf.«

»Dann nehmen wir jeder ein Handy mit. Wer sie zuerst sieht, sagt Bescheid!«, rief ich aufgeregt.

»Genau!«, meinte Tommy.

Tommy drehte das Glas mit Zeitsand vorsichtig in seinen Händen.

»Zeitsand schützt die Maske ... könnt ihr den Text des Buches noch?«

Janines Augen strahlten. »Klar kann ich den noch! *Wer die Zeitkörner verstreut, erhält sie zurück ...«*

»Aber was bedeutet das?«, fragte Sanne ratlos. »Wenn wir sie erst verstreuen und dann wiederbekommen?«

»Ich glaube«, sagte Tommy und stellte das Glas vorsichtig wieder auf den Tisch, »dass man nicht die Körner zurückbekommt, sondern die Zeit. Sonst ergibt das keinen Sinn. Aber wie das genau gemeint ist, weiß ich auch nicht. Wir müssen es eben ausprobieren.«

»Warum nicht jetzt?«, fragte Janine erregt.

»Nein, jetzt nicht. Wenn wir jetzt Zeit zurückerhalten, verschwenden wir nur Zeitsand und schützen die Maske nicht. So viel Zeitsand haben wir nicht. Lass uns auf eine Gelegenheit warten, bei der es drauf ankommt.«

Janine war enttäuscht, aber Tommys Argumente leuchteten ihr ein.

»Lasst uns surfen!«, warf ich ein und freute mich über die erstaunten Gesichter meiner Freunde.

»Surfen? Jetzt? Warum denn?«

»Weil der Mond nur noch eine schmale Sichel ist und wir wissen müssen, wann die Mondphase endet!«, sagte ich triumphierend.

Tommy lachte und zwinkerte mir zu. »Herr Seefeld, ich glaube, Ihre Versetzung ist nicht mehr gefährdet! Setz dich schon mal an deinen Computer. Wir räumen hier eben auf und kommen dann nach. Habt ihr eigentlich einen Stadtplan?«

Ich nickte. »Haben wir. Wieso?«

»Na, um zu wissen, wie man ins Sophien-Krankenhaus kommt.«

»Das weiß ich auch ohne Stadtplan. Da hab ich nämlich meine Mandeln gelassen!«

»Gut. Sanne, kennst du den Weg auch? Ihr werdet vor uns da sein.«

Sanne nickte heftig. »Wir haben Joe ja oft genug besucht. Das ist ganz einfach.«

Tommy reckte sich und blickte erst Janine und dann mich an. »Ach ja … wir haben vergessen, dir noch etwas zu sagen.«

Janines Augen blickten auf einmal wieder traurig, und sie fingerte einen Zettel aus ihrer Hosentasche hervor.

»Das hier. Eure Mutter hatte einen Zettel auf den Küchentisch gelegt, dass ich zu Hause anrufen soll, falls ich mit euch hierher komme, statt gleich nach Hause zu gehen. Mein Vater hat hier angerufen, kurz nachdem wir weg waren.«

»Deine Mutter …?«, stockte ich.

»Ich weiß nicht. Vielleicht geht es ihr schlechter, und ich soll nach Hause kommen. Oder sie wollen schon heute nach Hamburg. Ich weiß es doch nicht!«

Jetzt schossen ihr die Tränen in die Augen. Ich hatte einen Kloß im Hals und versuchte sie zu trösten.

»Jetzt mach dir mal keine Sorgen. Du kannst ja gleich morgen früh anrufen, wenn wir losgehen. Wenn du nach Hause musst, gehen wir trotzdem die Maske holen! Ganz bestimmt!«

Janine bekam kein Wort heraus, aber sie nickte dankbar. Um meine Verlegenheit zu überspielen, ging ich hinüber in mein Zimmer und setzte mich an den Computer. Die anderen machten sich ans Abräumen und Abwaschen.

Ich war überrascht, wie schnell ich ins Internet kam, aber dann ging mir auf, wie spät es war und dass um diese Zeit kaum jemand surfte. Die Mondseite hatte ich unter meinen Favoriten gespeichert, und schon erschien der Mond in voller Größe auf dem Desktop. Ich klickte auf den Link für die Seite, auf der man jedes beliebige Datum eingeben konnte und dann die dazugehörige Mondphase erhielt, gab den heutigen Tag ein und wartete gespannt. Blitzartig fiel mir ein, dass heute ja schon Sonntag war, und ich änderte das Datum noch einmal. Wieder wartete ich. Diesmal dauerte es viel länger als vorher, bis sich die Seite aufbaute, doch dann erschien das Ergebnis. Ich starrte darauf und vergaß zu blinzeln. Ich sah es zwar, konnte es aber nicht glauben. Dann riss ich meinen Blick vom Bildschirm und schaute auf den großen Wandkalender, der über meinem Schreibtisch hing. Kein Zweifel, heute war der vierzehnte Oktober.

Mechanisch schaltete ich den Drucker ein und druckte die Bildschirmansicht aus. Ebenso mechanisch schaltete ich ihn wieder aus und fuhr den Computer herunter. Es fiel mir unendlich schwer, vom Stuhl hochzukommen und wieder in die Küche zu gehen. Denn was ich meinen Freunden zu sagen hatte, würde ihnen nicht gefallen.

Sanne trocknete gerade das letzte Glas ab. Als ich eintrat, spürten sie sofort, dass etwas nicht stimmte. Ich machte ein so bestürztes Gesicht, dass man es mir sofort ansah. Warum sollte ich mich auch verstellen?

»Was ist los?«, fragte Janine bange, und Sanne ließ die Hand mit dem Glas sinken.

»Schlechte Nachrichten.« Ich holte tief Luft und reichte Tommy den Ausdruck. »Lest selbst.«

Tommy studierte das Blatt nur kurz und reichte es Sanne weiter.

»Hab ich mir schon gedacht«, sagte er. »War ja auch nur ein ganz bisschen von der Sichel zu sehen.«

»Tommy!«, rief ich wütend. »Wie kannst du nur so cool bleiben! Wir haben nur bis zwölf Uhr Zeit! Wie sollen wir denn in der Zeit die Maske zurückkriegen, Janines Mutter heilen und dann ins Haus zurückkommen?«

Tommy blinzelte unmerklich in Richtung Janine. Dann sah er auf die Uhr.

»Bis zwölf haben wir noch neun Stunden. Besser, als wenn

wir nur noch eine Stunde hätten, stimmt's? Und wir haben den Zeitsand. Vielleicht können wir damit noch Zeit gewinnen.«

»*Mit dem bisschen*?« Janine riss Sanne das Blatt aus der Hand. »Die Mondphase endet um zwölf Uhr dreizehn! Na toll. Das schaffen wir nie!«

Janine ließ den Kopf hängen, und eine Träne lief ihr über die Wange. Warum musste ich auch so mit der Tür ins Haus fallen? Ich hätte ja stattdessen sagen können: *Hey Leute, wir haben volle neun Stunden Zeit! Super, oder?* Es tat mir leid, dass ich so ein Trampel war. Ich ging hinüber zu Janine und nahm sie in den Arm.

»Entschuldige, Janine. Das wollte ich nicht. Es ist doch gar nicht so wenig Zeit. Wenn wir es nicht allein schaffen, rufen wir eben die Polizei und lassen die verhaften.«

Das tröstete Janine nicht sehr. »Die glauben uns doch sowieso nicht. Und die Maske geben die uns auch nicht mit, dazu ist sie viel zu wertvoll. Niemals tun die das.«

Darauf wusste ich nichts zu sagen. Sie hatte ja recht. Wir Kinder im Besitz einer unschätzbar wertvollen Maske ... nein, mitgeben würde die Polizei uns die Maske sicher nicht. Eine Weile standen wir hilflos um Janine herum, dann ergriff Tommy die Initiative und setzte sich wieder an den Tisch.

»Na los«, sagte er energisch. »Wir haben zumindest jetzt noch genug Zeit, um einen Plan zu machen. Hier rumhängen und traurig sein bringt uns nicht weiter. Kommt, überlegen wir, wie wir den Gaunern die Maske wieder abnehmen können.«

Zwei Stunden diskutierten wir. Die verrücktesten Ideen schwirrten durch den Raum. Aber wenn ich ehrlich bin, ein richtiger Plan kam dabei nicht heraus. Das meiste, was uns durch den Kopf ging, erwies sich als undurchführbar. Oder als zu gefährlich.

*

Als wir unser Haus verließen, war es genau halb sieben. Ich lauschte noch einmal nach oben, doch es war ruhig. Schweren Herzens hatten wir Jever und Lazy in der Wohnung lassen müssen. Aber bei dem, was wir vorhatten, konnten wir sie einfach nicht mitnehmen. Ins Krankenhaus durften sie sowieso nicht. Ich hielt die Haustür fest, damit sie nicht zu laut ins Schloss fiel.

Ein letztes Mal stimmten wir uns ab.

»Ihr beide fahrt ins Krankenhaus«, sagte Tommy zu den Mädchen. »Ihr könnt in die Cafeteria gehen. Die hat bestimmt schon auf. Außerdem könnt ihr von da aus den Haupteingang im Auge behalten. Ruft einfach an, wenn die Kerle auftauchen. Dein Handy hast du?«

Sanne nickte heftig und klopfte an ihre Jacke. »Hab ich, und der Akku ist voll.«

»Gut. Dann können wir ja.« Tommy überlegte noch einen Moment. »Die werden bestimmt mit dem Auto fahren. Joe und ich müssen dann die U-Bahn nehmen. Wenn ich mal keinen Empfang haben sollte, macht trotzdem ja nichts auf eigene Faust! Wartet einfach, bis wir da sind. Versprochen?«

Die beiden Mädchen nickten.

»Okay. Dann lasst uns gehen.«

Auf einmal ertönte ein lautes Hupen, dann quietschten Bremsen, man hörte ein schlidderndes, rutschendes Geräusch und im nächsten Augenblick einen ohrenbetäubenden Knall. Geschockt fuhren wir herum. Ein Unfall!

Die nächste Kreuzung an der Welfenallee war nur wenige Meter von unserem Haus entfernt. Wir starrten wie gelähmt auf zwei völlig zerstörte Autos, die ineinander verkeilt dastanden. Aus dem einen Wrack stieg weißer Rauch auf. Sekundenlang herrschte eine beklemmende Stille. Ich dachte daran, dass wir helfen müssten, aber ich konnte mich einfach nicht bewegen. Dann jedoch fiel uns allen ein Stein vom Herzen, denn die Fahrertüren beider Autos öffneten sich. Dass die beiden Insassen nicht sonderlich verletzt waren, merkten wir daran, wie sie gleich aufeinander losgingen.

»Sie Trottel! Sie Dummbeutel! Sie Dödel! Hier ist rechts vor links! Haben Sie Ihre Pappe auf dem Rummel gewonnen, oder was?«

»Sie waren doch viel zu schnell! Hier ist ’ne Dreißigerzone! Sie knallen hier lang wie Michael Schumacher! Wer ist denn hier der Dödel? Sie sind wohl total besoffen! Ich rufe die Polizei! Jawohl! Das werden wir ja sehen, wer hier der Dödel ist! Da sind sogar genug Zeugen! Die Kinder haben genau gesehen, dass Sie gerast sind wie ein Idiot! Kinder, kommt mal her! Ich brauche eure Namen! Und ruft die Polizei!«

Oh nein! Das hatte uns gerade noch gefehlt. Die würden

uns ausfragen bis zum Gehtnichtmehr und endlose Protokolle aufnehmen. Aber wir konnten doch jetzt nicht hierbleiben. Wir würden die einzige Chance verpassen, den Gangstern die Maske wieder abzunehmen! Ich war völlig verzweifelt. Da tippte Tommy mich an.

»Meinst du nicht, das wäre eine tolle Gelegenheit, den hier auszuprobieren?«

Mein Blick fiel auf Tommys Hand, die er mir entgegenstreckte. Ich verstand sofort, was er meinte. Der Zeitsand!

»Du meinst …?«

Tommy nickte. »Janine, nimm *du* den Zeitsand. Schnell, die kommen gleich zu uns rüber!«

Janine nahm Tommy das Glas mit zittrigen Händen ab. »Aber … ich weiß doch gar nicht, wie man das macht!«

»An der einen Seite kannst du es öffnen. Dann musst du nur ein wenig verschütten.«

»Aber …«

»He! Ihr da!«, kam es von einem der Streithähne, die sich die ganze Zeit über weiter angeschrien hatten. »Kommt endlich her! Ich brauche eure Namen!«

In der Ferne hörte ich Sirenengeheul. Wir wussten sofort, was das bedeutete. Ein Anwohner musste die Polizei gerufen haben! Jetzt blieb uns wirklich nicht mehr viel Zeit. Ich war nervös wie noch nie in meinem Leben. Tommy nickte Janine aufmunternd zu.

»Mach einfach! Uns wird schon nichts passieren. Der Zeitsand soll die Maske schützen. Und genau das muss er jetzt.«

Janine zögerte nicht mehr. Behutsam drehte sie den Verschluss, der wie eine kleine Säulenkrone geformt war, vom Glas mit dem Zeitsand ab und hielt das Gefäß vorsichtig etwas schräg.

»Wie viel?«, fragte sie uns drängend. »*Wie viel?*«

Aus den Augenwinkeln heraus beobachtete ich, wie die beiden Männer Warndreiecke aufstellten, um die Unfallstelle zu sichern. Gott sei Dank gab es zu dieser Uhrzeit und noch dazu am Sonntag in unserer Gegend nicht viel Verkehr. Sanne wurde ungeduldig.

»Nimm doch erst mal ein paar Körner! Und wenn's nicht reicht, nimmst du mehr!«

»Okay«, sagte Janine und hielt das Glas noch schräger, sodass die ersten Körner des magischen Sandes herausrieselten.

»Stoßt sie ja nicht an!«, sagte ich noch, und dann wischte die Welt an mir vorbei. Ich spürte so etwas wie einen Sog. Ich konnte nur noch mich und meine Freunde klar erkennen. Alles andere um uns herum kam rasend schnell in Bewegung. Wie ein Blitz in milchigem Weiß. Ich kann keine Zeit für diesen Vorgang benennen, ich weiß nur, dass mir blitzartig schwindlig wurde, weil nichts mehr so war wie zuvor. Alle Bezugspunkte hatten sich aufgelöst, flitzten an uns vorbei und narrten das Auge. Ich hatte das Gefühl, ins Bodenlose zu stürzen, doch ehe ich die Augen zumachen konnte, war alles vorbei.

Die Welfenallee lag vor uns wie immer.

Ich sah, wie Janine schluckte und das Glas mit dem Zeitsand wieder senkrecht hielt. Ihre Hand zitterte. Tommy und Sanne schauten sich verwirrt um. Ich hatte unbewusst den Atem angehalten, und in dem Moment, als ich tief durchatmen wollte, ertönte lautes Hupen, kreischendes Bremsen und dann der Knall aufeinanderprallenden Metalls. Gleichzeitig ruckten unsere Köpfe herum, und mit großen Augen und offenen Mündern starrten wir auf die beiden Autos, die an der Kreuzung zusammengestoßen waren.

Ich brauchte eine Weile, um es zu realisieren. Die beiden Autos waren genauso zusammengestoßen wie zuvor! Wieder stieg der weiße Rauch aus einem der Wagen auf, und wieder herrschte vollkommene Stille. Sekundenlang standen wir da und warteten. Es war kein Traum oder eine Illusion. Spätestens, als die beiden Fahrertüren aufgingen, wusste ich, dass wir in die Vergangenheit gereist waren.

»Sie Trottel! Sie Dummbeutel! Sie Dödel! Hier ist rechts vor links! Haben Sie Ihre Pappe auf dem Rummel gewonnen, oder was?«

Tommy stieß mich an, und ich klappte den Mund wieder zu.

»War eindeutig zu wenig!«, sagte er trocken.

»Habt ihr *das* gesehen?« Janine starrte ehrfürchtig auf das Glas mit Zeitsand in ihrer Hand. »Es war, als würde sich die Welt um uns herum schnell im Kreis drehen!«

Hinter uns ging das Gezeter der beiden Typen wieder los, aber niemand von uns hörte auf ihr Geschrei. Wir standen um Janine herum und fühlten uns schrecklich klein. Die Macht, die hinter diesem unscheinbaren Glas stand, musste unglaublich sein. Ich hatte Angst, dass wir etwas damit falsch machen könnten, und fürchtete mich vor den Folgen. Aber dann sah ich Tommy verschmitzt grinsen, und irgendwie wusste ich, was er gleich sagen würde.

»Wär doch lustig, wenn wir die beiden Dummbeutel immer und immer wieder zusammenstoßen ließen, oder?« Sofort wurde er wieder ernst. »Wir hätten den Sand gleich im Garten benutzen müssen, dann hätten die uns die Maske nicht stehlen können.«

»Das nutzt uns jetzt auch nichts«, sagte Sanne energisch. »So viel Zeitsand haben wir bestimmt nicht, um die ganze Nacht zurückzudrehen. Lasst uns doch endlich zum Krankenhaus gehen!«

»Ja«, meinte ich. »Aber vorher muss Janine noch einmal streuen, und zwar ein bisschen mehr als eben!«

»Doppelt so viel?«, fragte Janine.

»Nimm lieber dreimal oder besser noch viermal so viel wie vorhin. Dann haben wir genug Zeit, um weg zu sein, bevor unsere Freunde wieder zusammenrasseln.«

»Okay«, sagte Janine. »Also dann.«

Angespannt, aber lange nicht mehr so verkrampft wie vorhin sahen wir zu, wie Janine das Glas wieder senkte. Plötzlich hielt sie inne.

»Was ist denn?«, fragte ich drängend.

»Wenn wir jetzt länger zurückdrehen, dann stoßen die beiden doch trotzdem wieder zusammen. Sollen wir den Unfall nicht verhindern?«

Wir sahen uns an, und jeder grinste.

»Ach nö …«, sagte ich und nickte Janine zu. »Mach.«

Fasziniert sahen wir zu, wie unsere Freundin das Glas wieder senkte. Zeitkörner rieselten aus ihm hervor, und blitzartig erlebten wir das Gleiche wie vorhin. Diesmal war ich zwar darauf vorbereitet, aber das Phänomen war überwältigend. Die Welt rauschte an mir vorbei, und wieder wurde mir schwindlig. Ich dachte, diesmal müsste es länger dauern, weil Janine mehr Zeitsand verschüttet hatte, aber ich hatte mich geirrt. Im nächsten Augenblick lag meine vertraute Straße wieder vor mir.

Stille.

Tommy stieß mich an. »He, wach auf! Machen wir, dass wir wegkommen!«

Janine verschloss das Glas sorgfältig, steckte es in ihre Anoraktasche und zog den Reißverschluss zu.

»Ich darf nur nicht hinfallen.«

»Los kommt!«, drängte Sanne. »Wir müssen los. Wer weiß, wie viel Zeit uns die Körner zurückgebracht haben. Ich will die beiden Dummköpfe nicht noch mal zurückspulen!«

Wir mussten lachen. *Die Dummköpfe zurückspulen!* Das hörte sich vielleicht an! Aber dann zögerten wir nicht länger. Wir wollten zum Bus und dann die U-Bahn nehmen. Da zum Krankenhaus eine andere Linie fuhr, würden wir uns bald trennen müssen.

Wir gingen los.

Als wir schon ein ziemliches Stück gelaufen und längst in sicherer Entfernung waren, hörten wir von Weitem ein Hupen, dann quietschende Bremsen und gleich darauf einen wohlbekannten Knall.

Niemand von uns drehte sich um.

*

Tommy und ich standen auf der gegenüberliegenden Straßenseite vor dem Haus in der Paulstraße und warteten. Es gab dort ein Bushaltestellenhäuschen, in dem wir uns unterstellen konnten und etwas geschützt waren. Trotzdem rieb ich mir die Hände, um sie warm zu bekommen. Uns war gar nicht wohl bei dem Gedanken gewesen, uns von den Mädchen zu trennen. Ich war froh, dass es Handys gab.

Wir redeten nicht viel, während wir herumstanden. Ab und zu fühlte ich nach der Holografie in meiner Hosentasche. Sie zu berühren, gab mir Mut. Ich hatte Tommy gefragt, ob ich mich mit der Kugel in die Wohnung der Diebe schleichen sollte, aber er hatte entschieden abgelehnt. Na ja, ich hatte gehofft, dass er das tat. Inzwischen war es hell geworden und es schien ein richtig schöner Tag zu werden. Doch unsere Blicke wanderten nervös von der Eingangstür zu den Fenstern der Wohnung und wieder zurück. Was interessierte uns jetzt das Wetter.

»Wenn ich noch lange hier stehe, muss ich pinkeln!«, sagte Tommy, und ich nickte.

»Muss ich schon längst.« Ich blickte mich um. »Da ist ein kleiner Park. Zur Not können wir da mal verschwinden.«

»Wer zuerst?«

»Knobeln wir!«

Gerade als ich eine Münze hervorfingern wollte, um die Sache zu entscheiden, ging gegenüber die Eingangstür auf, und die beiden Kerle kamen heraus. Unauffällig zogen wir uns etwas tiefer in das Häuschen zurück. Auch auf die Entfernung hin erkannten wir, dass sich die beiden wohl kaum gewaschen haben konnten. Ein dunkler Schatten aus Bartstoppeln bedeckte das Gesicht des Anführers, und beiden Männern standen die Haare wirr vom Kopf ab. Einfach unangenehme Zeitgenossen.

Tommy stieß mich an.

»Siehst du?«

Ich hatte sofort gesehen, dass der Kleinere eine schwarze Plastiktüte trug und sich die Henkel bedrohlich durchbogen.

Ich nickte. »Da ist die Maske drin!«

»Jede Wette!«, sagte Tommy. Dann hielten wir den Atem an, als sich die Männer anschickten, die Straße zu überqueren, es sich dann aber doch anders überlegten und ein Stück die Paulstraße hinuntergingen.

»Puh!«, machte Tommy. »Das war knapp! Wahrscheinlich haben sie gestern Nacht noch einen getrunken und wissen jetzt nicht mehr, wo ihr Auto steht.«

Vorsichtig folgten wir den beiden. Sie bogen um die nächste Ecke, wir liefen hin und sahen gerade noch, wie der alte

Lieferwagen zum Leben erwachte und, kleine Rußwolken ausspuckend, anfuhr.

Tommy holte sein Handy hervor und suchte Sannes Nummer.

»Was meinst du, wie lange sie bis zum Krankenhaus brauchen?«

»Weiß nicht«, murmelte ich. »Vielleicht eine Viertelstunde.«

»Und wir?«

»Hm … mindestens das Doppelte.«

Während Tommy wählte, beobachtete ich, wie der Wagen davonfuhr und schließlich aus unserem Blickfeld verschwand. Wieder einmal überkam mich ein Stimmungstief. Es war unheimlich schwer, nicht aufzugeben. Dann hatte Tommy Sanne am Apparat.

»Passt auf«, sagte er schnell, »die sind gerade losgefahren. Sie werden vor uns da sein. Seht zu, dass ihr rauskriegt, wo sie hingehen. Aber lasst euch bloß nicht erwischen!«

Noch während er mit Sanne sprach, waren wir losgelaufen, und als er das Gespräch beendet hatte, rannten wir zum U-Bahnhof. Wir hatten Glück. Unser Zug fuhr gerade in dem Moment ein, als wir die Treppe zum Bahnsteig hinunterhasteten.

*

Als wir das weiße Gebäude von Weitem sahen, fing Tommy an, leise vor sich hin zu fluchen.

»Was ist?«, fragte ich japsend, weil wir ziemlich schnell rannten.

»Mist!« Tommy japste genauso. »Wenn wir jetzt anrufen, klingelt das blöde Handy und verrät die beiden, wenn sie gerade hinter den Typen her sind! Hätt' ich doch bloß gesagt, dass sie ihr Handy auf Vibration schalten sollen! Wie sollen wir die beiden denn jetzt finden?«

»Dann schick doch 'ne SMS!«, keuchte ich.

»Das Handy piepst trotzdem!«, rief Tommy, der jetzt einen Vorsprung hatte. Ich gebe es ungern zu, aber viel schneller als Lazy kann ich auch nicht laufen.

Als wir durch die Haupteinfahrt mit dem großen Schild *Notaufnahme* rannten, wussten wir auf Anhieb, dass wir nicht telefonieren mussten. Sanne und Janine standen direkt vor dem Eingang und sahen uns mit bangen Gesichtern entgegen. Als wir vor den beiden anhielten, konnte ich nicht vernünftig reden, weil mir die Luft wegblieb. Tommy übernahm das für mich.

»Habt ihr sie verpasst?«

Janine trat von einem Fuß auf den anderen. »Nein. Die beiden ekligen Kerle sind genau vor unserer Nase hier durchmarschiert. Als wir hinterherwollten, haben sie uns am Empfang aufgehalten. Wir sollten sagen, zu wem wir wollen, und wir kennen doch niemanden, der hier liegt!«

Janines Augen füllten sich mit Tränen. »Das Krankenhaus ist so riesig! Da finden wir die Kerle doch nie!«

Jetzt fing auch ich an, nervös herumzuzappeln. Wir waren

so nah an den Gangstern dran, und jetzt sollten wir sie verlieren? Tommy starrte mich an.

»Hast du oben an der Wohnungstür den Namen gelesen?«

»Welchen Namen?«, fragte ich verdattert. »Und welche Wohnung?«

»Mann!«, rief Tommy ungeduldig. »Die Wohnung von den Gangstern! Du warst doch in der Nacht da oben und hast gelauscht! Hast du nicht aufs Türschild gesehen?«

Ja, hatte ich schon. Aber mehr so nebenbei. Ich hatte ja ziemliche Ängste ausgestanden und nur daran gedacht, wieder runterzurennen, wenn die womöglich herausgekommen wären. Die anderen umringten mich und fragten mir ein Loch in den Bauch. Ich hob abwehrend die Hände.

»Lasst mich doch in Ruhe nachdenken! Ich muss mich konzentrieren. Außerdem, was nutzt das, wenn wir wissen, wie die Kerle heißen? *Die Schwester* von dem Typ liegt doch hier. Die heißt doch sicher ganz anders!«

Sanne stampfte mit dem Fuß auf.

»Vielleicht auch nicht! Wenn die so hässlich ist wie ihr Bruder, hat sie bestimmt keinen Mann bekommen! Dann heißt sie so wie er! Kannst du dich denn gar nicht erinnern?«

Voller Spannung warteten die anderen, dass ich mich erinnerte. Aber es war so verdammt schwierig, sich zu konzentrieren, wenn so viel davon abhing. Ich schloss die Augen und stellte mir das Treppenhaus vor. Dann die schwere dunkle Holztür. Daneben die Klingel. Darunter das Namensschild. Vor meinem geistigen Auge erschien ein Schriftbild.

Es waren geschwungene Buchstaben auf einem Messingschild. Ein kurzer Name.

»Ein H!«, rief ich. »Er fängt mit einem H an!«

»Konzentrier dich weiter«, sagte Tommy ruhig. »Nimm dir Zeit. War es ein deutscher Name?«

»Hmm … Glaub schon.« Mehr konnte ich mir nicht von diesem Schild ins Gedächtnis rufen. Auf einmal fiel mir ein, dass ich bei dem Namen an meinen Hund gedacht hatte. Was zum Teufel hatte Lazy mit dem Namen zu tun? H… Ha… Dann schoss es mir in den Kopf.

»Hamm!«, schrie ich. »Hamm, hamm!«

An den Blicken der anderen erkannte ich, dass sie mich für verrückt hielten.

»Mensch, da stand der Name *Hamm*! Wenn Lazy Fresschen kriegt, sag ich doch immer: *Hamm, hamm*!«

Tommy zögerte keine Sekunde.

»Okay. Kommt mit. Fragen wir nach einer Frau Hamm.« Dann stockte er, schaute auf das vor der Eingangstür mit Astern bepflanzte Blumenbeet und grinste.

»Janine, pflück mal ein paar davon. Die bringen wir mit. Dann sehen wir wie echter Besuch aus! Und wenn wir reingehen, haltet ihr euch im Hintergrund. Ich rede mit der Dame am Empfang. Die wundert sich sonst, wieso ihr auf einmal den Namen wisst.«

Die kleine Sünde würde man uns in dieser Lage wohl verzeihen, also rupften wir ein paar Astern ab und begaben uns mit einem schönen Herbststrauß zur Anmeldung. Eine strenge Krankenschwester schaute uns entgegen. Tommy übernahm das Reden.

»Verzeihen Sie, wir möchten Frau Hamm besuchen.«

Die Schwester hob die Brauen.

»Ein bisschen früh für einen Besuch.«

»Ja«, sagte Tommy fest. »Aber wir müssen viele Hausaufgaben machen, und außerdem haben wir gehört, dass es im Krankenhaus schon um sechs Uhr Frühstück gibt, da kann meine Tante sowieso nicht mehr schlafen.«

Meine Tante! Ich hatte Mühe, nicht zu grinsen. Die Schwester widmete sich ihrem Monitor und tippte den Namen Hamm ein. Angsterfüllt warteten wir auf das Ergebnis. Dann füllte sich der Bildschirm mit einer Reihe von Daten, und als Schwester Annerose – das stand auf ihrem Namensschild – sich umdrehte, war ihr Blick freundlich.

»Deine Tante liegt auf Station siebzehn. Zimmer zweihundertundelf. Ihr müsst den Gang dort runter, hinten rechts abbiegen, durch die Glastür über den Hof und dann in den kleinen Anbau gegenüber in den zweiten Stock. Findet ihr das allein?«

»Klar finden wir das!«, sagte Tommy so cool, wie ich es niemals gekonnt hätte. »Vielen Dank auch.«

Wir versuchten, so normal wie möglich zu wirken, als wir in den Gang einbogen. Auf einmal ertönte die scharfe Stimme von Schwester Annerose hinter uns.

»Halt!«

Wir erstarrten.

»Die Blumen dürft ihr nicht mitnehmen. Wegen der Vorschriften.«

»Ach so«, sagte Tommy mit ruhiger Stimme, drehte sich um und übergab der Schwester unsere schönen Astern.

»Ihr könnt sie ja nachher mit nach Hause nehmen. Ich stell sie solange in eine Vase.«

Endlich verschwanden wir in dem langen, mit dunkelgrünem Linoleum ausgelegten Gang und suchten Station siebzehn. Als wir um die Ecke bogen, musste ich einfach etwas sagen.

»Mann, Tommy, das war stark! Total cool, das mit der Tante! Wie bist du denn darauf gekommen?«

»Na, so wie du!«, sagte Tommy lachend. »Ich hab an *Hamm, hamm* gedacht und plötzlich fiel mir Tante Gertrud ein! Die futtert immer vier Stück Kuchen, wenn sie bei uns zu Besuch ist!«

Für ein paar Sekunden kicherten wir vor uns hin. Dann standen wir vor dem Anbau, und schlagartig wurden wir wieder ernst. Was jetzt?

»Ich weiß nicht, ob es gut ist, wenn wir alle hinaufgehen«, murmelte Tommy. »Joe, du hast die Holografie. Was meinst du, gehst du mit Janine die Lage sondieren? Und wenn ihr wirklich Probleme bekommt, könnt ihr durch die Wand entwischen. Aber passt auf, durch welche! Sonst fallt ihr aus dem zweiten Stock in den Garten!«

Ich sah Janine an. Sie nickte entschlossen. Also gut. Das war entschieden.

»Stellen wir unsere Handys auf Vibration ein.«

Janine und ich beobachteten noch, wie Tommy und Sanne sich ein Stück zurückzogen. Dann öffnete ich leise die schwere Glastür des Anbaus, und wir beide schlichen die Treppe hinauf in den zweiten Stock.

LEBERWURST

Wir hatten Glück. Die Tür von Zimmer zweihundertundelf war nur angelehnt. Ich verständigte mich kurz mit Janine, dass sie Bescheid sagen sollte, wenn jemand auf dem Gang vorbeikam. Ich wollte den gefährlicheren Part übernehmen, nämlich irgendwie einen Blick in das Zimmer riskieren.

Im Moment war die Luft rein. Bevor ich es wagte, die Tür einen Spaltbreit aufzudrücken, lauschte ich mit angehaltenem Atem. Ich konnte ganz leise Stimmen vernehmen. So hatte es keinen Sinn. Ich ging davon aus, dass niemand direkt hinter der Tür stand. Wissen konnte ich es allerdings nicht.

Ich schaute noch einmal links und rechts den Gang runter und sah, wie Janine den Zeitsand fest umklammert hielt. Dann legte ich meine Handfläche an die schwere Krankenhaustür. Unendlich langsam verstärkte ich den Druck. Meine Nerven waren bis zum Äußersten gespannt. Wenn die Tür in den Angeln quietschte, waren wir verloren! Lautlos glitt das schwere Ding ein paar Millimeter nach innen. Als der Spalt vielleicht zwei Zentimeter breit war, hielt ich inne und stellte vorsichtig einen Fuß dagegen, damit die Tür nicht zufallen konnte. Ich beugte mich vor und lugte in das Krankenzimmer.

Ich konnte eine blasse Frau mit geschlossenen Augen und dick bandagiertem Arm auf einem Bett liegen sehen. In der

Hand steckte eine Kanüle und führte zu einem Beutel mit Flüssigkeit, der an einem Ständer neben dem Bett hing. Der größere Mann stand mit dem Rücken zu mir und redete mit seinem Kumpel, den ich nicht sehen konnte. Ich atmete so flach wie möglich, um etwas zu verstehen.

»Die kriegen wir nie wach! Die schläft wie ein Stein.«

»Haben die doch gesagt, die ist voll mit Morphium. Wegen der Schmerzen. Was willst du jetzt machen?«

Ich verrenkte mir den Hals, um besser mitzukriegen, was in dem Raum vorging. Jetzt konnte ich auch den anderen sehen. Der griff sich das Krankenblatt, das am Fußende des Bettes eingesteckt war, und las daraus vor.

»Bettina Hamm. Eingeliefert am 13. Oktober, Abriss zweier Finger durch eine Küchenmaschine, Zustand stabil. Morphium zwei Milligramm.«

»Igitt!«, rief der andere. »Zwei Finger ab? Wie hat die denn das hingekriegt?«

»Vielleicht hatte sie keinen Aufschnitt mehr«, kam es von ihrem Bruder. »Was weiß ich. Ist doch egal. Bettina hatte schon immer zwei linke Hände. Und jetzt eben eine mit nur noch drei Fingern.«

Eine kurze Pause entstand, dann schimpfte er: »Mist!«

»Was?«

»Na, bei so was hilft die komische Maske bestimmt nicht. Vielleicht noch bei Eierstockentzündung, aber abbe Finger sind abbe Finger.«

»Und jetzt?«

»Lass uns verschwinden. Riskieren wir's eben mit Lefèvres Neurodermitis.«

»Aber probieren können wir's doch wenigstens!«, beharrte der andere.

Ich sah, wie sich der zweite Mann in mein Blickfeld schob. Dann raschelte es, und die Plastiktüte fiel zu Boden. Ich sah Gold blitzen. Die Maske!

»Wenn du meinst, dann mach. Aber das ist Zeitverschwendung. Glaub mir.«

Ich hatte die ganze Zeit nicht geblinzelt, um ja nichts zu verpassen. Jetzt brannten mir die Augen, und ich zwinkerte ein paarmal. Ich schaute mich kurz um zu Janine, aber die nickte mir beruhigend zu. Die Luft war noch rein. Wieder drückte ich mein Auge an den Spalt der Tür. In ebendiesem Moment war der kleinere Mann dabei, die Maske auf das Gesicht der Schwester seines Bosses zu legen. Die Frau rührte sich nicht. Mit beiden Händen umfasste der Gauner die Maske, und langsam näherte sich das magische Stück dem Kopf der Frau. Jetzt konnte ich ihr Gesicht nicht mehr sehen, und in dem Augenblick, wo ich vor Spannung die Luft anhielt, leuchtete es um den Kopf von Frau Hamm dunkelrot auf. Ein feuriges Glühen schoss unter der Maske hervor, und das Rot erfüllte den ganzen Raum. Erschrocken wollte der Gangster die Maske zurückreißen, aber es ging nicht. Sie hing wie festgeschweißt dicht über dem Gesicht. Keuchend und mit ungläubigem Gesichtsausdruck riss der Kerl an der Maske, aber es schien, als wäre sie mit unsichtbaren Ketten verankert. Dann, von einem Moment auf den anderen, erlosch das Glühen, die Maske gab nach, der Typ verlor den Halt und fiel nach hinten auf den Rücken.

Der andere beachtete seinen fluchenden Freund gar nicht, sondern starrte wie hypnotisiert auf seine Schwester. Er trat näher an sie heran und betrachtete ihr Gesicht. Sein Freund rappelte sich auf, und gleich darauf trat er wieder in mein Blickfeld. Ich konnte sehen, dass er in respektvollem Abstand zum Bett stehen blieb.

»Mensch!«, sagte er mit zitternder Stimme. »Hast du *das* gesehen?«

»Klar hab ich das. Ich bin ja nicht blind. Jetzt sieh doch mal, wie glücklich meine doofe Schwester auf einmal aussieht! Ich glaub, in der Maske ist irgendeine Droge.«

»Das kann nicht sein. Ich hatte die Maske noch nicht mal ganz auf ihr Gesicht gelegt, da fing sie schon an zu glühen. Und bei mir war auch keine Droge. Nur meine Pickel sind weg.«

Der Boss sagte nichts. Er betrachtete seine Schwester nachdenklich. Dann ging ein Ruck durch ihn. Er nahm die dick in Verbände eingewickelte Hand der Frau und begann, an den Klammern zu ziehen, die die Bandage hielten.

»Bist du verrückt geworden?«, fragte sein Kumpel. »Die wird schreien vor Schmerzen! Und dann haben wir die Schwestern auf dem Hals!«

»Nun warte doch mal«, murmelte der andere. »Hat sie vielleicht was gesagt, als ich ihre Hand genommen habe, hm? Hat sie nicht! Ich will nur mal gucken.«

Lage um Lage des Verbandes löste sich von der Hand. Ich wollte wegschauen, aber gleichzeitig war ich so gespannt, dass ich einfach weiter auf die Szene starren musste, die sich da vor mir abspielte. Schließlich war die Bandage abgewickelt und nur ein großer, blutdurchtränkter Stoffballen übrig. Mir wurde schlecht. Aber ich zwang mich, den Blick nicht abzuwenden.

Dem Kerl da war wohl auch nicht ganz wohl zumute, denn er zögerte und wechselte einen Blick mit seinem Freund. Aber weil er der Boss war, durfte er keine Schwäche zeigen. Also nahm er sich zusammen und entfernte den ekligen Ballen mit spitzen Fingern. Im nächsten Augenblick fiel ihm der Unterkiefer herunter. Vor Überraschung ließ er den Arm seiner Schwester fallen. Der rutschte vom Bett und baumelte auf der mir zugewandten Seite herunter. Ich traute meinen Augen nicht. Was dort hing, war ganz und gar nicht fürchterlich.

»Das glaub ich nicht …« Ich hörte nur ein Flüstern. »Das glaub ich einfach nicht. Schau dir das doch nur an! Die hat ihre Finger wieder! Das glaub ich einfach nicht!«

Der andere war wieder aus meinem Blickfeld verschwunden, und so bekam ich nur die Hälfte des Blickwechsels mit, den die beiden austauschten. Nun hörte ich es rascheln und registrierte, dass die Maske wieder in die Plastiktüte verpackt wurde. Dann nahm der Bruder von Frau Hamm ganz vorsichtig die Hand seiner Schwester und betrachtete sie eingehend. Mir selbst war das Ganze noch völlig schleierhaft. Ich konnte einfach nicht begreifen, dass unter den blutigen Wickeln vorher eine verstümmelte Hand gewesen sein sollte. Was für eine gewaltige Heilkraft besaß diese Maske?

»Sie ist wieder ganz«, grummelte der Typ. »Sie ist total heile. Mann, das ist ein Ding! Ich glaube, wir müssen Lefèvre mit ins Krankenhaus nehmen und mal bei ein paar anderen Patienten vorbeigehen. Wenn dieses komische Stück Gold bei jedem Schwerkranken so funktioniert, kriegen wir Millionen für das Ding!«

Gerade, als er das sagte, ertönte über der Tür des Nebenzimmers ein Alarmsummer. Ich fuhr zusammen und starrte auf das blinkende gelbe Warnlicht über der Tür. Mist! Wir mussten verschwinden! Ich sah, wie Janine mich warnend ansah und hob die Hand. Nur noch eine Sekunde!

Ich linste noch einmal kurz durch die Tür, und das machte mir die Entscheidung leicht. Der Boss wickelte die Hand seiner Schwester gerade hastig wieder in die Bandagen, und der andere trat von einem Fuß auf den anderen.

»Los, lass uns abhauen. Muss ja nicht sein, dass die entdecken, dass die Finger wieder da sind, und uns dämliche Fragen stellen. Erst mal nach Hause. Lefèvre anrufen. Der wird uns nicht glauben, aber wir nehmen ihn einfach mit hierher. Da fällt dem nichts mehr ein! Los, komm!«

Ich warf einen letzten Blick auf die Frau. Sie hatte von

ihrer wundersamen Heilung überhaupt nichts mitbekommen und schlummerte immer noch tief und fest. Ich ließ die Tür langsam zugleiten, nahm Janine an der Hand, und gemeinsam stürzten wir die Treppe hinunter.

Unten angekommen, rannten wir zu Sanne und Tommy, die immer noch in der Ecke des Hofes standen, in die sie sich vorhin verzogen hatten. Ich erstickte alle aufgeregten Fragen der beiden im Keim.

»Seid doch ruhig! Die kommen jeden Moment raus! Wir erzählen euch ja gleich alles! Aber sie dürfen uns nicht entdecken!«

Ein Teil des Hofes war für die Mülltonnen abgeteilt, und dahin verdrückten wir uns schnell. Hier konnten wir nicht gesehen werden, aber die Tür des Anbaus gut im Blick behalten. Keine zwei Minuten vergingen, und die beiden Gauner kamen heraus. Freudestrahlend schlenkerte der eine die Tüte mit der Maske, und beiden stand ins Gesicht geschrieben, dass sie sich für die reichsten Männer der Welt hielten.

Schweigend sahen wir zu, wie die Diebe mit unserer Maske im Hauptgebäude verschwanden.

*

»Worauf wartet ihr? Wollt ihr nicht hinter denen her?«

Ich hielt immer noch Janines Hand und merkte, wie sie zitterte. Ich drückte sie fest, um ihr Mut zu machen. Ich spürte ein unbändiges Verlangen, hinter den Gangstern herzurennen, aber gleichzeitig wusste ich, wie sinnlos das war. Tommy sprach aus, was wir anderen dachten.

»Willst du sie aufhalten und fragen, ob sie die Maske hergeben? Vergiss es! Joe, was haben die beiden Typen jetzt vor? Erzählt uns doch erst mal, was überhaupt passiert ist!«

»Sie wollen nach Hause und diesen Lefèvre anrufen«, sagte ich resigniert. »Sie wissen jetzt genau über die Maske Bescheid.«

»Sie wollen nach Hause?«, vergewisserte sich Tommy.

Ich nickte.

»Okay. Dann wissen wir wenigstens, wo sie stecken. Ich hab eine Idee, wie wir die Maske wiederbekommen. Ihr müsst mir nur sagen, ob das hinhauen könnte.«

»Ich muss ganz nötig!«, sagte Sanne und trat von einem Fuß auf den anderen.

»Dann lasst uns am besten in die Cafeteria gehen«, meinte ich. »Da können wir etwas trinken und einen Plan machen. Und eine Toilette gibt es da bestimmt auch.«

Unsere ganze Euphorie war verflogen. Während wir uns einen Fensterplatz in der Cafeteria suchten und uns an der Selbstbedienungstheke was zu essen holten, sprachen wir kein Wort miteinander. Es war zum Verrücktwerden. Wir wussten, wer die Gangster waren, wo sie wohnten und was sie vorhatten, aber wir hatten keine Chance, ihnen die Maske wieder abzunehmen. Lustlos wählte ich eine Cola und ein Leberwurstbrötchen und gesellte mich zu den anderen an den Tisch. Tommy fing an, uns seinen Plan auseinanderzusetzen.

»Ich glaube, wir haben nur eine Chance.« Er schaute auf die Uhr. »Es ist jetzt halb neun. Wir haben noch gut drei Stunden Zeit. Wir können ihnen die Maske nur abnehmen, wenn wir sie überraschen.«

Janine nippte traurig an ihrer Cola. »Und wie willst du das schaffen?«

»Indem wir mit Joes Holografie in die Wohnung gehen und die Maske klauen.«

»Na toll!«, sagte ich. »Und du meinst, die lassen sich das Ding so einfach wegnehmen?«

»Nein«, meinte Tommy zerknirscht. »Bestimmt nicht. Aber vielleicht können wir den Zeitsand irgendwie benutzen. Ich meine, wenn wir reingehen und sie überraschen, dann wissen wir ja, wie sie reagieren, drehen die Zeit zurück und nehmen die Maske, bevor sie merken, was geschieht!«

»Immer noch toll«, murmelte ich. »Die haben die Maske doch bestimmt die ganze Zeit über bei sich. Ich würde das Ding jedenfalls nicht aus der Hand legen. Was nützt es da, die Zeit zurückzudrehen? Willst du den Typ kitzeln, damit er sie fallen lässt?«

Tommy war nicht zum Lachen zumute. Mir wahrlich auch nicht.

»Du hast ja recht«, meinte er enttäuscht. »Aber das ist die einzige Idee, die ich habe.«

Janine hatte ihr Brötchen nicht angerührt und saß mit niedergeschlagenen Augen auf ihrer Bank. Was hätte ich jetzt nicht alles gegeben, ihr helfen zu können. Auch ich hatte den

Appetit verloren und starrte auf das labbrige Leberwurstbrötchen auf meinem Teller. Gedankenverloren nahm ich einen Schluck Cola. Plötzlich durchfuhr mich eine wütende Welle heißen Zorns.

»Wie spät, sagst du?«

»Zehn nach halb neun.«

»Das sind nur noch dreieinhalb Stunden!«

»Das wissen wir doch!«, sagte Tommy hilflos.

»Passt auf«, meinte ich entschlossen. »Tommy hat recht. Die einzige Chance, die Maske wiederzubekommen, ist, in die Wohnung einzubrechen und sie zu stehlen.« Ich lachte trotzig auf. *Sie stehlen!* »Sie gehört uns doch! Und deswegen werde ich da reingehen und es versuchen!«

»Das darfst du nicht!«, rief Sanne erschrocken. »Die haben doch eine Pistole!«

»Und ich habe eine Holografie!«, sagte ich grimmig. »Und den Zeitsand! Das heißt … wenn Janine ihn mir solange gibt!«

»Na klar mach ich das! Aber ist das nicht trotzdem zu gefährlich?«

Ich konnte nicht antworten, weil ich genau wusste, wie gefährlich es war. Ich sah an den Blicken meiner Freunde, dass sie das Gleiche dachten. Aber ich sah auch den Hoffnungsschimmer in ihren Augen. Au Mann, jetzt hatte ich mich reingeritten! Ich wusste auch nicht, was heute in mich gefahren war. Ständig hatte ich die gefährlichsten Ideen. Aber ich sah Janines traurige Augen vor mir und dachte an ihre Mutter und die Gewissheit, dass Janine uns wohl für immer verlassen würde, wenn wir ihr nicht helfen konnten. Und dann fiel mir ein allerletztes Argument ein: *Das goldene Antlitz muss ruhen in der Kammer bevor die Phase eines Mondes endet sonst wird das magische Gold seine Bannkraft verlieren und die bösen Keime säen …*

»Wir *müssen* die Maske holen«, sagte ich leise. »Sonst wird sie die bösen Keime säen.«

»Was soll das eigentlich bedeuten?«, fragte Sanne ängstlich.

Wir hatten noch nie richtig über diese Worte nachgedacht. Aber ich hatte die Gefahr hinter ihnen irgendwie geahnt. Tommy sprach genau das aus, wovor ich mich fürchtete.

»Wir wissen, dass diese Maske magische Heilkraft besitzt. Sie nimmt demjenigen, dem sie aufgelegt wird, jede Krankheit. Ich … ich glaube, dass sie jeden Keim in sich aufnimmt und speichert. Wie ein Schwamm. Sie bannt die Keime sozusagen. Und wenn sie diese Bannkraft verliert, dann … dann …«

»Dann kommen die Keime alle wieder raus?«, fragte Janine entgeistert.

Tommy nickte schweigend.

Ich bekam einen vollkommen trockenen Mund. »Du meinst, dann können all die Krankheiten, die die Maske über Jahrtausende in sich aufgenommen hat, wieder rauskommen und die Menschen infizieren?«

»Ich wüsste nicht, was es sonst heißen sollte«, meinte Tommy bekümmert. »Wenn das wirklich stimmt, könnten hier ganz viele Seuchen ausbrechen.«

Als Tommy das sagte, konnte ich mich nicht mehr zurückhalten und stieß meinen Stuhl so wild zurück, dass die Frau hinter der Theke mich strafend ansah.

»Dann *müssen* wir sie holen! Wir dürfen nicht länger warten!«

Tommy hob beschwichtigend die Arme. »Warte! Willst du dich umbringen lassen? Das bringt uns die Maske auch nicht zurück.«

»Nein, will ich nicht! Aber ich hab meine Holografie. Und wenn Janine mir den Zeitsand gibt, kann ich den doch verstreuen, wenn's gefährlich wird!«

Meine Worte hingen im Raum, und alle dachten über das Gesagte nach. Janine holte das Glas mit Zeitsand aus ihrer Jacke und stellte es vorsichtig auf den Tisch. Acht Augen fixierten den magischen Gegenstand. Ich konnte sehen, dass in Tommy zwei Wünsche miteinander kämpften. Er wollte, dass wir die Maske wiederbekamen, aber er wollte mich auch keiner Gefahr aussetzen. Ich hielt es nicht mehr länger aus. Ich griff mir das Glas und steckte es ein.

»Ich geh jetzt!«, rief ich. »Wenn ihr mitkommen wollt, dann kommt. Sonst wartet zu Hause auf mich!«

»Hey, langsam!«, sagte Tommy gutmütig. »Wir sind immer noch vier. Vier Herzen! Schon vergessen?«

»Nein«, sagte ich matt. »Entschuldige. Aber willst du noch länger warten?«

Tommy stand auf, und auch die anderen rückten ihre Stühle zurück. In Janines Augen sah ich unendliche Dankbarkeit, und das gab mir neuen Mut. Die möglichen Folgen dessen, was ich jetzt vorhatte, schob ich beiseite.

»Nein. Du hast recht. Wir können nicht länger warten. Aber alleine gehst du nicht. Ich komme mit.«

»Und was ist mit uns?«, fragte Sanne enttäuscht.

»Ihr müsst nach Hause fahren und auf uns warten«, sagte Tommy entschieden. »Es macht keinen Sinn, wenn wir da alle auftauchen. Das wäre zu auffällig. Sollte etwas passieren, geben wir euch per Handy Bescheid, und ihr ruft die Polizei.«

Sanne wäre gerne mitgegangen, aber dann sah sie Janines blasses Gesicht und nickte.

»Okay. Aber speicher besser gleich eine Nachricht aufs Handy, dann brauchst du nur noch auf Senden drücken, wenn was schiefgeht.«

»Hey, das ist eine klasse Idee!«, sagte Tommy und lächelte. »Wir sind ein verdammt gutes Team!«

»Das sind wir!« Janine sah mir fest in die Augen. »Versprich mir, dass du auf dich und Tommy aufpasst!«

Ich schluckte. »Versprech ich!«

Wir stellten die leeren Colaflaschen und die Gläser auf ein Tablett und schoben es in die dafür vorgesehene Rückgabebox. Ich hatte keinen Bissen von dem Leberwurstbrötchen gegessen, merkte aber jetzt, wie mein Magen knurrte. Kurzerhand nahm ich es vom Tablett, wickelte es in eine Serviette und steckte es in die Jackentasche. Ich nahm mir vor, es in der U-Bahn zu verdrücken. Vielleicht half es ein bisschen, meine Nervosität zu dämpfen.

Ein kurzes Stück fuhren wir gemeinsam. Dann mussten die Mädchen umsteigen. Kurz bevor die Bahn ihre Station erreichte, fiel Tommy noch etwas ein.

»Ich werde zwei SMS aufs Handy speichern. Eine, falls Gefahr droht und ihr die Polizei rufen müsst, und eine, wenn wir die Maske haben. Dann könnt ihr schon rauskommen und auf uns warten.«

»Das ist Quatsch!«, sagte Sanne. »Wenn ihr sie tatsächlich kriegt, verliert ihr nur Zeit, wenn ihr erst wieder nach Hause fahrt. Sende die Nachricht, und wir fahren gleich zu Janines Mutter und treffen uns da.«

»Natürlich«, meinte Tommy bekümmert. »Ich werde alt. Also, ich schreibe entweder: *Polizei* oder *Wir haben sie*. Okay? Wenn etwas dazwischenkommt, rufen wir euch an.«

»Okay.« Die U-Bahn hielt, und Sanne und Janine stiegen aus. Als sich die Türen wieder schlossen, blickten wir durch das Fenster in die bangen Gesichter der beiden und fühlten uns wie auseinandergerissen. Als der Zug beschleunigte, standen sie wie angewurzelt da, schauten uns nach und wurden rasch immer kleiner. Dann verschluckte uns der Tunnel.

⋆

Um zwei Minuten vor halb zehn kamen wir in der Paulstraße an. Die ganze Zeit über hatte ich darüber nachgedacht, was wir machen sollten, wenn die beiden Typen doch nicht nach Hause gefahren wären und vielleicht in irgendeiner Kneipe säßen und auf ihr Glück tranken. Aber als wir um die Ecke bogen und das Auto vor ihrem Haus sahen, stieß Tommy einen Seufzer der Erleichterung aus.

»Da steht ihr Wagen!«

Ohne Zweifel parkte dort der Lieferwagen, in dem ich unglaubliche Ängste ausgestanden hatte. Erst jetzt sah ich, dass er mit einer Aufschrift verziert war: *Hamm Entrümpelungen.* Ich focht im Innern einen Kampf aus. Dass ihr Wagen hier stand, bedeutete, dass sie zu Hause waren. Es bedeutete aber auch, dass ich hochgehen musste. Hätte ich es tatsächlich besser gefunden, wenn der Wagen nicht vor dem Haus geparkt hätte? *Nein!,* entschied ich. Ich musste meine Angst bekämpfen. Ich tastete nach meiner Holografie, und wieder spendete sie mir Trost und Mut. Und ich spürte das Glas mit dem Zeitsand in der Jacke. Zwei Dinge, von denen die Gauner nicht die geringste Ahnung hatten. Ich merkte, wie Tommy mich beobachtete.

»Soll ich mit raufkommen?«

»N… nein«, murmelte ich. »Ich schaff das schon.«

»Ich komm *doch* mit rauf«, sagte er entschieden. »Wenn du durch die Tür gehst, warte ich davor. Falls was schiefgeht, schreist du, dann ruf ich die Polizei.«

Er holte sein Handy hervor und suchte nach den eingespeicherten SMS.

»Alles klar. Brauch nur noch auf Senden zu drücken. Bist du so weit?«

Bist du so weit? Schöne Frage. Alles, aber auch alles, zog mich von hier fort. Ich wollte nach Hause, ein Videospiel spielen, fernsehen, surfen oder ins Kino gehen. *Aber nicht nach dort oben!*

»Klar bin ich so weit!«

Wir überquerten die Straße, öffneten aber erst die schwere Eingangstür, nachdem wir ausreichend Zeit investiert hatten, um uns zu vergewissern, dass niemand im Flur war, und betraten das Haus der Diebe unserer Maske.

So langsam erwachten die Menschen an diesem Sonntagmorgen. Es war bald zehn Uhr, und durch die Wohnungstüren drangen die typischen Geräusche eines Sonntags. Hier leise klassische Musik. Sicher ein älteres Ehepaar. Dort stritten sich Kinder, und hinter wieder einer anderen Tür hörten wir jemanden telefonieren. Die Stufen des Altbaus knarrten, als wir eine nach der anderen erklommen. Warum auch immer, ich zählte sie mit. Es waren genau zweiundneunzig.

Und dann standen wir vor dem glänzenden Messingschild mit dem Namen *Hamm*. Ich verständigte mich wortlos mit Tommy. Den Zeitsand in der einen und die Holografie in der anderen Hand beugte ich mich vor und lauschte an der Tür. Nichts. Kein Laut. Ich schaute Tommy an, und er kam ganz nah mit seinem Mund an mein Ohr und flüsterte mir zu:

»Mach, dass du rauskommst, wenn's gefährlich wird!«

Ich nickte, brachte aber kein Wort über die Lippen. Dann wechselte ich den Zeitsand von der rechten in die linke Hand, nahm dafür die Holografie in die rechte, um sie besser werfen zu können, und holte tief Luft. Ein letztes Mal sah ich Tommy in die Augen, dann dachte ich an gar nichts mehr. Ich warf die Holografie in die Luft und rief so leise wie möglich: *Ich will da rein!*

Augenblicklich verharrte die Kugel in der Luft, begann zu rotieren und wechselte ihre Farbe von einem dunklen Blau in ein helles Grün. Eine Sekunde später nahm sie Fahrt auf und durchdrang die schwere Wohnungstür, als wäre diese nicht vorhanden.

Ich hörte noch Tommys leise Worte »Vergiss die Holografie nicht!«, und schritt ohne zu zögern durch die Tür.

Auf der anderen Seite duckte ich mich unwillkürlich. Mein Magen bestand aus einem Stein, und ich musste so nötig zur Toilette wie nie zuvor in meinem Leben. Mit Gewalt unterdrückte ich das Bedürfnis. Als ich registrierte, dass im Flur niemand auf mich lauerte, ließ meine Panik etwas nach. Schnell blickte ich mich um. Drei Türen gingen von dem schmalen Gang ab. Die Tür, die nach rechts führte, war nur angelehnt. An der links von mir stand auf einem kleinen Schild: *Save water, shower with a friend*. Das musste das Badezimmer sein. Die dritte Tür geradeaus stand offen, und ich erblickte einen Herd, einen riesigen amerikanischen Kühlschrank und auf einer Spüle diverses benutztes Geschirr. Die Küche!

Vorsichtig schlich ich vorwärts und riskierte einen Blick. Die Küche war leer. Gott sei Dank. Angespannt lauschte ich. Kein einziger Laut war zu vernehmen. Sollten die doch nicht zu Hause sein? Vorsichtig machte ich drei Schritte zurück. In das Bad wollte ich nicht schauen. Da müsste ich die alte Tür aufmachen, und die würde sicher fürchterlich knarren, so wie die aussah. Außerdem hätte ich gehört, wenn einer auf dem Klo gewesen wäre. Blieb die letzte Tür.

Mit angehaltenem Atem postierte ich mich davor und lauschte. Aus den Augenwinkeln heraus sah ich etwas glimmen. Ich drehte mich langsam in die Richtung und erkannte sofort meine Holografie! Leise bückte ich mich und hob sie auf. Ich betrachtete sie kurz. Ich täuschte mich nicht, sie war immer noch hellgrün und seltsam leicht. Jetzt hatte ich wieder beide Hände voll, denn in der anderen hielt ich das Glas mit Zeitsand. Das war blöd, denn so musste ich mich mit der Schulter gegen die dritte Tür lehnen, um sie etwas weiter zu öffnen, und hatte weniger Gefühl dabei.

Gott sei Dank knarrte oder quietschte sie nicht, als ich sie Zentimeter für Zentimeter aufdrückte bis sie schließlich so weit offenstand, dass ich meinen Kopf vorsichtig hindurchstecken konnte. Was ich sah, gefiel mir ganz und gar nicht. Dies war das Wohnzimmer. Gegenüber am Fenster stand die Couchgarnitur, und lang ausgestreckt und mit der goldenen Maske auf der Brust schlief dort der Boss tief und fest! Etwas Spucke lief ihm aus dem Mundwinkel, und der Kerl röchelte bei jedem Luftholen durch die Nase. Die Maske lag gefährlich wackelig auf seiner Brust und hob und senkte sich bei jedem Atemzug.

Meine Gedanken überschlugen sich. Der schien tief und fest zu schlafen. Auf dem Wohnzimmertisch stand eine halbleere Whiskyflasche. Da hatten die sich wohl in der einen Stunde einen ganz schönen Rausch angetrunken. Und letzte Nacht wahrscheinlich auch nicht geschlafen vor lauter Freude über ihren großen Fang. Aber wo war der andere? Ich konnte nicht um die Ecke sehen, aber ich war sicher, dass da niemand mehr sein konnte. Der andere Kerl würde sicher im Schlafzimmer auf dem Bett liegen. Ich fixierte die Maske. Sie lag einfach so auf der Brust des Mannes. Ich brauchte sie nur nehmen und damit verschwinden. *Nur nehmen und damit verschwinden!* Einen Moment dachte ich an Tommy, der draußen vor der Tür stand und sicher Todesangst um mich ausstand. *Hah!,* dachte ich. *Ich* hatte Todesangst! Doch dann traf ich die Entscheidung meines Lebens. Ich war hier drin, ich sah die Maske, brauchte sie nur zu nehmen, und ich war der Einzige, der das tun konnte. *Okay*, dachte ich, *mach es!*

Millimeter für Millimeter schob ich die Tür weiter auf, bis die Lücke groß genug war, damit ich mich durchquetschen konnte. Ich fixierte den schlummernden Kerl auf dem Sofa so intensiv, dass meine Augen zu tränen begannen. Nicht ein Geräusch hatte ich verursacht, bis ich vollständig im Wohnzimmer stand. Der Typ schnarchte! Dabei stand sein Mund doch gar nicht offen …

Plötzlich kam mir eine fürchterliche Erkenntnis. Mein ganzer Körper wurde mit einem Mal eiskalt. Das war kein Schnarchen. *Das war ein Knurren!*

Mein Kopf schnellte herum. Ein Dobermann! Auf einer unansehnlichen Hundedecke neben der Heizung lag ein riesiger Dobermann, der sich in ebendem Moment aufrichtete, als ich ihn entdeckte. Seine Lefzen nach oben gezogen, sah ich seine blitzenden weißen Zähne. Und was waren das für Zähne! Dobermänner sind eigentlich schlanke Tiere, aber der hier hatte einen gewaltigen Brustkorb und war bestimmt so groß wie eine kleine Dogge. Sein bösartiges Knurren verstärkte sich. Das Tier sprang auf die Beine und bellte los. Ein wütendes und verdammt unmissverständliches Bellen. Das Letzte, bevor er angreifen würde!

Ich stand wie erstarrt. Ich liebe Hunde. Ich liebe *alle* Hunde. Aber dieser hier liebte *mich* nicht! Und dann war alles aus. Sein Herrchen wachte von dem Gebell auf und schaute verwirrt um sich. Dann begriff er, was vor sich ging. Er packte die Maske und erhob sich vom Sofa. In dem Moment machte der Hund einen Satz nach vorn, blieb dann aber noch einmal stehen. Sabber lief aus seiner Schnauze, und das Knurren war jetzt in einer derart tiefen Tonlage, dass es mir durch Mark und Bein ging. Was um Gottes willen sollte ich jetzt tun? Ich war versucht, um Hilfe zu schreien, damit Tommy mich hörte und die Polizei rufen würde. Aber bis dahin hatte mich der Hund wahrscheinlich aufgefressen oder der Kerl mich niedergeschossen. Das Riesenviech zuckte schon wieder nach vorn, und der Gangster machte nicht die geringsten Anstalten, seiner Bestie Einhalt zu gebieten. Die Eingebung kam wie ein Blitz in meinen Kopf. *Der Zeitsand!* Aber das Glas war noch verschlossen, und ich hatte die Holografie in der anderen Hand!

»Satan!«, brüllte der Gangster auf einmal. *»Stell ihn!«*

Satan hieß das Monster! Na, das passte ja! Jetzt war keine Zeit mehr zum Überlegen. Als der Hund lossprang und mich packen wollte, warf ich die Holografie in den Flur und schrie *Raus!* Dann schwang ich die Wohnzimmertür mit einem Ruck ganz nach innen, und der Dobermann prallte mit seinem Körper voll dagegen und jaulte auf. Blitzschnell zog ich den Verschluss von dem Glas mit Zeitsand ab, und in der Sekunde, in der sich der schwarze Bluthund schüttelte und wieder aufrappelte, kippte ich es nach vorn und verschüttete eine Ladung davon. Noch während die Welt um mich verwischte und konturlos wurde, sprang ich durch die Wohnungstür. Es war ein Gefühl, als wäre ich in Watte gepackt, und meine Bewegungen erschienen mir wie in Zeitlupe. Aber es klappte. Draußen im Hausflur knallte ich mit Tommy zusammen.

Voller Panik und Erschrecken klammerten wir uns aneinander.

»Pass auf!«, brüllte Tommy. »Du verschüttest den Zeitsand!«

Ruckartig hielt ich das Glas wieder gerade, und wir lösten uns voneinander. Ich drückte den Verschluss auf die Öffnung und vergewisserte mich, dass er fest saß. Dann erst lauschten wir in den Flur und an der Wohnungstür, ob irgendein Geräusch zu vernehmen war. Doch keiner der Mieter öffnete die Tür, um nachzusehen, wer da so viel Lärm gemacht hatte. Unser Atem ging stoßweise, und erst nachdem mehrere Minuten vergangen waren und aus der Wohnung der beiden Gangster kein Laut drang, beruhigten wir uns langsam.

Diesmal brauchte ich nicht so lange wie sonst. Suchend blickte ich mich um. Da lag sie! Ich nahm meine Holografie wieder an mich.

»Was ist denn bloß passiert?«, drängte Tommy. »Nun sag schon!«

Da ich wusste, dass wir die Zeit um einiges zurückgedreht hatten, erzählte ich Tommy in Ruhe, was mir in der Wohnung widerfahren war. Seine Augen wurden immer größer. Dann standen wir schweigend da. Was jetzt?

»Gegen den Hund hilft auch kein Zeitsand«, sagte Tommy zerknirscht. »Der wird immer wach werden, egal, wie weit du zurückdrehst.«

Ich nickte. Auch mir war klar, dass wir mit dem Zeitsand hier nicht weiterkommen würden. Im Moment schliefen die da drin bestimmt wieder tief und fest. Aber wenn ich in die Wohnung zurückging, ging das Theater von vorne los. Wir mussten uns etwas anderes einfallen lassen. Wie macht man einen Hund unschädlich? Nein, ich wollte ihn ja nicht gleich unschädlich machen. Nur ungefährlich. Und dann kam mir die Eingebung. Ich grinste von einem Ohr zum anderen. Tommy starrte mich an, als sei ich ein völlig Fremder.

»Was ist denn jetzt los? Das ist doch nicht lustig!«

»Nein, ist es nicht«, meinte ich. Ich überlegte kurz, denn wenn meine Idee nicht funktionierte, dann hatte ich diese Bestie gleich wieder am Hals. Im wahrsten Sinne des Wortes!

»Hast du Hunger?«, fragte ich.

»Ja, schon«, sagte Tommy. »Aber ich kann doch jetzt nichts essen! Bist du verrückt geworden?«

»Nein. Bin ich nicht. Aber ich hab ein Leberwurstbrötchen dabei!« Unter Tommys völlig verständnislosen Blicken zog ich mein sorgfältig in eine Papierserviette eingewickeltes Brötchen hervor, das ich vorhin in der Cafeteria eingesteckt hatte.

»Du müsstest eigentlich wissen, dass Leberwurst unwiderstehlich für Hunde ist! Wenn du Leberwurst hast, liebt dich jeder Hund!«

»Hm ...«, zweifelte Tommy. »Aber liebt der auch jemanden mit Leberwurst, der in sein Territorium einbricht?«

Ich schluckte.

»Aber es könnte funktionieren. Ich werde das Glas Zeitsand gleich offenlassen, wenn ich wieder reingehe. Und wenn der Hund meine Wurst nicht mag, komm ich sofort wieder raus.«

»Du willst wirklich wieder reingehen?« Tommy sah mich an wie einen Geist.

»Ja«, sagte ich wild entschlossen. »Wie spät ist es?«

»Zehn vor zehn.«

»Also wir schaffen es nur jetzt oder nie. Diesmal brauch ich die Tür erst mal nicht so weit aufmachen. Da kann ich notfalls so wieder raus. Du wartest doch hier, oder?«

»Pass bloß auf! Ohne Zeitsand und Holografie und vor allem ohne Joe bin ich aufgeschmissen!«

Wir grinsten uns an. Komisch, ich hatte in diesem Moment alle Angst abgelegt. Ich nickte Tommy zu. Dann nahm ich die Holografie, rief leise: *»Ich will da rein!«,* und warf die Kugel in die Luft. Ich sah gar nicht mehr zu, wie sie anfing, sich zu drehen, und dann die Tür durchdrang, sondern nahm den Verschluss vom Zeitsand ab, steckte ihn in die Hosentasche und ging ohne zu Zögern mitten durch die Wohnungstür.

Ich verlor keine Sekunde mit Herumschauen. Die Holografie lag in derselben Ecke des Flurs wie vorhin, aber ich konnte sie jetzt nicht aufheben, weil ich beide Hände brauchte. Äußerst vorsichtig stellte ich das Glas Zeitsand auf dem Boden ab. Dann nahm ich das Brötchen, klappte die Hälften auseinander, nahm etwas von der Wurst und rieb mir damit die rechte Hand ein. Ich klappte das labbrige Ding wieder zu und ging neben der Wohnzimmertür in die Hocke.

Diesmal drückte ich die Tür mit der rechten Hand auf. Langsam, ganz langsam entstand ein Spalt. Als er für meine Zwecke groß genug war, schob ich das Brötchen hindurch. Dann nahm ich den Zeitsand in die linke Hand, erhob mich und wartete.

Viele Sekunden vergingen. Ich lauschte so angestrengt, dass ich nicht einmal zu atmen wagte. Dann jedoch hörte ich ein flauschiges Tapsen. Konnte es sein …?

Das Wohnzimmer war mit dickem Teppichboden ausgelegt, sodass es eigentlich unmöglich erschien, Hundepfoten darauf hören zu können. Aber doch! Plötzlich tauchte die

Nase des Dobermanns im Spalt der Tür auf! Starr wie eine Statue im Tempel der Artemis stand ich da und beobachtete den Hund. Jetzt sah ich Satans ganzen Kopf. Neugierig schnüffelte das Kerlchen am Brötchen, und dann schaute das riesige Tier hoch und mir direkt in die Augen! Während ich versuchte, mich genau daran zu erinnern, wo die Holografie lag, falls Satan doch keine Leberwurst mochte und auf die Idee kam, die Tür aufzudrücken, um mir an die Kehle zu gehen, begann ich, leise auf ihn einzureden.

»Lecker Fresschen für dich, braver Hund! Gaaanz brav ...«

Ich sprach so leise wie nur möglich, um den schlafenden Gangster auf dem Sofa nicht zu wecken. Aber ich brauchte gar nicht so viel zu reden. Der Geruch von Leberwurst hat noch jeden Hund zahm gemacht! Nicht ein bisschen Knurren oder Zähnefletschen von Satan. Nach einem kurzen neugierigen Blick auf mich wandte er sich meinem Brötchen zu und leckte es genüsslich ab. Dann nahm er das inzwischen recht unansehnliche Ding vorsichtig in die Schnauze, legte sich platt auf den Boden, warf den Kopf hoch, und *Schnapp* war das nicht gerade kleine Teil mit zweimal Schlucken im Rachen verschwunden. Jetzt musste ich handeln. Wenn ich gewinnen wollte, ging das nur in den nächsten Sekunden. Leise weiter vor mich hinredend, hielt ich meine rechte, mit Leberwurst eingeschmierte Hand durch die Tür und versuchte nicht an irgendein Angstgefühl zu denken, weil das jeder Hund sofort mitbekommt.

Satan stand auf.

Er kam zu mir und leckte mir die Hand ab! Blitzschnell traf ich eine Entscheidung. Wenn ich jetzt in das Zimmer hineinging, würde ich die Holografie und den Zeitsand im Flur lassen müssen, während mich dieser Kampfhund ableckte. Gleichzeitig würde ich versuchen, die Maske mit der anderen Hand zu nehmen. Verdammt, warum hatte ich keine vier Hände?

Während das schwarze Riesenviech mich abschlabberte, stellte ich den Zeitsand wieder ab und drückte die Tür behutsam nach innen auf. Nur so weit, dass ich durchpasste. *Satan aber auch!* durchfuhr es mich. Aber das war jetzt egal. Entweder der Hund akzeptierte mich als den Freund mit der leckeren Leberwurst, oder er überlegte es sich, und ich war geliefert.

Ich war im Zimmer. Der Kerl auf dem Sofa schlief tief und fest. Also los. Mit dem schlabbernden Satan an der Hand ging ich langsam die wenigen Schritte hinüber und postierte mich vor dem Schlafenden. Der Hund interessierte sich überhaupt nicht für das, was ich tat, sondern ausschließlich für meine verdammt leckere Hand. Aber irgendwann würde er auch das allerletzte Leberwurstmolekül abgeleckt haben. Und dann? Nein, jetzt oder nie!

Dummerweise hatte ich mir die rechte Hand mit der Wurst eingeschmiert und musste nun mit meiner schwächeren linken die Maske anheben. Ich griff sie von der Seite und nahm sie behutsam von der sich hebenden und senkenden Brust des schnarchenden Kerls. Jetzt traten mir doch Schweißperlen auf die Stirn, aber ich zog das durch. Das goldene Stück war so schwer, dass meine Hand sofort zu zittern anfing. Mit einem Ruck nahm ich sie und klemmte sie unter den linken Arm. Geschafft!

Der Gauner rührte sich nicht. Der schlief den Schlaf des Ungerechten. Ich begann, Satans Kopf mit der nun wohl leberwurstfreien Hand zu streicheln, und machte mich auf den Rückzug. Mit meinem neuen Freund im Schlepptau zwängte ich mich durch den Spalt der Wohnzimmertür und stand wieder im Flur. Jetzt blieb nur noch ein Problem. Ich hatte drei Sachen, aber nur zwei Hände. Die Holografie konnte ich ja werfen. Für einen fürchterlich langen Moment musste ich die Maske an die Wand lehnen. Ich hatte Bauchschmerzen, dass der Gauner aufwachen, durch die Tür stürzen und mich noch erwischen könnte. Aber ich schüttelte alle Gedanken daran ein letztes Mal ab, fingerte den Verschluss des Zeitsands aus der Hosentasche, verschloss unter den neugierigen Augen Satans das Glas wieder und behielt es in der Hand. Dann bückte ich mich und hob die Holografie auf. Mit einem letzten *Braves Hundchen …* warf ich sie in die Luft und rief leise: *»Raus!«* Noch während sich die Kugel grün färbte, ihre Drehungen verstärkte und sie durch die Tür verschwand, nahm ich die Maske mit der rechten Hand auf, sagte: *»Tschüss, Satan!«* und sprang mitten durch die Eingangstür in den Hausflur!

Dann passierte dreierlei. Ich rempelte Tommy an, der überrascht nach hinten stolperte, drinnen fing Satan auf einmal an wie wild zu bellen, vielleicht, weil sein Leberwurstfreund für immer verschwinden wollte, und zu allem Überfluss ging auch noch die gegenüberliegende Wohnungstür auf, und ein erstauntes Männergesicht erschien.

»Nimm die Maske!«, brüllte ich Tommy an und knallte ihm das Goldstück in die Arme. Dann suchten meine Augen unter den verwirrten Blicken des Nachbarn hektisch den Treppenabsatz ab. Da endlich entdeckte ich die Holografie, direkt vor den Füßen des glotzenden Mannes. Ich sprang hin, hob meinen Schatz auf und schrie: *»Los, weg hier!«*

Ich war nicht der Einzige, der schrie. Hinter der Wohnungstür der Gangster ertönte auf einmal ein unbeschreiblicher Lärm. Unter das Hundegebell mischte sich das Wutgeschrei eines Mannes. Wir verloren keine Sekunde. Der völlig verdutzte Nachbar sagte etwas, aber wir hörten ihn nicht mehr. Wie wild polterten wir die Treppen hinunter, und ich betete, dass ich nicht hinfiel, da ich doch beide Hände voll hatte und mich nicht am Geländer festhalten konnte. Tommy war einen Tick schneller als ich und hielt mir unten die Tür auf. Wie der Blitz schossen wir aus dem Haus ins Freie.

Wohin?

»Der Köter kann uns verfolgen! Der riecht uns doch!«, stieß Tommy atemlos hervor. Ich wollte es beim besten Willen nicht darauf ankommen lassen zu testen, ob Satan noch immer mein Freund war, und meine Gedanken überschlugen sich.

»In die U-Bahn!«, brüllte ich und rannte los, ohne auf die

Reaktion von Tommy zu warten. Wir rannten die Paulstraße hinunter, umkurvten Passanten und verschwendeten keine Sekunde damit, uns umzudrehen. Doch es war kein Hecheln eines auf uns gehetzten Bluthundes hinter unseren Rücken zu hören. Aber allein schon der Gedanke daran machte mir solche Beine, dass ich mit der Laufzeit, die wir bis zur U-Bahn-Station brauchten, jeden Bundesjugendwettbewerb in unserer Schule gewonnen hätte.

Immer zwei Stufen auf einmal nehmend, verschwanden wir im Untergrund. Als wir den Gang entlang zum Bahnsteig rannten, fiel mir ein, dass sonntags die Züge nur alle zehn Minuten kamen! *Bitte, lieber Gott, mach, dass er jetzt kommt,* flehte ich. Es war nicht zu glauben, aber das Glück blieb uns erhalten, denn als wir um die Ecke bogen, hörten wir gerade die Stimme der Abfertigung: *Zurückbleiben bitte!* Aber zurückbleiben wollten wir wahrhaftig nicht! Wir sprinteten die letzten Meter zum Zug und schlüpften gerade noch durch die Türen, als sie sich schon zu schließen begannen. Mit einem leichten Ruckeln fuhr die Bahn an, und Tommy und ich blickten uns keuchend, aber überglücklich an. Mit einem Augenzwinkern verbarg er die Maske unter seiner Jacke.

Als die U-Bahn in den Tunnel fuhr, war mir, als würde ich einen schwarzen, vierbeinigen Schatten in die Station huschen sehen.

DIE MASKE

Als wir an der Station, an der wir in den Bus nach Hause umsteigen mussten, die Stufen vom U-Bahnhof nach oben hasteten, fummelte Tommy schon sein Handy aus der Jacke.

»Ich sende jetzt *»Wir haben sie*, dann können die beiden gleich zu Janine nach Hause losfahren!«

Während ich auf den Verkehr achtete, als wir die Straße überquerten, suchte Tommy die SMS raus und sandte sie ab. Dann stellten wir uns in einen Hauseingang hinter der Haltestelle und warteten auf den Bus. Verstohlen schauten wir die Straße entlang, ob sich irgendetwas Verdächtiges zeigte, aber es kam niemand. Ich konnte mir auch nicht vorstellen, dass die Gangster herauskriegen würden, an welcher Station wir ausgestiegen waren.

Plötzlich klingelte das Handy. Wir fuhren erschrocken zusammen. Tommy schaute auf das Display.

»Es ist Janine!«

Er drückte auf Empfang, sagte nur: *»Ja, Janine?«* und hörte dann nur noch zu. Manchmal nickte er. Janine redete so laut, dass ihre Stimme als Wispern bis zu mir herüber drang. Dann beendete Tommy das Gespräch. Sein Gesicht war ernst.

»Janines Mutter wurde gestern ins Krankenhaus gebracht. Ihr ging es auf einmal ziemlich schlecht. Deswegen hat ihr Vater bei euch angerufen. Wir können nicht zu ihr nach Hause, sondern müssen ins Krankenhaus. Sanne und Janine sind schon losgefahren.«

»In welches Krankenhaus?«

»Dreimal darfst du raten!«

»Etwa ins …?«

Tommy nickte. »Ganz recht, ins Sophien-Krankenhaus! Die ganze Zeit über waren wir dicht bei Janines Mutter und wussten es nicht. Wir hätten schon im Krankenhaus versuchen müssen, die Maske wiederzukriegen.«

»Wie denn?«, fragte ich kopfschüttelnd.

»Hast ja recht. Aber jetzt haben wir sie ja. Los, wir müssen wieder in die U-Bahn! Wie spät ist es?«

Ich sah auf die Uhr. »Halb elf! Das schaffen wir nie!«

»Komm schon!«, rief Tommy und rannte los. Wieder rasten wir U-Bahn-Treppen hinunter. Wir brauchten auch diesmal nicht lange zu warten, aber die zwei, drei Minuten, die es dauerte, bis der Zug einfuhr, zogen sich in die Länge wie Kaugummi.

Fünfzehn Minuten später waren wir im Krankenhaus.

Es war heute schon das zweite Mal, dass uns Sanne und Janine am Haupteingang entgegensahen. Und sie hatten unsere Hunde mitgebracht! Als die beiden uns bemerkten, jaulten sie vor Freude und zogen wie wild an ihren Leinen, mit denen die Mädchen sie an Fahrradständern festgemacht hatten. Wir knuddelten die beiden kurz. Für mehr war jetzt keine Zeit.

»Wir sind auch gerade angekommen.« Janine war schrecklich aufgeregt. Ihr Blick irrte von einem zum anderen und blieb dann an Tommys Jacke hängen, unter der sich die

Ausbuchtung der Maske abzeichnete. Tommy nickte und klopfte mit der Hand gegen die Jacke.

»Hier ist sie. War verdammt gefährlich, das Ding wiederzubekommen. Joe hat einen Dobermann besiegt!«

»Echt?«, fragte Sanne bewundernd.

»Echt«, sagte ich. »Aber das erzähl ich dir später. Wir haben nur noch anderthalb Stunden Zeit. Wir müssen jetzt zu Janines Mutter!«

»Nun kommt doch endlich!«, drängte Janine. Wir durften jetzt wirklich keine Zeit verlieren. Wir redeten beruhigend auf unsere Hunde ein, damit sie verstanden, dass sie draußen warten zu mussten, drückten uns durch die Drehtür und fragten an der Anmeldung nach Janines Mutter.

»Hast du nicht heute früh erst deine Tante besucht?«, fragte Schwester Annerose mit irritiertem Blick. »Und deine Mutter hast du vergessen? Die beiden liegen gleichzeitig in unserem Krankenhaus, und du vergisst deine Mutter? Findest du das nicht ein bisschen merkwürdig?«

Tommy hatte keine Lust, lange zu diskutieren. Und wir alle keine Zeit.

»Es ist nicht meine Mutter, sondern die von Janine, meiner Freundin hier. Und außerdem wussten wir bis eben gar nicht, dass sie ins Krankenhaus musste. Wir waren nicht zu Hause.«

»So, so, nicht zu Hause«, grummelte die Schwester mit finsterer Miene. »So ist die Jugend heute, treibt sich nachts herum, und die Eltern kommen um vor Sorgen …«

»Bitte, liebe Schwester …«, drängelte Janine mit Tränen in

den Augen, »bitte sagen Sie mir, wo meine Mutter liegt. Ich muss doch zu ihr …«

Die strenge Schwester ließ sich durch ihre verzweifelte Miene wohl doch erweichen und suchte die Daten heraus.

»Station zwei, Zimmer zweihundertsechsundzwanzig. Das ist gleich hier den Gang runter auf der linken Seite. Aber meldet euch vorher bei der Stationsschwester in Zimmer zweihundertzwei. Ach ja, noch etwas. Ihr habt hier heute Morgen eure Blumen vergessen. Auf die Station zwei dürft ihr sie auch nicht mitnehmen. Also nehmt sie bitte nachher mit nach Hause. Ich hab keine Lust, sie für euch zu entsorgen.«

»Keine Angst, machen wir!«, rief Sanne über die Schulter zurück, als wir schon längst in den Gang eingebogen waren.

Während wir den Gang entlangliefen, suchten unsere Augen die Türen nach den Nummern ab. Dann standen wir vor der Tür mit der Aufschrift zweihundertzwei. Die Tür stand halb offen und ich sah, wie drinnen jemand hin und her ging.

»Warum sollen wir uns denn hier melden?«, fragte Sanne ungeduldig. »Lasst uns doch gleich zu zweihundertsechsundzwanzig gehen!«

»Hm …«, machte Tommy. »Du hast recht. Womöglich halten die uns nur auf. Wenn es deiner Mutter gerade sehr schlecht geht, lassen die uns vielleicht gar nicht zu ihr. Los, kommt, gehen wir gleich hin!«

In dem Moment, als wir weitergehen wollten, drangen laute Stimmen aus dem Stationszimmer zu uns auf den Gang. Der Name von Janines Mutter fiel, und wir hielten inne. Drinnen wurde gerade über ihre Mutter gesprochen!

»Wartet einen Moment«, sagte Tommy leise. Wir drängten uns vor die Tür und hofften, dass Schwester Annerose oder irgendeine andere Schwester uns jetzt nicht sehen würde. Es sah nicht nur so aus, als ob wir lauschten. Wir taten es wirklich. Und was wir zu hören bekamen, jagte uns einen fürchterlichen Schrecken ein.

»Ich habe gegen diese Operation gestimmt! Sie ist viel zu gefährlich! Du warst doch dabei, warum hast du nichts gesagt?«

»Du weißt doch, wie der Professor ist! Je mehr du dagegen bist, desto mehr verbeißt er sich in seine Meinung.«

»Aber die Frau ist in einem sehr geschwächten Zustand! So eine Operation ist viel zu belastend! Das kann schiefgehen!«

Ich stand dicht neben Janine und spürte, wie sie anfing zu zittern. Mein Gott, was hatten die getan? Ich konnte zwar niemanden sehen, aber es war vollkommen klar, dass sich in diesem Zimmer zwei Ärzte über das Schicksal von Janines Mutter unterhielten. Voller Sorge lauschten wir weiter.

»Sag das bloß nicht auf der Konferenz! Der Alte sitzt immer noch am längeren Hebel.«

»Ich weiß nicht. Wir können das nicht ewig durchgehen lassen. Mit seinen fünfundsechzig Jahren hätte er längst aufhören müssen. Wenn das jetzt schiefgeht, dann werde ich reden!«

Janine begann hemmungslos zu schluchzen. Ich versuchte,

sie zu beruhigen, aber das war unmöglich. Und ich verstand das. Ihre Mutter war in Lebensgefahr! Sanne umarmte Janine und führte sie ein paar Meter weit weg. Tommy und ich lauschten weiter.

»Wird schon gut gehen. Bis jetzt hat der Alte immer unglaubliches Glück gehabt.«

»Ich habe gehört, die Frau hat zwei Kinder …«

Dann war Stille. Sekundenlang hörten wir nichts. Ich trat näher an die Tür heran, doch plötzlich wurde sie aufgerissen, und ein Mann in weißem Kittel starrte mich böse an.

»Was habt ihr hier zu lauschen?«

Ich bekam kein Wort heraus. Tommy half mir aus der Klemme.

»Wir haben gehört, was sie über die Mutter unserer Freundin gesagt haben.« Er deutete auf Janine, die in Sannes Armen lag und nicht zu beruhigen war. »Warum haben Sie solche Angst vor ihrem alten Professor? Sagen Sie ihm, er soll sofort mit der Operation aufhören!«

Der Arzt war blass geworden. Die Tür schwang jetzt ganz auf, und sein Kollege erschien mit fragender Miene im Blickfeld.

»Was ist denn hier los?«

»Sie haben alles mit angehört«, sagte der Jüngere der beiden tonlos. »Das Mädchen da hinten ist die Tochter unserer Patientin.«

Dem anderen fuhr sichtlich der Schreck in die Glieder. Alle Farbe wich ihm aus dem Gesicht.

»Mein Gott!«, stotterte er. »Wie lange steht ihr hier schon?« Er schaute hinüber zu Janine, und seine Miene verriet Sorge und Mitleid.

»Wir können die Operation jetzt nicht mehr verhindern. Sie läuft bereits seit einer halben Stunde. Macht euch bitte nicht solche Sorgen. Es wird schon gut gehen.«

»Es wird schon gut gehen?«, schrie Sanne außer sich. *»Es wird schon gut gehen?* Wie können Sie so was sagen! Gerade haben Sie gesagt, es kann schiefgehen!«

Der Arzt guckte Sanne unglücklich an. Janine konnte überhaupt nicht sprechen, so sehr weinte sie.

»Hört mal, es ist doch oft so, dass man verschiedene Meinungen hat. Eure Mutter ist schwer krank. Eine Operation ist niemals ungefährlich. Aber wenn man nichts macht, wird es mit Sicherheit noch schlimmer.«

Wir sahen ihm an, dass er sich wand, um nicht die Wahrheit sagen zu müssen. Die Wahrheit, die wir gerade deutlich vernommen hatten, als wir noch nicht entdeckt worden waren. Ich hatte nicht übel Lust, diesem Weißkittel gegen das Schienbein zu treten und ihm meine ganze Wut entgegenzubrüllen, aber damit wäre uns auch nicht geholfen. Der jüngere Arzt warf einen neugierigen Blick auf die Maske, die Tommy an sich gedrückt hielt.

»Was hast du denn da?«, fragte er und versuchte abzulenken.

»Das ist jetzt unwichtig«, sagte Tommy bestimmt. »Wo ist der OP?«

»Da hinten«, rutschte es dem Älteren raus, bevor er es verhindern konnte. »Aber da dürft ihr auf gar keinen Fall rein!«

»Gut«, meinte Tommy. »Und wo ist das Zimmer Nummer zweihundertsechsundzwanzig?«

»Das ist fünf Türen weiter hier den Gang runter auf der linken Seite. Ist das das Zimmer eurer Mutter?«

Tommy nickte. »Dürfen wir dort auf sie warten?«

Die beiden Mediziner sahen sich an. Man konnte deutlich erkennen, was jetzt in ihren Köpfen vorging. Wir hatten sie ein wenig in der Hand. Wenn die Operation gut ausging, konnte man ihnen ja nichts anhaben, aber wenn Janines Mutter durch die Operation etwas passieren würde, dann konnten wir erzählen, dass diese beiden Ärzte es hätten verhindern können und nichts getan hatten.

»Natürlich.« Der ältere Arzt nickte. »Geht nur. Wenn ihr etwas zu trinken haben wollt, könnt ihr ruhig nach der Schwester klingeln. Ich sag ihr Bescheid.«

Tommy nahm Janine in den Arm und sprach beruhigend auf sie ein. Sanne stand mit funkelnden Augen daneben und sandte wütende Blicke zu den beiden jetzt richtig hilflos wirkenden Männern. Ich stand nur da und fühlte mich nutzlos.

»Kommt«, sagte Tommy schließlich. »Warten wir in ihrem Zimmer. Ich glaube, das ist am besten.«

Janines Schluchzen hatte etwas nachgelassen. Vielleicht lag das an Tommys beruhigenden Worten. Aber Sanne war mit den beiden Ärzten noch nicht fertig.

»Lassen Sie uns bloß in Ruhe! Ich will von Ihnen nichts zu trinken!«

Schweigend nahmen wir Janine in unsere Mitte. Zimmer zweihundertsechsundzwanzig war ein Einzelzimmer, und das kam uns sehr gelegen. Wenn hier noch andere Patienten gelegen hätten, dann hätten wir uns kaum unterhalten können. Tommy schloss die Tür hinter uns, und sowie er sich sicher glaubte, überzog ein Grinsen sein Gesicht.

»Warum lachst du?«, fragte Sanne immer noch wütend. Janine hatte sich auf einen Besucherstuhl gesetzt und schaute uns mit von Tränen verschleierten Augen an.

»Ich lache nicht. Ich freue mich!«, meinte Tommy und winkte beruhigend ab. »Wir sind hier allein und können in Ruhe machen, was wir wollen. Joe, wie viel Zeitsand haben wir noch?«

Während ich in meiner Jacke nach dem schweren Glas kramte, glomm in Janines Augen Hoffnung auf.

»Du willst …?«, schniefte sie.

»Ja!«, sagte Tommy bestimmt. »Wir werden zur Not den ganzen Zeitsand verschütten, aber dann kriegen wir deine Mutter wieder hierher zurück ins Zimmer und können ihr die Maske auflegen.«

»Aber die Operation läuft doch schon eine halbe Stunde!«, sagte Sanne zweifelnd.

»Hier!«, rief ich. »Noch halb voll!«

»Hm«, machte Tommy. »Das wird knapp. Aber es ist unsere einzige Chance. Und wozu sonst haben wir das Glas mitbekommen? *Zeitsand schützt die Maske!* Schon vergessen?«

Nein, natürlich hatten wir das nicht vergessen, aber die Aufregung, die Angst, die wir ausgestanden hatten, und nicht zuletzt die Sorge um Janines Mutter hatten uns völlig durcheinandergebracht. Jetzt fühlte ich auf einmal, wie neue Kraft durch meinen Körper strömte. Entschlossen zog ich den Verschluss von dem Glas mit Zeitsand.

»Alles auf einmal?«, fragte ich in die Runde.

»Alles!«, bestätigte Tommy. »Wir haben ihn jetzt dreimal benutzt, und viel mehr als eine halbe Stunde dürfte uns der Rest da nicht bringen. Warte nicht länger. Los, verschütte ihn!«

Erst wollte ich ihn vorsichtig verstreuen, aber dann dachte ich, die Zeit würde ruckeln, wenn ich den Sand nicht gleichmäßig auskippte. Also nahm ich einen tiefen Atemzug, drehte das Glas um, und der Zeitsand ergoss sich in einem feinen Strom in das Zimmer.

Wuuusch ... machte es, und die Welt oder besser das Zimmer um uns herum rauschte in einem wahnsinnigen Strudel an uns vorbei. Der Effekt dauerte diesmal wesentlich länger, und mir wurde schwindlig von der rasenden Bewegung, die alles mit sich zu reißen schien. Trotzdem blieb ich fest und sicher auf der Erde stehen. Dann war es vorbei. Das Zimmer lag da wie vorher, aber mein Schwindel hielt an, und ich musste mich irgendwo festhalten, um nicht umzufallen. Ich krallte mich an den nächstbesten Gegenstand, und das war das Metallgestell des Krankenbettes.

»Pass auf!«, schrie Janine. »Du tust ihr weh!«

Erschrocken ließ ich los und dann erst nahm ich war, dass in dem eben noch leeren und frisch bezogenen Bett jemand lag! Janine schluchzte auf und stürzte zu ihrer Mutter. Dicht über sie gebeugt blieb sie stehen und strich ihr zärtlich über die Wange. Das Gesicht der Kranken war leichenblass, und feine blaue Äderchen durchzogen die fahle Haut. Die Haare klebten ihr an der schweißnassen Haut, und ich hatte das Gefühl, dass sie kaum atmete. Wir sahen alle, dass es Janines Mutter sehr, sehr schlecht ging.

»Tommy …«, sagte Sanne leise und tippte auf ihre Uhr. »Es ist zehn vor elf!«

»Verflixt!«, entfuhr es mir. »Das ist gerade mal eine halbe Stunde! Die kommen gleich, um sie zu holen!«

»Janine, lass mich bitte vorbei«, drängte Tommy, hielt jedoch gleich darauf inne. »Nein, das ist einzig und allein deine Aufgabe. Nimm du die Maske.«

Janine wischte sich mit dem Ärmel ihrer Jacke die Tränen aus den Augen und nahm Tommy die Maske vorsichtig aus der Hand. Dann sah sie uns allen nacheinander in die Augen. In diesem Moment fühlten wir die Kraft der vier Herzen in uns wie lange nicht mehr. Sie wartete nicht weiter ab. Behutsam legte sie die Maske auf das Gesicht ihrer Mutter. Feuerrote Blitze schossen unter der Maske hervor. Das Licht schien den gesamten Körper hinunterzuströmen, hüllte ihn ein, und das ganze Krankenzimmer wurde in ein unheimliches Rot getaucht.

Wir waren von diesem unglaublichen Schauspiel völlig gefangen genommen. Ich wusste, dass in diesem Moment alle bösen Keime aus Janines Mutter in der Maske verschwinden würden. Plötzlich gab es einen Knall.

»Was ist hier los? Seid ihr verrückt geworden?«

Ich warf den Kopf herum und erblickte drei Ärzte und zwei Schwestern, die zur Tür hereinstürzten und sie in der Hektik an die Wand geknallt hatten. Die wollten Janines Mutter zur Operation abholen! Und sie hatten garantiert das rote Leuchten durch die Türritzen schimmern sehen!

Der Wortführer der Gruppe war bestimmt der Alte, vor dem die anderen Angst hatten. Er stürmte zum Bett und wollte Janines Mutter die Maske vom Gesicht reißen.

»Lasst mich vorbei! Ihr werdet die Frau noch umbringen mit diesem Ding!«

Tommy und ich reagierten gleichzeitig. Niemals durfte dieser unfähige Arzt die Maske von Janines Mutter wegreißen, bevor ihr Glühen nicht verloschen war. Sonst war alles umsonst! Wie auf Kommando stürzten wir los und fielen dem Alten in die Arme. Der war völlig verblüfft, dass wir es wagten, ihn aufzuhalten.

»Na, zum … was soll denn das …? Lasst mich sofort los!«

Er schleuderte Tommy beiseite, der nach hinten stolperte. Da wusste ich mir nicht mehr anders zu helfen und biss ihn in den Arm.

»Auu! Das wirst du mir büßen!« Mit wutverzerrtem Gesicht wandte er sich zu seinen Helfern um. »Rufen Sie sofort die Polizei und helfen Sie mir, diese wild gewordenen Rotzgören hier rauszuschaffen!«

»Ja, die Polizei ist gut!«, schrie Sanne. »Dann kommen *Sie* ins Gefängnis! Sie wollen operieren, obwohl alle anderen dagegen sind! Und wenn Janines Mutter stirbt, sind *Sie* allein schuld!«

Eine plötzliche Stille erfüllte den Raum. Immer noch umhüllte ein rotes Leuchten den Körper von Janines Mutter, aber es war bereits deutlich schwächer geworden. Janine hielt die Maske mit eisernem Willen über dem Gesicht ihrer Mutter. Vielleicht wäre es gar nicht nötig gewesen, und die Maske wäre auch so in dieser Position geblieben, so wie bei der Schwester des Gauners heute Morgen, aber Janine wollte nicht loslassen. Der Chefarzt schaute Sanne wütend an.

»Seit wann weiß ein Kind mehr als der Arzt?« Dann wandte er sich mit heiserer Stimme an einen der jüngeren Ärzte. »Haben *Sie* hier geplaudert? Das wird noch ein Nachspiel haben!«

Blitzartig veränderte sich das Licht im Zimmer, und von einem Moment auf den anderen flimmerte nur noch das helle Licht der Neonröhren. Das Glühen hatte aufgehört! Jeder im Raum schaute jetzt auf Janine, die gerade dabei war, die goldene Maske vorsichtig auf das Bett zu legen. Hinter uns hörte ich einen überraschten Ausruf.

»Sehen Sie doch, Herr Professor!«

Alle versammelten sich rings um das Bett und betrachteten voller Staunen das Gesicht der Kranken. Wir vier waren nicht allzu überrascht, wir wussten ja, was die magische

Maske bewerkstelligen konnte. Trotzdem fühlte ich unbändige Erleichterung und eine unendliche Dankbarkeit, als ich sah, wie sich Janines Mutter verändert hatte.

Ihr Gesicht hatte eine gesunde Farbe bekommen, und ein entspannter Ausdruck bewies uns ihre Gesundung. Selbst die eben noch fettigen Haare wirkten wie frisch gewaschen, und keine Spur von fiebrigem Schweiß war mehr zu erkennen. Wir vier sahen uns glücklich an. Janine musste schon wieder weinen, jetzt aber vor lauter Glück. Für uns war es vollkommen klar. Die Maske hatte es geschafft!

Der Alte hingegen war immer noch ein Problem. »Was habt ihr ihr gegeben?«, fragte er misstrauisch. »Sie muss operiert werden und darf vorher nicht das Geringste zu sich nehmen!«

»Sie muss überhaupt nicht operiert werden!«, sagte Tommy mit schneidender Stimme. »Sie ist nämlich gesund.«

»Ha!«, stieß der Arzt aus. »Das hast du ja wohl nicht zu entscheiden!«

»Doch«, sagte Tommy mit einer Ruhe, die ich einfach nur bewundern konnte. »Das kann ich entscheiden. Wir haben eben mit zwei von ihren Ärzten gesprochen, die der Meinung sind, dass Sie auf keinen Fall operieren dürfen. Sie riskieren das Leben Ihrer Patienten, weil Sie sich nicht eingestehen wollen, dass Sie zu alt sind und aufhören sollten.«

»Du …«, kam es drohend von dem Professor.

»Ich werde die Polizei rufen, wenn Sie jetzt noch daran denken, Janines Mutter zu operieren«, sagte Tommy mit gleich ruhiger Stimme. »Aber zuerst rufe ich Janines Vater an, damit er herkommt und aufpasst.«

Noch während er dies sagte, wählte er die Nummer von Janines Eltern auf seinem Handy und drückte auf OK. Der Alte wirkte jetzt unsicher und sah Hilfe suchend zu seinen Assistenten. Aber da hatte er kein Glück. Der eine Arzt fasste sich ein Herz und kam uns zu Hilfe.

»Herr Professor, Sie müssen zugeben, dass sich Ihre Fehler in letzter Zeit häufen. Und diese Operation halte auch ich für nicht akzeptabel. Und Sie wissen das. Ich werde nicht länger schweigen. Denken Sie bitte darüber nach. Noch ist es nicht zu spät, von selbst zu gehen. Ehe man Sie unehrenhaft vor die Tür setzt«, fügte er leise hinzu.

Der Kopf des Professors lief knallrot an. Wütend starrte er in die Runde und konnte kein Wort mehr sagen. Dann setzte er sich in Bewegung und stapfte wutentbrannt zur Tür hinaus.

»Das werden wir ja sehen!«, rief er zurück. *»Das werden wir ja sehen!«*

Was für eine Spannung fiel von mir ab! Die Gefahr war gebannt! Wir hätten keine Chance mehr gehabt, wenn sich der Alte durchgesetzt und doch noch operiert hätte. Der Zeitsand war definitiv alle. Erleichtert sahen wir uns an.

»Wo bin ich?«, kam eine leise Stimme aus dem Hintergrund. Überrascht fuhren wir herum. Janines Mutter hatte die Augen geöffnet und schaute fragend im Raum umher. Da erblickte sie ihre Tochter, und im gleichen Moment machte Janine einen Satz auf das Bett zu, und schon lagen sie sich in den Armen. Sanne nahm die Maske an sich, die unbeachtet auf dem Bett gelegen hatte. Ich hörte, wie Tommy mit Janines Vater telefonierte und ihn bat herzukommen.

»Nicht zu fassen«, sagte die eine Schwester. »Sie war seit gestern bewusstlos! Wie ist das möglich?«

Besorgt kam sie ans Bett und fühlte Janines Mutter den Puls.

»Völlig normal! Und wie gut Sie aussehen! Wie fühlen Sie sich?«

»Gut«, sagte Janines Mutter. »Ich habe nur fürchterlichen Hunger. Kann ich etwas zu essen haben?«

»Natürlich«, meinte die Schwester. »Ich weiß zwar nicht, was hier vorgeht, aber Hunger ist das beste Zeichen. Ich komme gleich zurück und nehme Ihnen Blut ab. Dann sehen wir mal, wie Ihre Werte sind.«

Kopfschüttelnd verließ sie den Raum, und auch die anderen wandten sich zum Gehen. Tommy hielt den Arzt zurück, der sich vorhin gegen seinen Chef gestellt hatte.

»Entschuldigen Sie, aber könnten Sie aufpassen, dass Ihr Chef es sich nicht doch noch anders überlegt? Wenigstens so lange, bis der Vater unserer Freundin hier ankommt?«

Der Arzt nickte freundlich. »Das werde ich tun. Und nicht nur das, es wird Zeit, dass der Professor aufhört. Wenn er es nicht freiwillig tut, werde ich ein Aufsichtsverfahren einleiten. Dann wird er aufhören *müssen*.«

Tommy ließ nicht locker.

»Könnten Sie auch eine Schwester hier lassen? Wir müssen nämlich gleich gehen. Janines Vater braucht noch eine Weile, bis er hier ist.«

»Ich denke, das lässt sich machen. Heute ist Sonntag, da ist nicht so viel los. Ich werde eine Schwester entbehren können.«

Janines Mutter hatte die ganze Diskussion verständnislos verfolgt und blickte von einem zum anderen. Als der Arzt aus dem Zimmer gegangen war, wollte sie uns mit Fragen löchern, aber Tommy hob die Hand.

»Seien Sie uns bitte nicht böse. Wir erklären alles heute Nachmittag, wenn wir wiederkommen. Aber wir haben jetzt keine Zeit mehr. Wir müssen diese Maske zurückbringen.«

»Was ist mit dieser Maske?«

»Sie wurde uns nur geborgt, und wir müssen sie so schnell wie möglich zurückbringen. Ihr Mann kommt gleich ins Krankenhaus. Der wird sich sicher freuen, dass es Ihnen wieder gut geht!«

»Aber Janine kann doch bei mir bleiben ...«

Wir sahen, wie es in Tommy arbeitete, um nicht zu viel von unserem Geheimnis zu verraten. Fieberhaft suchte er nach den richtigen Worten. Da kam ihm Janine zu Hilfe.

»Mutti, ohne mich können sie nicht gehen. Bitte frag nicht. Wir haben nichts Schlimmes angestellt. Aber wir müssen jetzt alle vier gehen. Du musst mir versprechen, dass dich kein Arzt mehr anfasst, bevor wir wieder zurück sind! Versprichst du mir das?«

Lächelnd sah die Mutter unserer Freundin von einem zum anderen. Sie hatte sicher noch gar nicht richtig registriert, was mit ihr geschehen war, aber sie schien zu fühlen, dass es mit uns zu tun hatte. Ich merkte, wie sie die vielen Fragen, die ihr auf der Zunge lagen, hinunterschluckte und dann lächelnd nickte.

»Na, dann macht, dass ihr wegkommt. Und einen Arzt lass ich ganz bestimmt nicht mehr an mich ran! Ich fühl mich nämlich richtig gut!«

»Tommy …«, drängte Sanne und zeigte auf die Uhr. »Es ist gleich halb zwölf!«

Verdammt, das war höllisch knapp. Wir mussten ja noch mit der U-Bahn und dem Bus fahren. Jetzt drängte die Zeit aber wirklich.

»Los, Janine!«, sagte Tommy. »Alles andere könnt ihr nachher noch besprechen. Der Professor wird sich schon nicht trauen, heute noch einmal in dieses Zimmer zu kommen. Außerdem ist dein Vater ja gleich hier.«

Janine gab ihrer Mutter einen Kuss. Ich verschloss das Glas wieder, in dem jetzt kein Krümelchen Zeitsand mehr war, und steckte es in meine Jacke zu der Holografie. Dann brachen wir auf.

Als ich als Letzter die Tür hinter uns schloss, blickte ich kurz zurück und sah die gesündeste Frau der Welt gerade die Decke zurückschlagen und die Beine aus dem Bett schwingen.

DER OBELISK

Um ein Haar hätten wir unsere Hunde vergessen! Wir hatten das Krankenhaus schon durch eine Seitentür verlassen, als sie uns wieder einfielen. Noch einmal verloren wir drei Minuten, aber ohne unsere Lieblinge wollten wir auf keinen Fall zurück in das Haus. Schließlich gehörten sie zu unserem Team! Ohne Jever und Lazy hätten wir so manches Rätsel nicht gelöst.

Vor Ungeduld zappelnd saßen wir in der U-Bahn. Die zehn Minuten, die sie brauchte, erschienen uns unendlich lang. Gott sei Dank kam der Bus, ohne dass wir groß warten mussten, und kurz vor zwölf rannten wir die Welfenallee hinunter. Atemlos erreichten wir das Grundstück. Und bekamen einen Schock.

Das Haus war verschwunden!

»Verdammt!«, keuchte Tommy. »Nicht schon wieder!«

»Hast du etwas anderes erwartet?«, keuchte ich zurück. »Ohne Prüfung sind wir noch nie in das Haus gekommen! Hey, seht ihr das Ding dort?«

Wir waren innerlich so aufgewühlt und nervös von der Spannung, die uns die ganze Zeit erfasst hatte, dass ich gar nicht klar denken konnte. Doch das brauchte ich in diesem Fall auch nicht. Das Ding, das ich meinte, war ja nicht zu übersehen. Auf dem Grundstück war keine Spur von unserem Haus oder von den Trümmern zu entdecken, die noch zu Beginn unseres Abenteuers hier gelegen hatten. Nicht nur das: Außer der das Gelände eingrenzenden Buchsbaumhecke gab es keinerlei Vegetation mehr. Keine Brombeersträucher, keine Obstbäume, nicht einmal Gras oder Brennnesseln waren zu entdecken. Nur Sandboden. Dafür stand da dieses Ding, das ganz und gar nicht hierher gehörte. Eine vielleicht zehn Meter hohe Säule ragte exakt in der Mitte des Grundstücks in den Himmel. Man sah sie bereits aus einiger Entfernung, und es wunderte mich, dass noch kein Passant stehen geblieben war und das Ding begaffte.

»Ein Obelisk …«, murmelte Tommy.

»Ein was?«, fragte Sanne und wandte ihren Blick nicht von dem ominösen Gegenstand.

»Lasst mich kurz nachdenken.« Tommy hob die Hand, und ich schluckte die Bemerkung runter, die mir gerade auf der Zunge lag. Ich hatte nämlich das hundertste Mal auf die Uhr gesehen. Es war genau zwei Minuten vor zwölf. Wir hatten noch fünfzehn Minuten.

»Ein Obelisk ist ein Bratspießchen …«, murmelte Tommy.

»Was bitte? *Ein Bratspießchen?* Willst du uns veräppeln?«, rutschte es Sanne heraus.

»Lasst mich doch einfach in Ruhe nachdenken«, grummelte Tommy. »Jetzt weiß ich's wieder! Ich war mit meinen Eltern mal in Paris. Da steht so ein Obelisk auf der Place de la Concorde. Das Ding gehörte einmal dem Pharao Ramses. Mann …«, Tommy musste lachen, »wenn die Seele von Ramses den Ausgang gefunden hat, dann wird er ganz schön sauer sein, dass sein Obelisk nicht mehr in Theben steht.«

»Du weißt, dass der in Theben stand?«, fragte Janine entgeistert.

»Hm«, meinte Tommy. »Wenn mich etwas interessiert, merke ich mir alles. Wisst ihr doch. In dem Reiseführer von Paris stand, dass der Begriff Obelisk aus dem Griechischen stammt und Bratspießchen heißt. Das ist so lustig, das hättet ihr euch auch gemerkt.«

»Tommy ... «, sagte ich und tippte auf die Uhr.

»Ich weiß. Aber wenn wir nicht in Ruhe nachdenken, werden wir das Rätsel erst recht nicht lösen. Und dass dieser Obelisk der Schlüssel zum Eingang in die andere Welt ist, dürfte ja wohl klar sein. Ach, Sanne, wir sind zwar vier Herzen, aber ich glaube, es ist besser, wenn Janine die Maske trägt, wenn wir zurückkehren.«

Seit den Geschehnissen im Krankenhaus hatte Sanne die Maske unter ihrer Jacke wie einen Schatz gehütet. Aber bei Tommys Worten nickte sie heftig und holte das goldene Stück hervor.

»Klar geb ich sie dir! Sonst frisst mich womöglich noch irgendein Wächter!«

Sanne gab Janine die Maske.

»Lasst uns erst mal reingehen«, sagte Tommy. Wir liefen an der Hecke entlang zum Wald und schlüpften durch unsere Lücke auf das Grundstück. Sekunden später standen wir vor dem Obelisken. Der viereckige graue Steinpfeiler war über und über mit eingemeißelten Hieroglyphen verziert. Wir hoben die Köpfe und verfolgten die Zeichen bis zur Spitze.

Es war unmöglich, diese Menge an Hieroglyphen zu übersetzen. Das schaffte nicht mal Tommy, nicht einmal ein Wissenschaftler in der kurzen Zeit, die uns noch blieb.

Jever schnüffelte neugierig am Fuß des Pfeilers.

»Wirst du wohl nicht da ranpinkeln!«, rief Tommy. »Das darfst du nicht. Schließlich ist das ein uraltes Machtsymbol!«

»Und du meinst, Jever nimmt darauf Rücksicht?« Sanne grinste. »Das kriegen wir nie raus, was das bedeuten soll«, fügte sie dann noch verzweifelt hinzu. »Wer soll das denn verstehen?«

»Wir müssten noch Zeitsand haben«, murmelte Janine. »Dann könnten wir die Zeit zurückdrehen und in Ruhe überlegen.«

»Übersetzen sollen wir das hier bestimmt nicht«, meinte Tommy überzeugt. »Vielleicht ist das ein Obelisk, der mal bei Sakkara stand. Ich hab den Verdacht, dass die Hieroglyphen so etwas wie eine Inschrift für unseren Hüter über das Böse sind. Ihr wisst schon, der, dem die Maske gehört.«

»Was weißt du noch über Obelisken?«, fragte ich ungeduldig.

»Erstens«, sagte Tommy und zeigte nach oben, »ist die Spitze geformt wie eine Pyramide und war früher auch vergoldet wie die Spitzen der Pyramiden. Wahrscheinlich sollten auch sie das erste Licht des Tages einfangen. Da kommen wir wieder zu unserem Urgott Amun-Re, denn der war ja auch ein Sonnengott. Manche glauben aber auch, dass Obelisken die Funktion einer Uhr hatten. So was wie eine Sonnenuhr.«

»Gold ist da oben nicht drauf«, sagte ich. »Da kann nichts reflektieren. Und was nutzt uns eine Uhr? Wir wissen doch, wie spät es ist.« Ich guckte mal wieder drauf. »Genau zwei Minuten nach zwölf!«

»Noch elf Minuten.« Tommy nickte. »Ich glaube auch nicht, dass wir eine Uhr im eigentlichen Sinne brauchen. Wisst ihr überhaupt, wie eine Sonnenuhr funktioniert?«

»Na ja«, meinte ich und überlegte. »Ich weiß nur, dass sie eben mit Sonnenlicht funktioniert. Wenn die Sonne nicht scheint, weißt du nicht, wie spät es ist.«

»Richtig!«, sagte Tommy. »Ohne Sonne geht's nicht. Aber auch nicht ohne Schatten!«

Wir schauten ihn verständnislos an.

»Na, ist doch klar! Um die Zeit anzuzeigen, braucht man einen Zeiger! Aber nicht zwei wie bei unseren Armbanduhren, sondern nur einen, der eben den Schatten des Sonnenlichts auf die Uhr wirft. Es soll sogar eine Monduhr geben, auf der man nachts die Zeit ablesen kann, aber wann hat man schon mal genug Mondlicht.«

»Sollen wir jetzt die Zeit hier ablesen?«, fragte Janine verständnislos.

»Ich dachte mehr an den Zeiger«, sagte Tommy.

So langsam ging mir ein Licht auf. »Der Zeiger zeigt, wohin!«, entfuhr es mir.

»Bingo!« Tommy strahlte. »Zeiger kommt doch von zeigen, oder? Wenn uns das Ding etwas zeigen will, dann mit seinem Schatten! Warum sonst hat man das gesamte Grundstück freigeräumt und nichts als Sand übrig gelassen? Los, kommt!«

Zum Glück war es ein strahlend schöner Oktobertag. Die Sonne steht im Oktober selbst am Mittag nicht mehr allzu hoch, aber da das Grundstück so groß war und weder Bäume noch sonst etwas störten, warf der Obelisk einen scharfen, geraden Schatten in den Garten. Der Schatten war bestimmt doppelt so lang wie der Pfeiler hoch und zeigte direkt auf das Nachbargrundstück. Gott sei Dank war auch hier die Hecke, die das Grundstück einfasste, dicht genug, um uns vor neugierigen Blicken zu verbergen. Ich zählte die Schritte, die ich brauchte, um die Spitze des Schattens zu erreichen. Es waren genau vierundzwanzig.

Angespannt versammelten wir uns um die Stelle. Wir stellten uns im Halbkreis mit dem Rücken zur Hecke, damit wir nicht mit unseren eigenen Schatten die Spitze verdeckten. Ich betrachtete den Boden vor mir, aber der Punkt, an dem der Schatten endete, unterschied sich in nichts von dem anderen Untergrund.

»Äh ja …«, machte ich. »Nichts gegen deine Idee, aber siehst du hier einen Hinweis?«

»Nein«, sagte Tommy enttäuscht. Dann trat er einen Schritt vor und testete vorsichtig mit der Fußspitze den Sandboden. Als nichts nachgab, trat er fester zu. Nichts.

»Mist!«, rief Sanne.

»Vielleicht müssen wir ja noch bis zwölf Uhr dreizehn warten«, meinte Janine, und ängstliche Anspannung schwang in ihren Worten mit. Ganz hinten in meinem Kopf flüsterte eine unheimliche Stimme *»... sonst wird das magische Gold seine Bannkraft verlieren und die bösen Keime säen ...«*

»Deine Idee ist nicht schlecht.« Tommy sah zu dem Obelisken hoch und schirmte die Augen gegen die blendende Sonne ab. »Wie viel Zeit haben wir noch?«

Ich schaute wieder mal auf die Uhr. »Sieben Minuten.«

»In der Zeit wandert der Schatten ja noch ein Stückchen.«

»Du glaubst doch nicht etwa, dass die paar Zentimeter etwas ausmachen?« Sannes Stimme zitterte vor Ungeduld.

»Ich weiß ja auch nicht«, sagte Tommy hilflos. »Aber es ist die einzige Idee, die ich habe. Wäre nicht schlecht, wenn euch noch was anderes einfiele.«

Auf einmal sprangen unsere beiden Hunde auf. Jever fing an zu kläffen, und Lazy begann so heftig zu knurren wie letzte Nacht. Wir hatten keine Zeit zum Reagieren, denn urplötzlich teilte sich hinter uns die Hecke mit lautem Rascheln, und eine Gestalt sprang hervor. Vor Schreck taumelte ich einen Schritt zurück.

»Hah!«, brüllte eine heisere Männerstimme. »Haben wir euch!«

Die Diebe! Das war der unrasierte Typ, der mit der spitzen Nase! Sie hatten uns aufgelauert! *Jetzt ist alles aus!*, durchfuhr es mich. Bevor wir richtig begreifen konnten, was sich hier abspielte, drückte sich auch der andere Kerl durch die Büsche und grinste hämisch.

»Haltet schön eure Hundchen ruhig! Ich weiß zwar nicht,

wie ihr Satan rumgekriegt habt, aber mit den zwei Pinschern hier werden wir schon fertig!«

Weil ich unendliche Angst um Lazy hatte, überlegte ich nicht lange, ging in die Hocke und beruhigte meinen Hund. Tommy machte es mir nach. Sofort hörte Jever auf zu bellen. Ich sah die schreckensbleichen Gesichter von Sanne und Janine. Janine konnte sich nicht beherrschen und schluchzte auf.

»Sie können uns die Maske jetzt nicht mehr wegnehmen. Sie muss doch rechtzeitig auf der Mumie ruhen … und wenn … und wenn wir sie nicht in fünf Minuten zurücklegen, dann … dann wird sie alle Keime säen!«

Der Boss blickte seinen Kumpel an und zuckte nur mit den Schultern.

»Was quatscht die da? Was für Keime? Ich glaub, die Spielchen lassen wir mal besser! Du gibst uns jetzt die Maske, und zwar plötzlich! Ihr könnt froh sein, wenn wir euch nicht noch eine kräftige Abreibung verpassen! Ich hätte nicht übel Lust dazu! Sonst kommt ihr womöglich noch mal auf die Idee, hinter uns herzulaufen. Und das würde euch diesmal schlecht bekommen. Das verspreche ich euch!«

Janine schaute mich so herzerweichend an, dass mir ganz schlecht wurde. Ich überlegte fieberhaft, was wir tun konnten. Ich berührte vorsichtig meine Jacke und spürte die Holografie und das Zeitsandglas. Warum hatte ich nicht wenigstens ein kleines bisschen Sand daringelassen! Dann hätten wir die Gangster noch einmal hinter der Hecke verschwinden lassen und abhauen können. Aber blitzartig ging mir auf, dass uns das auch nicht weitergeholfen hätte, denn dann wären wir auch nicht zurück in die andere Welt gekommen. Außerdem war es sowieso egal. Der Zeitsand war alle.

»Gib ihm die Maske«, sagte Tommy und blinzelte unauffällig in Richtung des Schattens des Obelisken. Janine hatte den Wink wohl bemerkt, beherrschte sich aber, sofort hinunterzuschauen. Mit von Tränen verschleierten Augen reichte sie dem jüngeren der beiden Diebe die goldene Maske.

Ich ballte vor Wut die Fäuste. Was jetzt? Es war aus. Ich resignierte. Es blieben höchstens noch zwei Minuten, bis die Mondphase endete. Sollte ich dem Kerl die Maske entreißen und versuchen, mit der Holografie zu entkommen? Aber wohin? Durch welche Wand? Es ergab keinen Sinn. Mein Kopf war leer, und ich fügte mich in das Unvermeidliche.

Tommy hustete. Als ich ihn anschaute, zwinkerte er in Richtung der Spitze des Schattens. Als ich die Veränderung entdeckte, erstarrte ich.

Ein winzig kleiner Hügel war nur wenige Millimeter neben dem Schatten im Sandboden entstanden. Und er bewegte sich! Ich kniff die Augen zusammen, aber ich täuschte mich nicht. Der kleine Hügel war eindeutig in Bewegung! Sandkörner rieselten, und es bildeten sich kleine Risse. Die Erhebung im Sand war nicht größer als eine Kinderfaust. Was mochte sich darunter verbergen? Meine Spannung wuchs ins Unerträgliche. Aber was gleich darauf geschah, sollte mich derart ablenken, dass ich der Erscheinung vorerst keine Beachtung mehr schenken konnte.

»So«, raunzte der Boss, »ihr könnt jetzt von mir aus machen, was ihr wollt. Aber ich verspreche euch …« Er drohte mit der Faust in Richtung Janine. »Wenn ihr auch nur ein Wort über uns verliert, dann werden wir uns mal ein bisschen um deine Mutter kümmern. Du freust dich doch, dass es ihr wieder gut geht, oder? Wir haben nämlich von einer wundersamen Heilung im Krankenhaus gehört und dass vier Kinder da rumgeschnüffelt haben. Du willst doch wohl nicht, dass wir deine Mutter besuchen, oder?«

Aus Janines Gesicht war jede Farbe gewichen. Verängstigt schüttelte sie den Kopf. Mit mühsam unterdrückter Wut starrte ich auf den anderen, der die Maske mit stolzgeschwellter Brust vor sich hielt und sie bewundernd ansah.

Plötzlich bemerkte ich eine Veränderung an ihr. Die Maske glänzte nicht mehr! Ihre Oberfläche wirkte stumpf, so als würde es sich wirklich um ein sehr altes Stück handeln. Auch dem Boss schien das jetzt aufzugehen.

»Hey, was habt ihr mit der Maske gemacht? Die ist ja ganz schmutzig! Das kann ja wohl nicht wahr sein! Da spielen die hier mit dem Ding im Sand! Hey Bernd, was ist los?«

Bernd hieß er also, registrierte ich nebenbei, und mit einem Mal geschah etwas Unglaubliches. Die Maske veränderte ihr Aussehen! Der Rand wurde zusehends dunkler, verlor seinen goldenen Glanz beinahe völlig, und der Angesprochene stierte fassungslos auf seine Beute.

»Ich … ich … mir wird so komisch …!«, stotterte er. Wir sahen entsetzt, wie er die Hände öffnete und die Finger spreizte, aber die Maske blieb an ihnen kleben! Mit einem Mal überzogen dicke, ekelerregende Eiterpickel die Hände des Gangsters! Wir konnten zusehen, wie sie sich rasend schnell bildeten, und es machte bei den Händen nicht halt. Starr vor Schreck mussten wir mit ansehen, wie sich die Pickel und Beulen weiter über die Arme ausbreiteten, und dann auf dem Hals und im Gesicht! Überall eitrige Pickel!

»Bernd!«, brüllte der andere. *»Lass die Maske los! Lass sie los!«*

Die Weissagung! Ich fühlte mich wie gelähmt. Ich wusste genau, dass die Maske dabei war, ihre Bannkraft zu verlieren! Die bösen Keime! Der Gangster erhielt alle seine Pickel in viel schlimmerer Ausführung zurück, als er sie je in seinem Leben gehabt hatte! Mir wurde schlecht. *Was sollten wir nur tun?*

Der Kerl schüttelte sich vor Grauen und versuchte die Maske abzuschütteln, aber sie barg die Kraft einer uralten Macht, und niemand hätte dagegen ankämpfen können.

»Ich hab's doch gesagt!«, schrie Janine dem Boss entgegen. *»Sie sät die Keime! Wir werden alle sterben!«*

Leichenblass taumelte der Anführer von seinem Kumpel weg. Jetzt stand ihm Todesangst ins Gesicht geschrieben. *»Du … du meinst …«*

»Ja!«, brüllte Janine. *»Die Keime kommen raus! Und Sie sind schuld! Sie sind schuld!«* Ihre Stimme überschlug sich.

Der Boss blickte gehetzt zu Janine und seinem wie am Spieß schreienden Kumpel. Er hatte Angst. Blitzartig drehte er sich um, ließ seinen Freund im Stich und stürzte wie der Teufel durch die Hecke davon.

Dann schrie Tommy. *»Janine! Du musst die Maske nehmen! Schnell! Das ist die letzte Chance! Dir wird sie nichts anhaben!«*

Ich mochte nicht hinschauen, konnte aber auch nicht wegsehen. Janine stand die größte Angst ihres Lebens aus. Wenn sie die Maske anfasste, konnte sie sterben! Wie konnte Tommy das nur von ihr verlangen? Aber da packte er sie schon am Arm und riss sie mit sich zu dem schreienden und zappelnden Gangster.

»Nimm sie!«, brüllte Tommy. *»Sonst sterben wir alle!«*

Nur wenige Sekunden blieben ihr zum Überlegen. Die Mondphase musste gleich zu Ende sein. In einem kurzen Augenblick würde die Maske alle Bannkraft verlieren. Welche fürchterlichen Krankheiten würden aus ihr hervorbrechen? Ich zitterte. Jever und Lazy spürten unsere Todesangst und kläfften wie wild. Aber ihr Gebell ging im Schreien des Gangsters unter.

Janine handelte. Niemals hätte ich die Maske jetzt noch angerührt. Aber sie tat es. Mit all dem Mut und dem Vertrauen, das sie in Tommy hatte, packte sie die Maske und entriss sie den Händen des Gauners. Überrascht taumelte der zurück. Als er merkte, dass dieser grauenerregende Gegenstand nicht mehr an seinen Händen klebte, machte er auf dem Absatz kehrt und sprang Hilfe schreiend mitten in die Büsche, seinem Boss hinterher.

Wir verschwendeten keine Zeit, ihm nachzuschauen, sondern wandten uns Janine zu, um ihr beizustehen. Und das Wunder, an das nur Tommy geglaubt hatte, geschah! Die

Maske veränderte ihre Farbe von dem eben noch stumpfen Grau zurück in ein mattes Gold!

»Jaa!«, brüllte Tommy. *»Ich hab's gewusst!«*

»Aber sie glänzt nicht mehr!«, rief Sanne panikerfüllt. *»Was sollen wir denn jetzt machen?«*

Eine Eingebung blitzte durch meinen Kopf, und ich starrte auf den Boden.

»Ein Käfer!«, schrie ich. *»Ein riesiger Käfer! Seht doch!«*

Der kleine Erdhügel lag jetzt genau auf der Spitze des Schattens des Obelisken, sodass es aussah, als wäre er aufgespießt. Seine Mitte brach auf wie ein kleiner Vulkan, und aus seinem Innern krabbelte genau in diesem Moment ein riesiger grün schillernder Käfer!

»Was sollen wir mit einem Käfer?«, schluchzte Janine. »Wir brauchen doch einen Eingang!«

Tommy betrachtete das Insekt neugierig.

»Das ist kein gewöhnlicher Käfer. Das ist ein Skarabäus.«

»Tommy ...!«, stöhnte ich.

»Ja, schon gut, wir müssen einen Eingang finden. Und der Kleine hier zeigt ihn uns, wetten?«

Ich konnte es nicht fassen. Wir hatten Todesangst, wurden gleich von den schlimmsten Krankheiten befallen, die die Menschheit je heimgesucht hatten, und was machte Tommy? Er blieb so cool, als hätten wir noch eine Woche Zeit!

Jetzt bückte er sich, beobachtete den Käfer und sprach weiter: »Es gibt zwar auch bei uns Mistkäfer, aber das ist hundertprozentig ein Skarabäus. Ihr müsst wissen, dass man

Skarabäen im alten Ägypten als Urwesen verehrt hat und dass man heute sogar glaubt, dass der Käfer alten Pyramidenbaumeistern als Vorbild galt. Ich wette, der hier ist ein Bote aus der anderen Welt!«

»*Tommy!*«, schrie Janine. »*Die Maske!*«

Jetzt ging es um Sekunden. Das Gold der Maske war jetzt auch in Janines Händen stumpf geworden. Voller Panik sahen wir Tommy an. Wenn jemand eine Lösung wusste, dann er.

»*Seht ihr ...* «, rief er, »*er kriecht zurück! Wir müssen ihm folgen! Joe, nimm deine Holografie!*«

Hastig riss ich am Reißverschluss meiner Jackentasche und holte die Holografie heraus.

»*Mach!*«, brüllte Tommy. »*Ruf irgendwas! Nun mach schon!*«

Keine Zeit mehr zum Überlegen. Ich brüllte »*Ich will hier rein!*« und warf die Kugel in die Luft. Sofort begann sie ihre rasenden Umdrehungen, wurde durchsichtig, und zeigte in dem gleißenden Sonnenlicht ihre Magie. Blitzschnell senkte sie sich über den Bau des Skarabäus, verharrte einen Moment und verschwand dann darin.

»*Nimm Lazy auf den Arm und spring!*«, schrie Tommy mir zu. Mein Denken war längst ausgeschaltet. Ich machte es einfach. Ich griff mir den völlig verstörten Lazy, fasste den Sandhügel fest ins Auge, holte tief Luft und sprang in die andere Welt.

DAS ERSTE LICHT DES TAGES

Es war, als würde es überhaupt keinen Boden geben. Nie hätte ich gedacht, dass ich mich nach dem Erlebnis im Keller freiwillig in die Tiefe stürzen würde, aber genau das hatte ich getan. Ich sah noch das kleine Erdhäufchen, das der geheimnisvolle Skarabäus auf unserem Grundstück hinterlassen hatte, und dachte, *jetzt zertrampelst du's*. Doch im nächsten Augenblick glitt ich durch den Boden, als wäre er nur eine Illusion. Panisch riss ich die Augen auf. Vollkommene Dunkelheit umgab mich, während ich fiel. Mein Magen krampfte sich zusammen wie im Fahrstuhl, wenn er zu schnell nach unten fährt, und ich schrie aus vollem Hals, doch der Schall wurde von dem Nichts hier unten förmlich verschluckt.

Ich presste Lazy an mich und drückte ihm sicher die Luft ab. Dann, nach ein, zwei grässlichen Sekunden, verlangsamte sich mein Fall. Genau wie beim ersten Mal, als wir mit der bronzenen Platte im Keller des Hauses in den Schacht gestürzt waren, prallte ich gegen eine nachgiebige, weiche Wand, wurde hin und her geschleudert und verlor vollkommen die Orientierung. Die Röhre, oder was auch immer es war, wurde deutlich schräger. Der Sturz ging über in ein Gleiten und schließlich in ein immer langsameres Rutschen.

Ich presste die Luft, die ich die ganze Zeit angehalten hatte, aus meinen Lungen heraus und machte mehrere tiefe Atemzüge. Jetzt wusste ich, ich würde nicht sterben. Momente später nahm ich ein fahlgelbes Licht wahr, und ich konnte endlich sehen, dass ich wirklich wieder in jenem unheimlichen Schlauch steckte. Mich festhalten oder mein Rutschen selbst abbremsen war nicht möglich, also ergab ich mich in das Unvermeidliche, drehte mich so, dass ich mit den Füßen voran nach unten rutschte, und lockerte meinen Griff um Lazy etwas. Plötzlich erkannte ich eine kreisrunde Öffnung weit unter mir. Das Ende der Röhre!

Die Öffnung wurde schnell größer, und mir blieben nur noch Sekunden, um mich auf den Sturz vorzubereiten. Mit den Füßen voraus spuckte mich die Röhre aus, und mit Lazy im Arm knallte ich auf den Boden und kugelte herum, bis mein Rücken an etwas Hartes stieß und ich vor Schmerz aufschrie.

Während sich Lazy aus meinem Arm wand, richtete ich mich stöhnend auf und sah mich um. Blitzartig ging mir auf, dass ich in der Grabkammer des Pharaos gelandet war! Ich war gegen den gewaltigen Alabastertisch gestoßen, auf dem die Mumie lag!

Noch ehe ich den Gedanken an die einbalsamierte Gestalt, die dicht über mir liegen musste, ganz realisiert hatte, purzelte Janine aus dem Loch in der Wand. Der gelbe Sandstein spuckte sie ebenso wie mich förmlich aus. Ehe sie gegen den Tisch knallen konnte, fing ich ihren Sturz mit den Händen ab. Sie schrie auf, und ihr Blick irrte im Raum umher.

Kurze Zeit später erschien zuerst Sanne und plumpste zu Boden, und gleich darauf schoss Tommy mit Jever auf dem

Arm hinterher. Noch im Fallen ließ er seinen Hund los, und der Kleine war im Nu wieder auf den Beinen. Tommy rollte sich geschickt ab und blickte sich rasch um.

»Die Grabkammer!«, rief er mit heiserer Stimme. Doch es blieb keine Zeit zum Überlegen. Es blieb noch nicht einmal genug Zeit, um zu handeln. Noch während ich versuchte meine durcheinanderwirbelnden Gedanken zu beruhigen und mich wie die anderen vom Boden aufrappelte, überschlugen sich die Ereignisse.

»Tommy!«, schrie Sanne. *»Der Ausgang!«*

Ich konnte gerade noch sehen, wie sich das Loch in der Wand rasend schnell verschloss und Augenblicke später nichts mehr darauf hindeutete, dass es eben noch eine Verbindung zu unserer realen Welt gegeben hatte. Ich brauchte gar nicht hinüberzugehen. Ich wusste, diese Wand bestand aus Tonnen massiven Felsgesteins. Eine Zeit lang starrten wir auf die Wand und hörten nur unseren keuchenden Atem und das Hecheln der Hunde. Dann gab Lazy einen Klagelaut von sich.

»Was hast du?«, fragte ich besorgt und drehte mich nach ihm um. Mit hochgestellten Nackenhaaren war er bis an die Wand der Kammer zurückgewichen. Ich hatte bis dahin nicht gewusst, wie sehr Lazy sich fürchten konnte, aber jetzt sah ich ihn vor Angst zittern. All das nahm ich im Bruchteil einer Sekunde wahr. In der gleichen kurzen Zeitspanne schoss auch mir die Angst in jede Faser meines Körpers. Dann gellte ein Schrei.

»Die Mumie!« Janines Worte erfüllten den Raum mit einem

schaurigen Widerhall, und das Grauen in ihrer Stimme schnürte mir die Luft ab. Entsetzt fuhren wir herum.

Jetzt erst warf ich einen Blick auf die Mumie. Was ich erblickte, war so fürchterlich, dass ich es mein Lebtag nicht mehr vergessen werde. Das Gesicht des jungen Pharaos existierte so gut wie gar nicht mehr. Grässlich bleckten uns seine freiliegenden Zähne aus einem völlig entstellten Gesicht an. Der Kopf schien immer schneller zu schrumpfen. Vor Entsetzen gelähmt ging mir auf, dass es die Muskeln und das restliche Gewebe des Gesichts waren, die wie im Zeitraffer zerfielen und die Knochen freigaben. Die Augen fielen zurück in die Höhlen. Die Nase wurde schwarz und schrumpelte in sich zusammen. Die Haare des einstmals so gut aussehenden Mannes lösten sich vom Kopf und rutschten über den Schädel. Mein Blick fiel auf seine Hände. Blitzartig zog sich das Fleisch von den Fingernägeln. Knochen und Gelenke traten hervor. Durch den Zerfall bewegten sich die Finger, als würde die Mumie auf einem imaginären Klavier spielen.

Mir wurde so schlecht wie noch nie in meinem Leben. Ich fühlte, wie ich mich übergeben musste. Aber ich hatte die ganze Zeit nichts gegessen und würgte nur Galle. Mit grausigem Erkennen wurde mir klar, dass wir zu spät gekommen waren. Der Hüter über die Zeit zerfiel vor unseren Augen, und wir waren schuld daran. Ich dachte einen fürchterlichen Moment, dass diese Kammer mein eigenes Grab werden würde. Wir waren unfähig, uns zu bewegen. Auf einmal erfüllte ein Brüllen die Kammer, das ich erst gar nicht wahrnahm, so grausam hypnotisiert hatte mich das Geschehen.

»Die Maske!«, brüllte jemand. *»Die Maske!«* Tommy machte einen Satz auf Janine zu und riss sie mit sich an den Tisch. Das endlich löste meine Lähmung. Ich fing unkontrolliert an zu zittern. Ich dachte nur, *Es ist zu spät … es ist zu spät …*

Mir war, als ob ich aus zwei Personen bestehen würde. Einer, die dem Ganzen voll Spannung und Angst zuschaute, während die andere wie eine leblose Hülle dabeistand. Janine umklammerte die Maske. In ihrem Schockzustand schien sie zu keiner Handlung fähig zu sein. So sehr meine Gedanken auch blockiert waren, wusste ich doch, dass nur Janine die Maske zurück auf das Gesicht des Pharaos legen durfte. *»Tu es!«*, brüllte ich in Gedanken. *»Tu es!«*

Tommy schüttelte Janine, um sie aus ihrer Erstarrung zu wecken. Alles in ihr sträubte sich dagegen, näher an den verwesenden Leichnam zu gehen. Und doch konnte sie genau wie ich ihre Augen nicht von dem grässlichen Schauspiel wenden.

»Sieh nicht hin!«, brüllte Tommy sie an. *»Sieh nicht hin! Aber leg die Maske zurück! Mach … es … doch … endlich!«*

Tommy versetzte ihr einen Stoß. Janine schrie auf, warf ihren Kopf herum und blickte mir entsetzlich hilflos in die Augen.

»Es ist zu spät …«, flüsterte sie, »… es ist zu spät …«

»Nein!«, schrie Tommy. *»Ist es nicht! Die Maske glänzt noch!«*

Mein Blick fiel auf die Maske. Tommy hatte recht. Noch bestand sie aus Gold. Aber ihr Rand färbte sich bereits grau.

Ich konnte zusehen, wie sich der Prozess von außen nach innen fortsetzte. Es konnte nicht mehr lange dauern, und alle Heilkraft dieses magischen Gegenstandes wäre auf ewig verloren. Immer noch blickte ich in Janines Augen, und von einem Moment auf den anderen verwandelte sich ihre Miene. Eine Welle von Entschlossenheit lief durch sie hindurch. Mit einem Ruck fuhr sie herum. Auch Tommy sah den Glanz in ihren Augen und deutete ihn richtig.

»Los«, sagte er leise. »Mach es.«

Und Janine tat es. Sie musste es schnell tun, aber sie durfte die Maske auch nicht fallen lassen. Wenn sie vom Gesicht des Pharaos rutschte, war es für einen zweiten Versuch zu spät. Genau wie ich zitterte sie am ganzen Körper, und ihre Hände mit der Maske zuckten auf und nieder. Einige Zentimeter über dem Gesicht des toten Herrschers, das jetzt einem schaurigen Totenkopf ähnelte, verhielt Janine für den Bruchteil einer Sekunde. Dann legte sie die Maske schnell, aber sicher auf den Schädel. Sie machte einen Satz nach hinten, und Tommy nahm sie in die Arme.

Sanne griff nach meiner Hand und presste sie. Ich war froh, dass sie bei mir war, aber das Zittern konnte ich nicht unterdrücken. Was würde jetzt geschehen?

Die Veränderung begann unmerklich. Erst dachte ich, es sei eine Täuschung, aber der goldene Glanz verstärkte sich in der Mitte der Maske. Sie begann von innen heraus zu glühen, und ein warmes Licht erfüllte die Grabkammer. Fasziniert und gebannt erlebten wir das Unfassbare. Der bereits dunkelgrau gewordene Rand der Maske erstrahlte wieder in seinem ursprünglichen Gold. Nachdem die Maske ihre alte atemberaubende Farbe wieder angenommen hatte, war mir, als würde sie sich mit einem Mal enger an das Gesicht des Pharaos anlegen. Plötzlich flammte eine Aura aus Gold um den Körper und hüllte ihn ein. Geblendet schloss ich die Augen. Aber ich wollte unbedingt sehen, was sich dort abspielte. Durch einen winzigen Spalt zwischen meinen Lidern verfolgte ich dieses Wunder.

Es war faszinierend und unheimlich zugleich. Kein Laut begleitete den Vorgang, und das verlieh ihm eine unvergleichliche Magie. Während das goldene Licht den Herrscher umhüllte und auf den Wänden der Grabkammer ein wunderschöner Farbton entstand, spürte ich, wie der Tod diesen Raum wieder verließ.

Das Leuchten um den Körper des Pharaos herum war so intensiv, dass ich seine Gestalt nur als Schemen wahrnehmen konnte. Auf einmal war es vorbei. So schnell, dass wir es gar nicht begreifen konnten. Für vielleicht eine Sekunde veränderte sich die Farbe des Leuchtens von Gold in ein dunkles Rot. Und schlagartig erlosch auch das.

Für unendlich scheinende Momente herrschte eine mit nichts zu vergleichende Stille in der Grabkammer. Selbst Jever und Lazy schienen den Atem angehalten zu haben. Der mumifizierte Pharao schien eine gewisse Erhabenheit auszustrahlen. Als würde die Seele des mächtigen Herrschers nicht mit ihm ruhen, sondern bei uns sein.

Die unglaubliche Anspannung und die Angst fielen von mir ab. Es gab keinen Zweifel. Wir waren wirklich im allerletzten Moment gekommen. Janine hatte es geschafft. *Wir* hatten es geschafft. Ich merkte, dass ich immer noch die Augen zusammenkniff. Ich riss sie auf und blinzelte, um mich zu überzeugen, dass es wirklich vorbei war. Neben mir hörte ich ein erleichtertes Aufatmen. Sanne ließ langsam meine schweißnasse Hand los.

»Das war knapp«, murmelte Tommy. »Mann, war das knapp!«

»Glaubst du, dass er …?«, fragte Janine leise.

»Bestimmt«, sagte mein bester Freund entschieden. »Sieh doch nur seine Hände!«

Ich hatte die ganze Zeit auf die Maske gestarrt und mich gefragt, wie sein Gesicht darunter jetzt wohl aussehen mochte. Auf die Hände hatte ich überhaupt nicht geachtet. Die Verwandlung war vollkommen. Ich schluckte. Die Hände des Herrschers wirkten nicht wie die eines Toten. Neben seinem Gesicht waren sie ja das Einzige, was nicht einbalsamiert und mit Stoff umwickelt war. Nein, diese Hände sahen aus wie meine. Nur ein wenig größer. Die Hände dieses Mannes wirkten, als hätte er sich nur mal eben hingelegt.

Schweigend und ehrfürchtig traten wir näher. Mein Blick glitt über den ganzen Körper und blieb an der Maske hängen. Ich hatte das Gefühl, als würde sie das Gesicht nicht mehr nur bedecken, wie es mir bei unserem ersten Aufenthalt in der Grabkammer erschienen war, sondern sie schien mit dem Gesicht des Pharaos regelrecht verschmolzen zu sein.

»Das goldene Antlitz …«, flüsterte Sanne.

»Es ist wirklich eine magische Maske«, meinte Tommy ehrfürchtig. »Vielleicht birgt sie nicht nur die bösen Keime, sondern auch die Seele des Pharaos.«

»Meinst du wirklich?« In Janines Augen konnte ich ihre Gedanken lesen. Mir wurde mulmig, als ich daran dachte, dass wir womöglich die ganze Zeit über die Seele eines mächtigen Herrschers mit uns herumgetragen hatten.

»Ich weiß es nicht«, sagte Tommy. »Aber die Mumie und die Maske sind auf irgendeine Weise miteinander verbunden. Sie gehören zusammen.«

»Wenn wir es nicht geschafft hätten …« Janine beendete den Satz nicht.

»Haben wir aber!«, meinte Tommy und lächelte. »Wir haben es geschafft.«

Diese Worte lösten die Spannung in mir endgültig. Es war, als würde alles von mir abfallen. Wie von einer Riesenlast befreit, durchflutete mich eine Welle der Erleichterung, und ich bekam wacklige Knie. Ich tastete nach hinten und lehnte mich an die Sandsteinwand. Es war vorbei. Es war wirklich vorbei. *Oh nein*, korrigierte ich mich schnell, *es ist noch nicht vorbei*. Wir mussten hier noch raus.

»Wird er wirklich für immer so bleiben?«, fragte Janine und wandte ihren Blick nicht vom Kopf des Pharaos.

»Ja, das wird er«, sagte Tommy fest. »Niemand außer uns

kann diesen Raum betreten. *Dies ist der Raum ohne Zeit …* Für ihn vergeht die Zeit nicht.«

»Und für uns?«, fragte Sanne. »Was ist mit uns? Werden wir jetzt auch nicht älter?«

Tommy lachte unsicher. »Vielleicht nicht, solange wir hier drin sind.«

»Dann will ich jetzt lieber hier raus!«, rief Janine. »Meine Mutter wartet doch auf mich!«

Tommy nickte, aber auch er konnte sich noch nicht vom Anblick des ruhenden Herrschers lösen. Langsam verging mein Schwindelgefühl, und ich fühlte mich wieder einigermaßen okay. Plötzlich nahm ich aus den Augenwinkeln heraus einen dunklen Schatten wahr. Überrascht fuhr ich herum.

»Hey, seht doch!«

Die Nische war wieder da! Rechts von mir hatte sich die Wand lautlos geöffnet. Die Öffnung erschreckte mich nicht, wir hatten ja schon mehrmals erlebt, wie sie sich vor uns aufgetan hatte. Diesmal jedoch schien sie mir um einiges größer zu sein als vorher. Neugierig stellten wir uns davor. Tommy entfuhr ein überraschter Ausruf.

»Meine Machete!«

Unglaublich! Die Machete lag mit dem Griff voran in dem rechteckigen Hohlraum. Wir wussten, wie traurig Tommy gewesen sein musste, als sie zu Beginn unseres Abenteuers im Keller des Hauses geblieben war. So schwiegen wir glücklich, als er mit Tränen in den Augen nach ihr griff und sie vorsichtig herauszog. Dann hielt er inne. Er hatte noch etwas entdeckt.

»Das Buch der Gaben …«, flüsterte Sanne. Ja, dort lag das Buch der Gaben. Es glomm in fahlem Rot, wodurch der Hohlraum unheimlich beleuchtet wurde.

»Nimm es heraus«, sagte Tommy voller Erwartung zu Janine und trat einen Schritt beiseite. Sie schaute mich kurz an, aber es lag keine Unsicherheit in ihrem Blick. Wir alle wussten, dass uns diese Welt nur wegen Janine und ihrer Mutter Einlass gewährt hatte. Behutsam nahm sie es aus der Nische und schlug es auf.

»Das ist alles?«, entfuhr es Sanne.

»Nun lies doch schon!«, drängte ich. Es waren nur vier Zeilen, und Janines Augen glänzten, als sie die Worte aus der Ewigkeit vorlas:

Wenn der Tag kommt
wirst du wissen
dass die Kammer des Wissens
auf euch wartet

»Das sind genau dieselben Worte wie damals«, meinte Sanne. »Meint ihr wirklich, wir brauchen das Buch noch einmal?«

»Wenn der Tag kommt …«, lächelte Tommy. »Leg es zurück, Janine. Wir sollten machen, dass wir jetzt hier rauskommen.«

»Aber wie?«, fragte ich. »Ohne Holografie?«

Ich dachte, sie schwebte vielleicht wieder unter der Decke, aber als ich den Kopf hob und den Raum absuchte, sah ich sie nicht. Während Janine das Buch der Gaben vorsichtig wieder zurücklegte, ging ich langsam den Raum ab. Aber auch auf dem Boden oder unter dem Tisch konnte ich sie nicht entdecken. Sah man einmal von dem gewaltigen Tisch ab, war diese Grabkammer einfach leer. Hier konnte man nichts übersehen. Ich fühlte mich elend. Ich wollte den Gedanken an einen langsamen Tod in einer Grabkammer und in Gesellschaft einer Mumie nicht aufkommen lassen, aber als ich die Holografie nicht fand, war dieser Gedanke da. Tommy sah mir das an.

»Joe, wir werden schon einen Weg hier heraus finden. Haben wir doch immer, oder?«

Janine zog ihre Hand aus der Nische zurück, und in dem Moment war das Klirren von Metall zu hören, als fiele eine Münze zu Boden. Überrascht zuckten wir zusammen. Noch ehe ich begriff, was das Geräusch verursacht haben könnte, bückte sich Sanne und hob etwas auf.

»Der Ring der Artemis …«, flüsterte sie. Es war tatsächlich der Ring der Artemis, den Sanne uns da vor die Nase hielt. Er schillerte in genau den Farben, wie wir es zuerst an der Hand der Göttin im Tempel gesehen hatten. Aber dann musste der Ring …

Fast gleichzeitig fuhren wir herum. Die Mumie lag da wie zuvor. Wir starrten auf die rechte Hand des Pharaos. Mir schoss das Bild in den Kopf, wie Janine den Ring an die verwesende Hand der Mumie gesteckt und damit im letzten Augenblick ihren Zerfall aufgehalten hatte. Ich sah noch genau vor mir, wie der Ring am Finger saß. *Warum war er jetzt abgefallen?*

»Ich glaube, er ist für dich«, sagte Tommy. Er blickte Janine ernst an.

»Aber wie kann er …?«, flüsterte Janine.

»Ja, wie kann er abgefallen sein? Willst du das wirklich wissen? Er ist für dich. Du solltest ihn immer tragen und niemals abnehmen. So wie ich mein Amulett.«

Während Tommy das sagte, fühlte er unbewusst nach der Goldmünze unter seinem Hemd. Sanne reichte Janine den Ring.

»Tommy hat sicher recht. Vielleicht soll er dich beschützen. Oder deine Mutter. Ich finde auch, du solltest ihn anstecken.«

Skeptisch nahm Janine den Ring und steckte ihn bedächtig an ihren rechten Mittelfinger. Ohne zu fragen, wusste ich, dass er passte. In dem Moment, als sie ihn ganz aufgesteckt hatte, erlosch mit einem Mal der Glanz des Schmuckstücks, und der Ring wirkte so unauffällig wie eines der Teile vom Flohmarkt.

»Siehst du«, sagte Tommy. »Er gehört wohl jetzt dir.«

Janine betrachtete schweigend ihre Hand, die nun ein Schmuckstück aus einer fernen Vergangenheit zierte. Ein magischer Ring, der einst einer Göttin gehört hatte. Ich fühlte unendliche Ehrfurcht vor diesem Ring, vor dem Raum ohne Zeit und dieser Welt voller Rätsel, in die uns jene unbekannten Herrscher aus der Vergangenheit geführt hatten. Aber ich fühlte auch eine gewisse Beklemmung. Über die fantastischen Erlebnisse konnten wir immer noch zu Hause viele Tage diskutieren. Aber ich *musste* jetzt hier raus.

»Tommy …«, sagte ich flehend.

Er nickte. »Ja. Wie kommen wir hier raus? Du bist doch der Spezialist für Ausgänge!«

»Ja, aber ohne Holografie?«, murmelte ich hilflos.

»Dann muss es eben einen anderen Ausgang geben«, meinte Sanne überzeugt.

»Das denke ich auch.« Tommy ließ seine Blicke durch den Raum schweifen. Es gab hier nicht viel, das man deuten konnte. Eine Seite der Grabkammer war bemalt. Und genau an diesem Bild blieb Tommys Blick hängen. Nachdenklich betrachtete er die einfachen Striche, die auf die Wand hinter dem Kopf des Pharaos aufgetragen worden waren. Ich erinnerte mich, was Tommy zu uns gesagt hatte, als wir diesen Raum entdeckt hatten. *So eine Tür hat man in die Totenkammern gemalt, damit die Seele des Toten hinauskonnte …*

Tommy strahlte mich an. »Da ist doch eine Tür! Findest du nicht, dass du es mal probieren solltest?«

Ich starrte auf die Wand. *Durch eine aufgemalte Tür?* Das war völliger Quatsch. Sanne und Janine blickten mich so erwartungsvoll an, dass ich es nicht über mich brachte, Tommys Idee als Blödsinn abzutun. Mit der absoluten Gewissheit, dass ich gleich in enttäuschte Gesichter sehen würde, ging ich zu dem gewaltigen Felsquader und schlug dagegen.

Mein Arm verschwand im Fels, als bestünde er aus Luft.

Sprachlos stand ich da und starrte auf die Stelle, an der mein Unterarm wie am Ellenbogen abgeschnitten in der Wand verschwand.

»Tja«, kam es von hinten. »Ich wusste ja, Joe ist der Spezialist für Ausgänge!«

Langsam zog ich den Arm wieder heraus, drehte mich um und blickte in drei lachende Gesichter.

»Du weißt, was das bedeutet?«, fragte Tommy grinsend.

»Ich zuerst«, nickte ich resigniert. Ich wollte nicht darüber nachdenken, dass ich jetzt durch eine auf die Wand gemalte Tür gehen sollte, die für die Seelen längst verstorbener Pharaonen gedacht war. Ich wollte überhaupt nicht mehr nachdenken sondern nur noch raus. Ich holte tief Luft, bückte mich, nahm Lazy auf den Arm, warf noch einen letzten Blick in diesen Raum der Ewigkeit und prägte mir jede Einzelheit ein. Mir schoss durch den Kopf, dass der Pharao vielleicht Millionen von Jahren hier liegen würde. Dabei wurde mir bewusst, wie wenig Zeit es für die Lebenden gab. Dann sah ich nacheinander in die Gesichter meiner Freunde und wusste, diese Freundschaft war für die Ewigkeit. Ich hatte keine Angst. Entschlossen drehte ich mich zur Wand um und schritt durch sie hindurch.

Als die ersten Sonnenstrahlen mein Gesicht wärmten, wusste ich, dass wir es geschafft hatten.

Ende des zweiten Bandes
TOMMY GARCIA

INHALT

Das erste TOMMY GARCIA-Abenteuer:

Atemberaubend und fantastisch spannend!
Von der ersten bis zur letzten Seite!

Micha Rau: **TOMMY GARCIA – Das Buch der Gaben**
14,8 x 21,0 cm, 312 Seiten, Hardcover, s/w illustriert (Vignetten)
ISBN 978-3-8339-3705-7 / € 14,90 (D) / € 15,40 (A)

Eigentlich wollten Tommy und seine drei Freunde Joe, Janine und Sanne in den Ferien bloß das verlassene Grundstück mit dem alten Haus am Ende ihrer Straße erkunden.
Doch plötzlich befinden sie sich in einer fremden und geheimnisvollen Welt. Uralte Mächte scheinen hier zu herrschen und ihnen den Rückweg zu versperren.
Die vier Freunde haben nur eine Chance: Sie müssen die vielen seltsamen Rätsel lösen und gefährliche Prüfungen bestehen, um zurückkehren zu können. Denn nur dem, der mutig seine Ängste überwindet, werden sich die Kammer des Wissens öffnen und das Buch der Gaben, geheimnisvolle Wunschkugeln und eine mysteriöse Holografie offenbaren. Doch die Sache hat einen Haken: Das Buch muss wieder in der Kammer des Wissens ruhen, ehe die Phase eines Mondes endet …

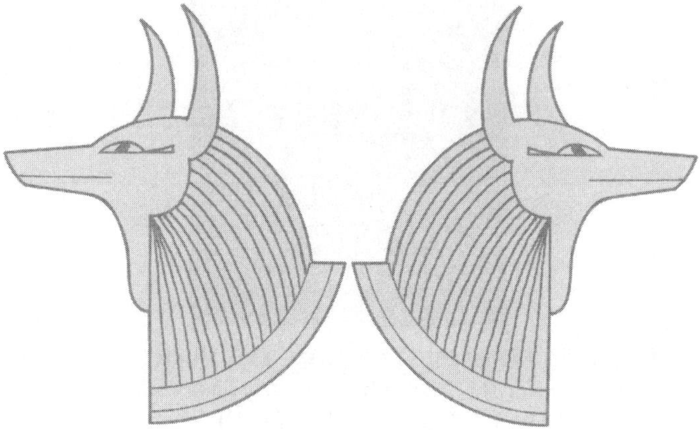